Frank-Peter Hansen

Fördemord

Originalausgabe – Erstdruck

FÜR OTHMAR UND ANNEMARIE

Frank-Peter Hansen

Fördemord

Flensburg-Krimi

Schardt Verlag Oldenburg

Bibliographische Information der Deutschen Bibliothek:

Die Deutsche Bibliothek verzeichnet diese Publikation in *Der Deutschen Nationalbibliografie*; detaillierte bibliographische Daten sind im Internet über *www.d-nb.de* abrufbar.

Titelbild: jo

Verwendete Quellen:

Thomas Bernhard, Korrektur.
© Suhrkamp Verlag, Frankfurt a. Main 1975, 1. Aufl. 1988, S. 240

Abdruck mit freundlicher Genehmigung

1. Auflage 2011

Schardt Verlag
Uhlhornsweg 99 A
26129 Oldenburg
Tel.: 0441-21 77 92 87
Fax: 0441-21 77 92 86
E-Mail: kontakt@schardtverlag.de
www.schardtverlag.de
Herstellung: DPG, Nürnberg

ISBN 978-3-89841-568-2

So schwanken die Menschen immer an einer bestimmten Stelle ihres Lebens und zwar immer an der darauf bezogenen entscheidenden Stelle ihres Lebens, ob sie das Ungeheuerliche ihres Lebens angehen sollen, oder sich von dem Ungeheuerlichen vernichten lassen sollen, bevor sie es angegangen haben.

(Thomas Bernhard, *Korrektur*)

1

Eigentlich hatte alles mit dem flehentlichen Blickes geäußerten Satz meines Physiklehrers Doktor Barthold begonnen, dass alles nur zu meinem Besten sei. „Nicolai, ich bitte Sie, komplettieren und rekonstruieren Sie das, was Sie soeben die mathematische Weltformel zu nennen beliebten. Es ist nur zu Ihrem Besten, dessen versichere ich Sie", hatten seine einschmeichelnden Worte gelautet, wobei er die etwas merkwürdige und immerhin auffällige Angewohnheit gehabt hatte, seine jugendlichen Gesprächspartner zwar zu siezen, sie dabei aber trotz allem mit ihrem Vornamen anzureden. Dass ausgerechnet er ausgerechnet mir, dem Klassenprimus und Versager, gewogen sein sollte, konnte zwar nicht stimmen, weil der Naturwissenschaftler ganz eindeutig eine Absicht verfolgt hatte, die auf alles andere als mein Wohlergehen bedacht gewesen war. Denn so viel war mir auf Anhieb klar gewesen: Der Barthold hatte etwas auf seine bekannt hinterhältige Art im Schilde geführt, und mir hatte auch schon geschwant, was. Von allem anderen einmal abgesehen, damit, dass mir unter dem reinen Leistungsgesichtspunkt beim besten Willen nicht beizukommen gewesen war, hatte ich den Lehrkörper im Laufe der Jahre zusehends gegen mich aufgebracht und in eine weithin spürbare Verbitterung gegen den Quertreiber getrieben. Darüber hinaus hatte sich sein Sohn Michael, der vor einem Jahr mit Hängen und Würgen das Abitur bestanden hatte, an meine Fersen geheftet und Anschluss ausgerechnet an unsere Gruppe gesucht, was seinem gestrengen Vater, bei dem er immer noch wohnte, auch nicht unbedingt gefallen haben dürfte. Denn in dessen Augen war ich nun einmal nichts weiter als ein penetranter Quertrei-

ber und ein ständiger Unruheherd, der seinem Nachwuchs womöglich irgendwelche Flöhe ins Ohr setzte und so auf die schiefe Bahn beförderte, obwohl mich, der Wahrheit die Ehre, dieses verkniffene Jüngelchen nicht nur nicht interessierte, sondern mir mit seinen penetranten Annäherungsversuchen gehörig auf die Nerven ging. Aber davon einmal abgesehen, und um aufs Wesentliche zurückzukommen: Für Pädagogen gibt es eigentlich nichts Schlimmeres als das Paradoxon eines schlechten guten Schülers. Und genau der war ich eigentlich während meiner ganzen Schulzeit und also auch noch zu dem Zeitpunkt gewesen, als das Unglück sich über meinem und den Köpfen einiger anderer Menschen zusammenzubrauen begonnen hatte ...

An diesem Tag nämlich war es im Physikunterricht zu einer einseitigen, was auch sonst, Auseinandersetzung zwischen ihm und einem meiner Mitschüler gekommen, im Verlaufe derer es ganz einfach über mich gekommen war, den Doktor mit etwas scheinbar Geheimnisvollem und noch nie Dagewesenem zu konfrontieren und das dann auch noch ungefragt an die Tafel zu schreiben, weil nämlich der Barthold nicht lockergelassen hatte beim augenzwinkernden Schikanieren des in jederlei Hinsicht überforderten Dreizehntklässlers. Seine Bemerkungen hatten, das war für jeden, der es hatte sehen wollen, ersichtlich gewesen, ausnahmslos den einen Zweck verfolgt, gefühls- und geistesvernichtend auf einen seiner Obhut ausgelieferten Schutzbefohlenen einzuwirken. Angebern ist, das hatte ich während der letzten Jahre meines Besuchs des Gymnasiums gelernt, am besten dadurch beizukommen, dass man sie in aller Öffentlichkeit bloßstellt, was in diesem speziellen Fall nur hatte heißen können, den Physiklehrer mit einer Situation zu konfrontieren, der er garantiert nicht gewachsen sein würde. Dass ich mir damit mein eigenes Grab schaufeln sollte, konnte ich zum damaligen Zeitpunkt beim besten Willen nicht wissen. Oder etwa doch?

Dabei handelte es sich in Wahrheit gar nicht um etwas wirklich Rätselhaftes und Unerhörtes, sondern um etwas, das ich unlängst gelesen und worüber ich mir stundenlang den Kopf zerbrochen hatte, zunächst ohne jedes Ergebnis im Übrigen. Aber diese Sätze, oder diese Ableitungen galten, das hatte ich bei dieser Gelegenheit gleich mitaufgeschnappt, in bestimmten Kreisen für derart revolutionär und grenzwertig, für das Fassungsvermögen des menschlichen Durch-

schnittskopfes nämlich, obwohl es an ihnen, so wollte mir scheinen, überhaupt nichts zu verstehen gab, abgesehen davon, dass es sich um ein vollkommen inhaltsleeres Doppelmoppeln handelte. Aber das war für den gehässigen Pädagogen, der gerade die Höchststrafe an dem Versager Günter Vogelsang vollstreckte, ganz bestimmt zu hoch. Und ich sollte mit meiner Annahme recht behalten, denn weder hatte er, wie sich gleich darauf herausgestellt hatte, eine Ahnung davon, wer diesen krausen Unfug von sich gegeben hatte, noch davon, dass es eben nichts als das war: ein hochgestochener Schwachsinn. Dass ich das kurze Zeit später auch zu begründen in der Lage gewesen war, hätte mir endgültig das Genick brechen können. Weil die Fachwelt das nämlich, unter Vorbehalten, ganz anders sah. Und der Barthold sowieso.

Um es kurz zu machen, es handelte sich um ein offenes Geheimnis, mit Hilfe dessen ich den Doktor vor versammelter Mannschaft ganz schlecht hatte aussehen lassen wollen. So kann man sich täuschen ...

Denn der Physik- und Mathelehrer war, wie sich sofort herausgestellt hatte, von dieser ihm bis zu diesem Tag völlig unbekannten Formelkette derart fasziniert gewesen, dass er, ambitioniert wie er war, für sich aus ihr etwas herauszuholen gehofft hatte und aktiv geworden war. Und das hatte nur heißen können, sich mit mir an diesem Vormittag in ein Einvernehmen zu setzen, das selbstredend, aller gegenteiligen Beteuerungen zum Trotz, auf meine Kosten zu gehen hatte. Die Ironie daran: Schüler und Lehrer hatten in diesen wenigen Minuten damit begonnen, ihr eigenes Grab zu schaufeln.

Das Schuljahr hatte gerade begonnen, nur noch ein Jahr, an dessen Ende das Abitur stehen würde, hatte ich damals, im Frühherbst dieses Jahres, die Schulbank zu drücken gehabt, um dann endlich und schleunigst dieser Stätte des Wissens, die tatsächlich nichts weiter als eine der Verödung des Geistes war, den Rücken zukehren zu können. Es war eine der ersten Physikstunden gewesen, an der der Barthold sich, wie gesagt, einen perversen Spaß daraus gemacht hatte, einen Mitschüler in die Zange zu nehmen.

„Dass Sie, mein lieber Günter, aber auch so gar nichts wissen“, hatte sein Zwischenfazit gelautet. Und dann hatte er händereibend und genüsslich damit begonnen, die Defizite des Versagers fein säuberlich ins Detail auseinanderzudröseln. Eklatante Lücken im mathematischen

Basiswissen seien zu konstatieren, von den Errungenschaften im Bereich der analytischen Geometrie und der Infinitesimalrechnung habe der erste Kandidat fürs Sitzenbleiben gar keine Ahnung. Und weil dem so sei, sei er, wie auch anders, vollkommen überfordert, wenn es „zum Bleistift" um so einfache Dinge wie die Berechnung von Beschleunigungsvorgängen gehe, von denen er, Günter, vermutlich noch nicht einmal zu sagen wisse, was sie genau und eigentlich seien.

Ob er ihm überhaupt zuhöre, hatte der Barthold seiner Rede Fluss abrupt unterbrochen, weil er nämlich wahrzunehmen gemeint hatte, wie die Blicke des auf Atomgröße Reduzierten ins Weite abschweiften. Dabei hatte Günter nur damit begonnen, sich hilfesuchend in der Klasse nach jemandem umzuschauen, der ihm in seiner Not hätte beispringen können. Ein deus ex machina ... Vielleicht und am besten seine Mutter, die praktizierende Tiefenpsychologin. Denn dass dieser auf einen ausdehnungslosen Punkt zusammengefaltete Schüler sich selbst aus der Bedrängnis, in die er, wenn auch nicht unverhofft, geraten war, hätte befreien können, war ganz und gar ausgeschlossen gewesen. Dass es sich so verhielt, hatte eben nicht zuletzt und vor allem damit zu tun gehabt, dass der Barthold sich seit wer weiß wie lange schon einen Spaß daraus gemacht hatte, dieses Nichts seiner Bestimmung zuzuführen. Weil nämlich dessen verwitwete Mutter, wie alle wussten, den vor etlichen Jahren von seiner, wie man hörte, ausnehmend ansprechenden Frau mir nichts, dir nichts und von einem Tag auf den anderen im Stich gelassenen Lehrkörper vor circa drei Jahren anlässlich eines Straßenfestes auf dem Holm hatte abblitzen lassen, welchen eindeutigen Zusammenhang freilich er, der doppelt Verschmähte, nie und auf gar keinen Fall zuzugeben bereit gewesen wäre. Zumal, wie jeder weiß, Lehrer stets in ihrer Urteilsbildung darauf bedacht sind, um Himmels willen objektiv und überparteilich zu sein. Und da sich sonst niemand in der Klasse getraut hatte, es sich mit dem bekennenden Leuteschinder und miesen Zyniker zu verderben, was auch nicht gerade überraschend kam, hatte ich kurzerhand einen Entschluss gefasst, nach dem mir schon seit Langem der Sinn gestanden hatte. Ich hatte mich unaufgefordert von meinem Platz erhoben und hatte, ohne nach links oder rechts zu schauen, den Weg zur Tafel angetreten, mir ein Stück Kreide gegriffen und hatte damit begonnen, besagte mathematische

Grundlagenformel mit einem schabenden Geräusch auf das dunkle Grau des Schiefers zu applizieren.

Der Barthold, dessen Kopf noch im Schütteln begriffen gewesen war, hatte von meinen außergewöhnlichen Aktivitäten zunächst gar nichts bemerkt und mitbekommen. Erst als in den Rest der Klasse, die sich erst die Augen zu reiben und dann merkwürdig unruhig zu werden begonnen hatte, spürbar nervöse Vorfreude eingekehrt war, hatte er abrupt sein monotones herablassendes Schütteln eingestellt, den Blick in Richtung der Tafel gewandt, wo Unerhörtes in der doppelten Bedeutung des Wortes sich zu ereignen im Begriffe war, hatte zwei-, dreimal hörbar tief durchgeatmet, um dann, wie es hin und wieder geschah, mit erhobener Stimme loszudonnern: „Mensch Sapara, was in Gottes Namen treiben Sie da?! Habe ich Sie etwa darum gebeten, Ihren Senf zu was auch immer beizusteuern? – Nicht? Na also, dann verfügen Sie sich mal schleunigst wieder dahin, wo Sie hingehören, nämlich in Reihe Nummer 3, Platz 4, Sie Neunmalkluger! – He!!! Halloooo!!! Ich rede mit Ihhhnen ... Ni-co-lai; setzen; fünf. – Und apropos, bitte entfernen Sie das Gekritzel von der Tafel.“

Ich hatte, weil ich es nämlich ohnehin, auf des Bartholds Neugier spekulierend, vorgehabt hatte, den feuchten Schwamm ergriffen, um eigenhändig das Formelwerk zu vernichten, das, wie alle Welt geneigt war anzunehmen, so Unerhörtes vermeldete und kundtat. Aber da war der Physiker auch schon, wie ich es erwartet und erhofft hatte, wild gestikulierend auf mich zugerauscht und war auf der verzweifelten Suche nach dem Wort gewesen, das meinem unverantwortlichen Zerstörungswerk Einhalt zu gebieten geeignet war. In dem Augenblick, als meine rechte Hand sich auf der Höhe des pseudogenialen Schriftzugs befunden und die ersten paar Zeilen bereits in die Vergangenheit befördert hatte, hatten mich des Ankömmlings zittrige Finger gepackt, an meinem Arm zu zerren begonnen, und sein Kopf hatte endlich das Wort gefunden, das sein Mund infolgedessen jetzt zu formen in der Lage war: „Aufhöööören! Sapara, um Himmels willen, hören Sie auf damit!“

Die Klasse hatte sich in einen kollektiven Lachanfall verloren, und ich hatte den verzweifelten Erhalter eines noch nie dagewesenen Gedankenblitzes blöde und verlegen lächelnd angeschaut.

„Was ist das? Was war das?“ hatte der durch die Aktivitäten der letzten Sekunden außer Atem Gekommene gehaucht, wobei seine freie Hand in Richtung des Weißen auf grauschwarzem Grund gewiesen hatte. „Wo haben Sie das her?“

Sekunden können zu Ewigkeiten werden, und ich hatte nunmehr die Gelegenheit, diese Zeitdilatation wirklich werden zu lassen. Und also hatte ich geschwiegen und betreten meinen Kopf gesenkt.

„Mensch Nicolai, reden Sie! Was zum Teufel ist das hier?“

„Das?“

Ich hatte damit begonnen, ganz schlechtes Gewissen, meinen Kopf zu heben und dem Barthold hilflos in sein hektisch gerötetes Gesicht zu schauen.

„Ja. Das.“

„Das ...“, noch einmal hatte ich ein paar Sekunden verstreichen lassen, bevor ich den begonnenen Satz zu Ende gebracht hatte, „das ist meine ..., nein, das ist nicht korrekt, das ist eine ..., nein, auch das ist falsch, das ist die ...“

„Ja?! Die ...“

Des Lehrkörpers Nerven waren zum Zerreißen gespannt, und auch in die Klasse war in diesem Augenblick an die Stelle des haltlosen Radaus von eben noch atemlose Stille eingekehrt.

„... mathematische Weltformel ... sozusagen“, hatte ich geflüstert.

„Die was? Mensch Sapara, nuscheln Sie nicht so!“

„Die mathematische Welt- und Grundlagenformel ist das“, hatte ich fast zu brüllen begonnen, „und die Ableitung lautet, wie Sie sehen können ...“

„Aber das ist es ja gerade“, hatte der Echauffierte, verzweifelt mit den Händen fuchtelnd ausgerufen, wobei sich seine Stimme zu überschlagen begonnen hatte. „Sie haben die Formel zerstört, vernichtet ...“

Barthold hatte sich daraufhin stumm und wie in Zeitlupe auf seinen Stuhl niedergelassen und seine Augen gegen die schräg einfallenden Strahlen der spätsommerlichen Sonne geschützt. Wie er da jetzt, im Frühherbst des Jahres 1975 in dem im zweiten Stock gelegenen Klassenraum der 13c der am Südergraben gelegenen Auguste-Viktoria-Schule in Flensburg gesessen hatte, war er die Inkarnation des in irrendes Nachdenken versunkenen Philosophen, der sich die alles ent-

scheidende Frage stellt: Warum ist überhaupt etwas und nicht vielmehr nichts? Und dann hatte er wie in Trance den Kopf gehoben und mich mit einem, wie mir schien, Flehen in der Stimme aufgefordert: „Nicolai, ich bitte Sie, komplettieren und rekonstruieren Sie das, was Sie soeben die mathematische Weltformel zu nennen beliebten. Es ist nur zu Ihrem Besten, dessen versichere ich Sie."

Es brachte dem Schüler Nicolai Sapara sichtlich Spaß, die schulischen Vorkommnisse von vor ein paar Wochen, worum ihn Oberinspektor Iwersen gebeten hatte, aufzuschreiben. Auch wenn ihm seit damals das Lachen gründlich vergangen war! Dieser junge Mann war, das bewies die literarische Qualität dieser Seiten, wirklich etwas Besonderes, und der Kriminalist begann langsam zu verstehen, warum seine Tochter Mathilde derart auf ihn abfuhr. Aber war er auch ein Mörder? Konnte das sein? Er hatte sich im Besitz der Halskette des zweiten Opfers des Würgers von Flensburg befunden und dafür keine plausible Erklärung gehabt. Das machte ihn zweifellos hochgradig verdächtig. Dennoch ... Etwas stimmte hier nicht und passte nicht zusammen. Der Ermittler schüttelte nachdenklich seinen Kopf. Irgendwie war ihm immer noch nicht klar, worauf der Schlaumeier eigentlich die ganze Zeit hinauswollte. Er würde weiterlesen müssen.

2

Der Oberinspektor beugte sich über die Leiche der jungen Frau und erschauerte, was nur zum Teil auf den feinen Nieselregen, den ein steifer Nordwestwind von Dänemark her über die Innenförde trieb, sondern vielmehr und vor allem darauf zurückzuführen war, dass die Tote zu seinen Füßen, wie er fand, unglaublich anziehend und, ihrer wächsernen Blässe zum Trotz, merkwürdigerweise das blühende Leben in Person war. Und außerdem: Er wusste, wer sie war. – Aber das war es nicht allein, was ihn frösteln ließ. Denn es hatte mit dieser Toten noch etwas Besonderes auf sich, und das war die Art, wie sie an dem am östlichen Ufer des Hafens gelegenen Industriehafen auf einem Bootssteg abgelegt oder aufgebahrt worden war. Hier war ein viel zu früh aus dem Leben gerissenes junges Mädchen von achtzehn Jahren sozusagen bloßgestellt worden. Ja, dachte Iwersen, das ist das richtige Wort, jemand hat sie perfiderweise in einer endgültigen Stellung der Ohnmacht und Hilflosigkeit bloß- und zur Schau gestellt, und der Oberinspektor, der unwillkürlich damit begonnen hatte, seinen Kopf wie in Trance langsam hin und her zu bewegen, spürte, wie die Wut in ihm hochstieg. Denn das konnte ja wohl nicht wahr sein, dass ausgerechnet in dieser mittelgroßen Kleinstadt am äußersten nördlichen Rand der Republik ein Serienmörder sein Unwesen trieb und Mädchen abschlachtete, die entweder, wie in diesem Fall, mit seiner Tochter befreundet waren, oder auf dieselbe Schule gingen wie sie.

„Mann, was ist das denn hier für eine üble Scheiße? Erst murkst der Perversling die zwei Girls ab, und dann behandelt er sie so, als ob sie Heilige wären. Das ist doch ein elender Psychopath, Chef, oder wie sehen Sie das?!“

Iwersen schreckte aus seinem tagtraumartigen Zustand auf, als der körnige Bariton seines erst vor einigen Monaten hierher versetzten Mitarbeiters Holgerson wie aus weiter Ferne an sein Ohr drang.

„Was meinten Sie gerade, könnten Sie das noch mal wiederholen?“

Er hatte sich wieder aufgerichtet und fixierte sein Gegenüber derart eindringlich, dass dieser verlegen damit begonnen hatte, den Schwerpunkt seines massigen Körpers von einem Bein aufs andere zu verlagern, wobei er wie ein bei einem Vergehen ertappter Schüler betreten zu Boden schaute.

„Na ja, ich meinte bloß, dass ..., wie soll ich sagen, Chef, dass die Deern ...“

„Ja?“ Aus des Vorgesetzten Stimme war eine leise Ungeduld herauszuhören, weil der Kollege Holgerson mal wieder nicht zu Potte kam.

Dabei hatte er ja recht, und er, Ole Iwersen, sah das ganz genauso, dass es sich um ein und denselben Mörder handelte, der hier sein eines unseliges Werk verrichtet hatte und das andere dort drüben, keine vier Kilometer von hier entfernt, auf der anderen Seite des Wassers an der Schülerin Beate Asmussen. Oder vielmehr vermutlich nicht hier am Fundort des Körpers, sondern woanders, wo, das wusste der Ermittler noch nicht zu sagen. Und auch die Spurensicherung hatte damals nichts Verwertbares, keine Fingerabdrücke, Reifenspuren, keine Haare, Hautpartikel oder Ähnliches gefunden und würde, da war sich der Oberinspektor einigermaßen sicher, auch dieses Mal nichts finden. Es sah gerade so aus und alles deutete darauf hin, dass die Opfer ihren Täter – oder waren es möglicherweise mehrere Täter gewesen? – gekannt und seinem grauenhaften Treiben auch keinen nennenswerten Widerstand entgegengesetzt hatten. Sie hatten sich sozusagen ohne Gegenwehr aus diesem Leben verabschiedet. Sang- und klanglos war ihnen mit bloßen Händen ihr Zungenbein gebrochen worden, und wenige Sekunden später hatte sie der vermutlich klägliche, extrem grauenhafte Tod durch Ersticken ereilt. Bei dem bloßen Gedanken daran schnürte es Ole Iwersen den Hals zu.

Sein neuer Kollege, der, immer noch ganz Verlegenheit, zurückgezogen in seine zur zweiten Natur gewordenen Unscheinbarkeit neben ihm stand, hatte, und das machte die Sache auch nicht gerade leichter, ganz offensichtlich Angst vor Autoritäten. Und solche Kriecher konnte der Oberinspektor überhaupt nicht leiden. Es war zum Wahnsinnigwerden! Mal produzierte er, wie aus heiterem Himmel, Gedankenblitze, und dann war der Blindgänger nicht dazu in der Lage, das kurz zuvor leichthin Hingeworfene zu wiederholen.

„Ja ... Mensch Holgerson, nun reißen Sie sich doch mal zusammen und konzentrieren Sie sich, Deibel noch eins! Und im Übrigen: Wer hat das Mädchen ..., also, wer hat die junge Frau eigentlich gefunden? Und wann, um welche Uhrzeit, Mann? Können Sie mir dazu möglicherweise etwas Sachdienliches sagen?“

Das Wanken des Gemaßregelten hatte bedenkliche Formen angenommen, so dass Iwersen ihn am liebsten an Ort und Stelle unangespitzt in den Boden gerammt hätte. Es war zum Aus-der-Haut-Fahren vor allem auch unter dem rein praktischen Gesichtspunkt, dass einem allein vom Hinschauen schwindlig wurde, so schwindlig, wie es einem vermutlich werden würde, wenn man heute bei extrem kabbeliger See, hier und da hatten sich auf den Wellenkämmen bereits Schaumkronen zu bilden begonnen, mit einem der an der Fördebrücke vertäuten Ausflugsdampfer eine Fahrt beispielsweise nach Kollund unternommen hätte. Dass der Oberinspektor in diesem Moment an Kollund dachte, verstand sich daraus, dass vor ungefähr vier Wochen, also Ende September, in der Nähe des Strandbads Wassersleben und fast schon auf dänischem Staatsgebiet, ebenfalls die Leiche einer jungen Frau entdeckt worden war, genauso schön übrigens wie diese hier, blond, blauäugig und lebendig ... Sozusagen. Aber das war noch etwas anderes gewesen damals als jetzt bei dieser hier. Denn bei dem ersten Opfer hatte es sich ‚nur' um eine entfernte Bekannte seiner Tochter gehandelt, hier und heute jedoch um ihre beste Freundin Andrea Reinke, die, wie die andere auch, dieselbe Schule wie sein über alles geliebtes einziges Kind besuchte. Was hatte der Blödmann eben noch zum Besten gegeben? Er konnte sich einfach nicht erinnern.

„Also, ich finde ... Ich finde ..."

„Wissen Sie was, Holgerson?" Der Angesprochene hielt abrupt in seinem Wanken inne und hob langsam seinen Kopf. „Suchen Sie erst mal in Ruhe weiter. Und wenn Sie's dann gefunden haben, melden Sie sich wieder. Meine Nummer haben Sie ja."

„Sie ... meinen, Chef ...?"

Aber diese zögerlich an ihn gerichtete Frage hatte der Ermittler gar nicht mehr gehört, weil er sich jetzt nämlich abrupt an den Rechtsmediziner gewandt hatte, der inzwischen mit seiner Untersuchung der Leiche fortgefahren war.

„Können Sie schon etwas über die Todesart und den Zeitpunkt des Exitus' sagen, Holmmeier? Und wer hat die Frau gefunden? Mein Kompagnon steht mal wieder auf der Leitung, Sie wissen ja, wie das mit ihm ist."

Den ersten Teil seiner Frage hatte sich der Oberinspektor zwar bereits selbst beantwortet, denn abgesehen davon, dass an dem entblößten Hals der Toten ganz eindeutig Würgemale zu erkennen waren, war es ganz offensichtlich, dass dieses junge Mädchen hier auf dieselbe Art umgekommen war wie das vor vier Wochen auf der anderen Seite der Förde. Die Umstände, die Art, wie sie dort lag, zur Schau gestellt, so ... hilflos, ja, und so zerbrechlich ... das passte, und das hatte dem Oberinspektor und offenbar auch seinem verunsicherten Anhängsel gleich den Gedanken eingegeben, dass hier ein Serienmörder im Begriff war, es nicht bei diesen beiden Frauenleichen zu belassen.

„Ich vermute mal, dass sie erwürgt worden ist. Aber das sehen Sie ja selbst, nicht wahr? Und haben Sie auch die Hämatome hier an den

Handgelenken bemerkt?“ Der Oberinspektor nickte. „Also, ich schätze mal“, fuhr der Rechtsmediziner fort, „dass der Täter die Deern bei ihren Handgelenken gepackt, zu Boden gezerrt und dann mit bloßen Händen stranguliert hat. Kommt uns bekannt vor, nicht wahr? Was Ihre zweite Frage betrifft ... Ich denke mal auf Grund der Körpertemperatur, dass sie sich seit ungefähr zehn Stunden im Jenseits befindet, wenn man nämlich in Rechnung stellt, dass dieses erbärmliche Sauwetter noch seinen Teil dazu beigetragen hat, die Temperatur des Corpus etwas flotter zu reduzieren. Der Rigor mortis ..., also die Totenstarre“, übersetzte er für den ihn irritiert ansehenden Ermittler, der mit diesem lateinischen Doppelwort merkwürdigerweise, seiner jahrelangen Berufserfahrung zum Trotz, im ersten Moment nichts anzufangen wusste, „hat jedenfalls schon bei den Augenlidern und den Kaumuskeln eingesetzt. Und das geht, wie wir beide wissen“, lächelte er den Oberinspektor verschmitzt an, „nach zwei bis vier Stunden los. Und bei Kälte geht die Verfestigung sogar noch etwas langsamer vonstatten, nicht wahr?“

Iwersen schaute auf seine Armbanduhr. Es war Montagmorgen, 9.30 Uhr, und das hätte bedeutet, dass sie irgendwann in der Nacht und vermutlich nach 24 Uhr getötet und hierher an diese ebenmäßig ausgebaggerte, kleine Bucht geschafft worden war.

„Gefunden hat sie, weil Sie ausgerechnet mich danach fragen, und als ob ich nichts Besseres zu tun hätte, als Ihre Ermittlungsarbeit zu verrichten, Deibel noch eins, ein morgendlicher Spaziergänger, *und ja*“, erhob er seine Stimme, weil der Ermittler Anstalten gemacht hatte, ihn zu unterbrechen, „seine Personalien sind aufgenommen worden. Aber wer das Mädchen ist, das können wir beim besten Willen nicht sagen. Papiere hat sie keine bei sich, lediglich eine angefangene Packung Prince Denmark.“

Der Leichenfledderer hatte ja recht, aber was sollte er machen? Sich nach einem neuen Mitarbeiter umsehen? Nach so kurzer Zeit? Das wäre sicherlich das Gescheiteste gewesen, aber das hätte der im Frühjahr aus der Landeshauptstadt hierher Versetzte ganz bestimmt persönlich genommen, wozu er auch allen Anlass hatte, wie Iwersen fand.

„Ist sie vergewaltigt worden?“ Auch auf diese Frage wusste der Kommissar eigentlich schon die Antwort, sofern er denn richtig damit lag, dass es sich in beiden Fällen um den gleichen Täter handelte, zumal auch dieses Opfer hier bekleidet war. Denn im damaligen Fall hatte die rechtsmedizinische Untersuchung sogar ergeben, dass die Ermordete noch Jungfrau gewesen war. Es gab, der gerade verschärft im Schwange befindlichen sexuellen Revolution zum Trotz, ganz offenbar noch Jugendliche, die sich nicht auf Teufel komm raus vom Zeitgeist unterjochen ließen und wahllos alles vögelten, was ihnen zufälligerweise über den Weg lief, sondern geduldig auf die Liebe ihres Lebens warteten.

„Nun mal immer schön langsam, Herr Kommissär. Ich bin zwar eine Koryphäe, wie jeder, also auch Sie wissen, aber ein Hellseher bin ich nun eben mal nicht. Also gedulden Sie sich und warten Sie auf die Ergebnisse der Obduktion, mein Bester.“

„Wann?“

„Morgen, im Laufe des Vormittags.“

„Geht's nicht ein bisschen flotter, Holmmeier?“

„Nee Jung, dat geit nich fixer, dat weet ju jo wol. Gut Ding will Weile haben. – Ist sonst noch was, oder können wir die Leiche jetzt ihrer Bestimmung zuführen, Chef?“

Der in hellgrünes Plastik eingehüllte Mittfünfziger mit dem Kahlschädel und der Brille auf der Adlernase rieb sich, vermutlich weil er sich auf die Innenansicht des Mädchens freute, die Hände. Oder vielleicht fror er auch nur.

Aber Oberinspektor Iwersen hatte sich bereits abgewandt, wobei er flüchtig seinen rechten Arm angehoben und mit einer unglaublich müde wirkenden Bewegung seiner Hand den Abtransport genehmigt hatte. Dieses bei jeder unpassenden Gelegenheit eingestreute Platt des Mediziners ging ihm ganz gehörig gegen den Strich, auch wenn es hier oben an der Küste überall und allenthalben zu hören war. Irgendwie klang es nach seinem Dafürhalten brege und so, als ob die, die sich dieser Mundart bedienten, nicht bis drei zählen konnten. Und apropos: Kam nicht auch Holgerson von hier oben ...? Na bitte! Und vor allem: In diesem tragischen Zusammenhang und wie die Umstände nun einmal waren, empfand er dieses Geschnacke nur noch als pietätlos. Etwas mehr Respekt vor den Toten, so dachte er, täte manch einem ganz gut. Vor allem aber sollte man Respekt haben vor den Lebenden, zumal dann, wenn dieses Leben so richtig noch gar nicht begonnen hat. Ich bin ja sonst nicht unbedingt pingelig und etepetete, aber das hier geht alles entschieden zu weit, sowohl was den Anlass betrifft als auch den herabwürdigenden Umgang damit. So ist das, und kein Deut anders!

Mit solchen vergleichsweise trüben Gedanken verließ der Oberinspektor ganz langsam und in sich gekehrt den Bootssteg. Über ihm wurden vereinzelte Möwen in ihrem Flug durch die Kraft des Windes in Richtung der Hafenspitze geweht, und die Stahlseile an den Masten der an der Brücke vertäuten Segelschiffe gaben das typisch metallene, hell tönende und, je nach individueller Gemütslage, teils als beruhigend, teils als enervierend empfundene Geräusch von sich. Aber das nahmen weder er noch sein stämmiger Adlatus wahr, der ihm in gemessenem Abstand folgte, wobei bei jedem seiner Schritte die Holzbohlen unter seinem Gewicht zu ächzen schienen.

Was hatte der Dicke noch einmal gesagt? Wie hatten seine Worte gelautet? Aber den Schisser mit ungewissem Ausgang noch einmal zu interviewen fehlte Ole Iwersen im Moment die Kraft. Und außerdem fror er erbärmlich, durchnässt wie er mittlerweile war. Denn immer noch trieb der schneidende Nordwestwind dicht an dicht feine Nieselregenfäden über die aufgepeitschte Innenförde. Der Herbst hatte mit aller Macht Einzug gehalten, und bald würde es, wenn der Wetterbericht recht behalten sollte, den ersten Schnee geben. Das konnte ja heiter werden. Genau genommen, aber das konnte der Ermittler nicht wissen, hatte es bereits in der vorangegangenen Nacht so ziemlich genau um Mitternacht zwar nur kurz, dafür aber umso heftiger zu schneien angefangen. Vor allem jedoch und von diesen wettertechnischen Details einmal abgesehen: Der Oberinspektor hatte etwas zu erledigen, und das duldete keinen Aufschub.

3

Mathematiklehrer Barthold schüttelte seinen Kopf. So ging das einfach nicht weiter. Das Möchtegerngenie Sapara hatte ihn erst vor der gesamten Klasse vorgeführt und ihn perfiderweise in die Falle tappen lassen. Dann hatte er, scheinbar widerwillig, das Formelwerk auf seine Bitte hin rekonstruiert und damit den Weg bereitet für eine Blamage, wie er sie zuvor noch nie erlebt hatte. Und die ganze Schule, vor allem jedoch und was schwerer wog, seine Kollegen und Kolleginnen hatten danach gefeixt und sich, schallend lachend, über sein schmachvolles Waterloo bei den Koryphäen der Zunft in aller Öffentlichkeit und ohne jede Rücksichtnahme auf seinen zu befürchtenden endgültigen Autoritätsverlust gehässigerweise lustig gemacht. Es war nicht zum Aushalten gewesen, und Doktor Barthold hatte allen Ernstes angefangen darüber nachzudenken, entweder die Schule zu wechseln oder seinen Beruf gleich ganz an den Nagel zu hängen. Zumal es bis zur Pensionierung ohnehin nur noch ungefähr zehn Jahre hin war. Aber dann hatte er sich besonnen, dass das der nächste Fehler gewesen wäre, klein beizugeben und sich durch diesen arroganten Schnösel von einem Schüler kleinkriegen zu lassen. Das kam überhaupt nicht in die Tüte, wo Kleinmut und Feigheit vor dem Feind nun wirklich nicht die Sache dieses Naturwissenschaftlers war.

Sein Sohn Michael, ja, der hätte die Brocken hingeschmissen und widerstandslos das Feld geräumt. Ärger noch, der wäre zu Kreuze gekrochen und hätte sich womöglich bei seinem schlimmsten Feind anzubiedern versucht. Ja, so verhielt es sich und keinen Deut anders! Der Hänfling und das Muttersöhnchen hatte es bis heute nicht verwunden, dass seine Mutter ihren Mann und den kleinen Maiki vor inzwischen gut und gern zwölf Jahren verlassen hatte. Das hatte dem Kleinen weiß Gott nicht gutgetan und ihm auch nicht. Er hatte gelitten damals, als seine so unglaublich schöne Elvira mit ihrem blonden Lockenkopf und den tiefblauen Augen ihm an einem Samstagabend auf den Kopf zugesagt hatte, dass sie sich in einen anderen verliebt habe. Mehr noch: Sie hatte ihm ohne Umschweife zu verstehen gegeben, dass sie ihn und Michael verlassen werde, weil nämlich ihre große Liebe dem Land den Rücken zukehren wolle, um in London eine Stelle als Filialleiter einer weltweit engagierten Firmenkette anzutreten. Und da werde und müsse sie ihm, ohne Rücksicht auf Verluste und weil sie schließlich auch nicht jünger werde, folgen.

Keine Woche später waren ihre Sachen gepackt gewesen und in die Hauptstadt des englischen Königreichs überführt worden. Und sie hatte sich beim Abschied noch einmal kurz zu ihrem Sohn hinabgebeugt, ihm über den Kopf gestrichen und versichert, dass sie ihn trotz allem liebe und für ihren kleinen Schatz in ihrem Herzen immer einen Platz reserviert habe. Dann hatte sie sich aufgerichtet, ihm ein letztes Mal einen flüchtigen Kuss auf die Wange gegeben, ihm viel Glück für sein weiteres Leben gewünscht und sich dann schleunigst von dannen gemacht und danach nie wieder etwas von sich hören lassen ... Seitdem wohnten Vater und Sohn alleine in ihrer Dreizimmerwohnung am Jungfernstieg.

Michael hatte an dem Vormittag der Trennung zu schluchzen und dann stundenlang unbändig zu weinen begonnen, und es hatte einige Wochen gebraucht, bevor er mit seinem total verängstigten und hilflosen Sohn auch nur einen vernünftigen Satz hatte reden können, weswegen er sich dann, überfordert wie er war, auch sehr bald schon nach professionellem Beistand umgesehen hatte. Das war, aber das hatte er damals noch nicht wissen können, sein nächster Fehler gewesen. Irgendwie bestand sein Leben seit dieser Zeit nur noch aus Fehlern. So jedenfalls kam es Doktor Manfred Barthold an diesem Abend vor, an dem er seinen Sohn zum wiederholten Male zur Rede stellte.

„Ich dulde es nicht länger, dass du dich mit dem Schüler Sapara triffst! Hast du mich verstanden?“

„Das ist ja wohl meine Sache, nicht wahr, und das geht dich überhaupt nichts an“, hatte der ihn nur frech angegrinst und dann aufgefordert, ihn doch bitte nicht weiter zu nerven und endlich zu gehen.

Er hatte vor ein paar Minuten das Zimmer seines Sohnes betreten, der sich auf seinem Sofa gelümmelt und bei seinem Eintreten in einem Buch geschmökert hatte.

„Ich muss mit dir reden“, hatte er ihn angesprochen, aber es war so gewesen, wie sonst auch: Sein Sohn hatte überhaupt nicht reagiert und sich so verhalten, als ob sich außer ihm selbst niemand sonst in seiner verlotterten Bude aufhalten würde und hatte weitergelesen.

„Hörst du mich? Ich muss mit dir reden! Und schau mich gefälligst an, wenn ich mit dir spreche!“ Seine Stimme hatte zu beben begonnen. „Was liest du da überhaupt?“ hatte er einen erneuten Anlauf, den Kontakt zu seinem Sohn herzustellen, unternommen, aber auch der war gescheitert.

Da hatte der überforderte Doktor die Nerven verloren, sich mit einer hastigen Bewegung zu seinem Schutzbefohlenen hinabgebeugt und ihm das Buch entrissen. Ein Krimi. Natürlich. Was auch sonst? Wo die Sorge seines einsetzenden Alters doch ohnehin nichts anderes las als Krimis, Horrorgeschichten und gewaltverherrlichende Comics. Er wusste einfach nicht mehr weiter und hatte angewidert auf das Produkt einer fehlgeleiteten Einbildungskraft geschaut.

„*Der Grenzgänger* ... Na prima! Alle Achtung! Du tust, wie ich sehe, mal wieder was für deine Bildung. Respekt, und jeder wie er kann, du ... erbärmlicher Versager! Wenn das deine Mutter wüsste, wie du hier deine Zeit mit so einem lächerlichen Quatsch verplemperst ..."

In den Augen seines Sohnes hatte er in diesem Moment nichts als Verachtung gelesen, und es war ihm sogar so vorgekommen, als ob der, der da vor ihm auf dem Sofa jetzt in Habachtstellung und wie auf dem Sprung gesessen hatte, kurz davor gewesen war, sich auf ihn zu stürzen, um ihn zu vernichten. Unwillkürlich war der Doktor zwei Schritte zurückgetreten, weil er seinen Sohn noch nie zuvor in einem solchen Zustand gesehen hatte: gewaltbereit und scheinbar zu allem fähig.

„Wage es ja nicht, über meine Mutter zu sprechen, du ..., du ... Witzbudenfigur. Sie hat dich doch nur deswegen sitzenlassen, weil du es einfach nicht mehr gebracht hast. Wer ist denn hier der Versager, hä?"

„Was fällt dir ein, so mit deinem Vater ..."

„Überleg du dir mal lieber, wie du mich behandelt hast seit damals, seit ..." Michaels Stimme brach, er senkte seinen Kopf und begann zu schluchzen.

„Krumm habe ich mich für dich gelegt. Habe mich unentwegt für dich eingesetzt und versucht, das Beste für dich aus der verkorksten Situation zu machen. Und wie hast du es mir gedankt? Mit Gleichgültigkeit, Desinteresse und Ignoranz. Ich dulde das nicht länger. Wenn sich das nicht schleunigst ändert, werde ich andere Saiten aufziehen, mein Lieber."

Bei den letzten Worten seines aufgebrachten Vaters hatte Michael sich wieder aufgerichtet und ihn angewidert angeschaut. Ging das schon wieder los! Erst die ewig gleichen Vorwürfe gefolgt von irgendwelchen ominösen Drohungen, die doch bis auf den heutigen Tag sowieso immer folgenlos geblieben waren. Es war zum Lachen, wenn es nicht so traurig gewesen wäre.

Wie vermisste er seine wunderschöne Mutter, die ihn, als er noch ein Kind gewesen war, mit dieser aufgeblasenen Mangelerscheinung im Stich gelassen hatte. Und wie hasste er sie dafür! Hätte sie ihn doch mitgenommen, egal wohin, nur weg von seinem Alten, der ihm seit damals mit nichts anderem in den Ohren lag als damit, seinen Mann zu stehen, das heißt Einsen zu schreiben, hundertprozentig seinen Pflichten nachzukommen und vor allem, ihn, den Oberstudienrat, nicht vor seinen Kollegen durch Nachlässigkeiten welcher Art auch immer zu blamieren. Eine Kindheit in *dem* Sinne war das alles nicht gewesen, und dafür verabscheute er seinen Erzeuger und konnte ihm schon seit Jahren nur noch mit unverhohlener Verachtung begegnen. Warum er, bei diesen Voraussetzungen, noch nicht ausgezogen war und sich in Flensburg oder woanders eine eigene Wohnung gesucht hatte, wusste Michael nicht zu sagen. Obwohl, er wusste es natürlich schon. Denn wie hätte er sein Leben finanzieren sollen, wenn nicht mit Hilfe seines Vaters, der dies bestimmt von heute auf morgen unterlassen hätte, wenn er sich, wie seine Mutter damals, mit Sack und Pack aus dem Staub gemacht hätte. Außerdem hätte er seinen VW Käfer, den ihm sein Alter überraschenderweise zum bestandenen Abitur geschenkt hatte, gleich wieder verkaufen können. Und weil er das erst recht nicht wollte, war er im Jungfernstieg geblieben.

„Leck mich", entfuhr es ihm. Dabei entriss er seinem alten Herrn den Schmöker, suchte sich kurz in dem Blätterwald zu orientieren, also diejenige Stelle ausfindig zu machen, wo er vor der Störung mit dem Lesen aufgehört hatte, um sich wieder in derjenigen Tätigkeit zu verlieren, die ihm das Wichtigste war: Krimis zu lesen.

Und dann war die Nervensäge endlich zur Sache gekommen, indem sie ihm – zum wievielten Male eigentlich? – den Umgang mit seinem besten Freund Nicolai untersagen wollte. Warum er diesen Punkt ausgerechnet heute wieder auf die Agenda gesetzt hatte, war auch nicht weiter verwunderlich gewesen, bei *dem* Desaster, das das Genie ihm unlängst eingebrockt hatte. Das finale Verstummen in Kiel musste der reine Wahnsinn gewesen sein. Endlich einmal war sein Alter sprachlos gewesen und hatte sich bis auf die Knochen blamiert. Er wäre zu gerne dabeigewesen! Was wäre es für ein Triumph gewesen, den Erfolgsmenschen und Quäler der ihm unterstellten Jugend mit fliegenden Fahnen untergehen zu sehen, wo doch sonst immer ihm der freie Fall vorbehalten gewesen war. Was für ein Jux und eine Gaudi!

Ja, der Sapara wusste, wie man lästiges Gesindel in seine Schranken weisen konnte. Der schüttelte so was aus dem Ärmel und ließ Leute, die ihm gegen den Strich gingen, ganz alt aussehen. Weil er nämlich, im Gegensatz zu ihm, vor nichts und niemandem Angst hatte und schlichtweg allem und jedem gewachsen war. Weswegen ihm auch die Mädels scharenweise hinterherliefen. Vor allem jedoch diese Wahnsinnsfrau mit dem schwebenden Gang, die das Glück oder Unglück sämtlicher Männer der Stadt sein könnte, wenn sie wollte. Je nachdem.

„Ich treffe mich, mit wem ich will. Kapier das endlich. – Und jetzt“, fuhr er nach einer kurzen Pause fort, „wäre es echt nett von dir, wenn du die Tür wieder von außen zumachen könntest. Ich lese, wie du siehst. Denn meine Bildung, und das ist dir ja, solange ich denken kann, stets das Wichtigste überhaupt gewesen, geht auch mir über alles. Ist sonst noch was? Nicht? Na dann ist ja gut. Schönen Nachmittag noch.“

Es hatte alles keinen Zweck. Er kam an seinen Sohn einfach nicht mehr heran. Aber hatte er das je getan? Und überhaupt: Die heutige Jugend wurde ihm immer fremder, regelrecht unheimlich war sie ihm mittlerweile geworden. Er fühlte sich dem allem nicht mehr gewachsen, schon gleich nicht seit vor ein paar Tagen, und vielleicht würde es ja tatsächlich das Beste sein, seinem Leben noch einmal eine neue Richtung zu geben.

Im Hinausgehen überlegte Doktor Barthold noch, dass es vermutlich so falsch nicht sein würde, nach langer Zeit mal wieder den Kontakt zu Frau Doktor Vogelsang aufzunehmen und sich bei ihr nach den Fortschritten zu erkundigen, die sich bei der Therapie seines missratenen Sohnes eventuell doch inzwischen eingestellt hatten. Das konnte ja immerhin sein, auch wenn es nicht so aussah. Wenn da nicht dieses amouröse Malheur von vor ein paar Jahren gewesen wäre, als er sich in einem unbedachten Moment, und als er sich mal wieder unendlich einsam und verlassen gefühlt hatte, an die strenge Schöne unter Alkoholeinfluss herangemacht und sich, wie nicht anders zu erwarten gewesen war, eine Abfuhr eingehandelt hatte. Seit dieser verheerenden Niederlage hatte er sie eigentlich in dem Sinne nicht mehr getroffen und sie allenfalls bei einem gelegentlichen und zufälligen Zusammentreffen auf offener Straße flüchtig gegrüßt. Irgendwie schüchterte diese blonde Schönheit mit dem undurchdringlichen Blick ihrer tiefblauen Augen ihn immer ein. Und dann war sie, zu allem Überfluss, auch noch Psychologin. Was hatte ihn damals nur geritten? So einsam konnte man doch gar nicht sein, um sich ausgerechnet in eine Seelenzergliederin zu verlieben, deren Beruf es war, einem permanent Fallen zu stellen und einem an irgendwelchen dunklen Stellen eines wirklich oder vermeintlich verkorksten Seelenlebens aufzulauern und auf frischer Tat zu ertappen. Nein, zum Glück war aus der Sache damals nichts geworden, zumal er in seinem Alter ... Aber seinem außer Kontrolle geratenen Sohn Michael könnte sie womöglich doch noch auf die Sprünge helfen, und sei es auch bloß, damit sich in ihrem Verhältnis endlich etwas zum Besseren veränderte.

4

„Mensch Nicolai, ich versteh die Zusammenhänge immer noch nicht. Irgendwie ist mir das alles zu hoch.“ Holger fixierte seinen Freund mit einem bohrenden Blick und zog hektisch an seiner selbstgedrehten Zigarette. Er kam, so sehr er sich auch bemühte, nicht hinter das Geheimnis, das sein Gegenüber ihm und den anderen – zum wievielten Mal eigentlich? – gerade zu erklären versucht hatte. Dabei handelte es sich, wenn er es richtig verstanden hatte, um ein doppeltes Geheimnis, dessen eine Hälfte eine pure Banalität war, oder sein sollte, oder ... Aus den Lautsprechern ertönte gerade *Gimme shelter* von den Stones. Das passte ...

Der Dreizehntklässler fuhr mit seiner rechten Hand durch seinen lockigen, blonden Haarschopf, wobei er sich mit gespielter Erschöpfung und einem weithin hörbaren „Uff!“ in seinen Stuhl zurückfallen ließ.

„Weißt du was, Alter, ey, das ist mir alles zu hoch! Oder versteht ihr etwa, worauf unser Genie die ganze Zeit hinauswill?"

Holger schaute der Reihe nach in die Gesichter der anderen Schüler und Schülerinnen, die sich an diesem Sonntagabend, es war der 27. Oktober, in ihrer Stammkneipe am Nordermarkt, vis à vis der Kollonaden, getroffen hatten.

„Mensch Mathilde, sag doch auch mal was. Und wo du doch in Mathe weiß Gott nicht so auf dem Schlauch stehst wie ..., na ja, wie ich eben. Oder wie Günter, unser verhindertes Matheass. – Nimm's locker, Alter, ist nicht bös gemeint", und mit diesen Worten schlug er seinem Tischnachbarn auf die Schulter, was dieser mit einem gequälten Lächeln quittierte.

„Na ja, Holgi, sagen wir mal so. Klar scheint zu sein, dass Nicolai dem Barthold eine Ableitung untergejubelt hat, die alles andere als neu ist. Die scheint's seit bereits fünfzig Jahren oder so zu geben. Und er hat sie als auf seinem Mist gewachsen ausgegeben, weil er den Leuteschinder dazu bringen wollte, sie ihm abzuluchsen, um in der Fachwelt als ein zweiter Gödel aufzutrumpfen ..."

„Als ein was? Ein zweiter Blödel? Versteh ich nich." Holger starrte die, wie er fand, so unglaublich hübsche und ihn ungemein ansprechende Mitschülerin entgeistert an und nahm einen weiteren Zug. Der Glimmstängel glühte auf, so dass man für einen Moment hektische rote Flecke auf dem Gesicht des Überforderten erkennen konnte.

„*G*ödel, Holgi. Nicht *B*lödel, du *D*ödel", lachte ihn der Schwarm aller Jungs der 13c der AVS an. „War, wenn ich mich richtig erinnere, ein im erweiterten Sinne österreichischer Mathematiker, der dem Widerspruchsfreiheitspostulat der mathematischen Logik einen vernichtenden Schlag versetzt hat ... oder so ähnlich. Stimmt das so ungefähr, Nicolai? Und apropos, drehst du mir auch mal eine?"

Der Klassenprimus schaute auf, nickte kurz und wandte seine Aufmerksamkeit wieder dem vor sich auf dem Tisch liegenden Blatt Papier zu, das mit irgendwelchen Buchstabenkolonnen bedeckt war.

„Mensch Mathilde, ich wusste ja gar nicht, dass du so ..., so ..., na ja, dass du die Weisheit mit Löffeln ..."

„Nun lass das doch mal, Holgi! Ich bin es ohnehin leid, immer wieder über den Scheiß von vor mehr als vier Wochen zu quatschen, oder wie seht ihr das?“ wandte sich Nicolai an die anderen Anwesenden.

Holger, der inzwischen seinen Glimmstängel ausgedrückt hatte, hatte damit begonnen, für die Schöne eine besonders liebevoll gedrehte Drum zu wickeln.

„Nee, finde ich nich. Das ist doch spannend. Vor allem auch deswegen, weil der Olle in die Falle, die du ihm gestellt hast, offensichtlich hineingetappt ist. Ganz ehrlich, Nico, ich würde auch ganz gern mal wissen, was es mit dem doppelten Geheimnis auf sich hat.“

Andrea lächelte den Schüler, in den sie seit Monaten heimlich verschossen war, aus ihren blauen Augen freundlich an. Aber der Angebetete merkte einfach nicht, wie es um ihr Seelenleben bestellt war und schien für sie bestenfalls freundschaftliche Gefühle zu hegen. Zumal sie seit einiger Zeit zu bemerken glaubte, dass sich zwischen ihm und ihrer besten Freundin etwas, um es mal vorsichtig auszudrücken, anzubahnen im Begriff war. Das tat weh, und Fräulein Reinke hatte irgendwann bestürzt feststellen müssen, dass sie allen Ernstes eifersüchtig auf Mathilde war. Aber es half ja nichts, und also schmiegte sie sich demonstrativ an Holgi, der diese gespielte Zärtlichkeit auf seine Art erwiderte: „Na bitte, sag ich doch, ganz meine Meinung, Alter. Andi, du bist ein Schatz. Komm, küss mich, du Schöne!“

Mit einem breiten Grinsen wandte er sich, nachdem er Mathilde die Zigarette ausgehändigt und ihr, ganz Kavalier, Feuer gegeben hatte, dem blonden Mädchen zu, packte ein wenig zu grob vielleicht ihre Schultern, schaute ihr tief in die Augen und spitzte seine Lippen zum Kuss. Brach dann aber ab, hielt kurz inne, was Andrea dann doch irgendwie schade fand, drehte sich in Richtung Tresen um und gab über die Weite des Raumes seine Bestellung auf: „Hey Bernie, machst mir noch n Pils?! Wie isses, wollt ihr auch noch eins?“ wandte er sich wieder der Runde zu. „Nich? Also“, drehte er sich wieder um, „eins für mich, Bernie, und bitte zack, zack, Alter! – Warum, das wollte ich dich schon immer mal fragen, Nico, hast du die Aktion damals überhaupt abgezogen? Angeberei kommt ja wohl eher nich in Frage, oder, mein Alter? Also was war's? Komm, spuck's aus!“

Holger Feddersen hatte bei den letzten Worten seinem Freund kräftig auf seinen rechten Oberschenkel geschlagen, so dass dieser sich, in gespieltem Schmerz, zusammenkrümmte und ein gestammeltes „Eh Alter, spinnst du, Mann!“ ausstieß. Nachdem er sich wieder aufgerichtet hatte, wandte er sich Günter zu, der dem Treiben bisher mehr oder weniger teilnahmslos gefolgt war.

„Ach wisst ihr, ich war es so leid, dass dieser elende Pädagoge aus purer Freude die Schüler quält und sich dabei vor allem immer diejenigen aussucht, die sich nicht wehren können. Wie zum Bleistift“, ahmte er mit einem verschmitzten Grinsen den Barthold nach, wobei er genüsslich an seiner geschwungenen Petersons Pfeife zog, „unsern Günter hier, der unter diesen permanenten Quälerein besonders zu leiden hat. Das geht mir so was von gegen den Strich, kann ich euch sagen!“ Aus den Boxen ertönte *Paranoid* von Black Sabbath.

„Nobel, Alter, echt nobel!“ erhob sein Freund seine Stimme, um gegen den Sound der englischen Hardrockband anzukommen. „Der Robin Hood der AVS soll leben!! – Danke Bernie“, wandte sich der Blondschopf dem Kellner des Porticus zu, der das Pils auf den Tisch gestellt und anschließend einen Strich auf den dazugehörigen Bierdeckel gemacht hatte. „Warum nich immer so?“

„Nun mach mal halblang, Alter. Und wo du nicht der Einzige bist, um den ich mich zu kümmern habe, oder was?!“

Es stimmte, das Porticus hatte sich inzwischen gefüllt, obwohl es Sonntagabend war, wo sich normalerweise eher relativ wenige Gäste in diese reine Schülerkneipe verirrten, vermutlich deswegen, weil am Montag wieder Schule war. Aber heute war es komischerweise anders, und das, obwohl draußen das typisch norddeutsche Sauwetter herrschte. Es stürmte und regnete seit Tagen, ein steifer Nordwestwind trieb unablässig tiefhängende graue Wolken übers Land, und für den kommenden Mittwoch war sogar Schnee angesagt worden, obwohl es erst Ende Oktober war.

„Also gut“, erhob Nicolai seine Stimme, um gegen den vergleichsweise hohen Lärmpegel anzukommen, obwohl jetzt die rauchige und spröde Stimme Bob Dylans aus den Lautsprechern drang, „ein letzter Anlauf. Dieses eine Mal noch und dann ... nie wieder.“ Er zog noch einmal an seiner Pfeife, die den ungemein angenehmen Geruch von

Dark twist der Marke Mac Baren verströmte. „Seht euch doch bitte mal die Buchstabenverkettung auf diesem Stück Papier an und sagt mir, was euch daran auffällt."

Nachdem er seine Aufforderung losgeworden war, lehnte er sich auf der am Fenster gelegenen Bank zurück und widmete sich wieder dem Pfeifengenuss. Mehrere Minuten, während derer alle wie gebannt auf die Symbole gestarrt hatten, war nur der innovative Sound der Gruppe Led Zeppelin mit ihrem Song *Whole Lotta Love* und das Stimmengewirr an den anderen Tischen zu vernehmen gewesen, wohingegen es an diesem Erkerfenstertisch mucksmäuschenstill war. Und auch blieb, als Nicolai seine Mitschüler nach ungefähr fünf Minuten erwartungsfroh ansah.

„Ja, seht ihr es denn nicht? Das kann ja wohl nicht wahr sein!"

„Wie ..., was sehen?" Andrea wirkte konsterniert. Auch sie hatte sich inzwischen eine ihrer obligatorischen Prince Denmark angesteckt. „Das ist ja hier wie in der Schule bei dem Barthold. Keiner versteht was, und der Doktor macht sich über unsere Hilflosigkeit auch noch lustig. Täusche ich mich, oder haben wir heute schon ...?"

„Wartet mal! Ich glaub, ich hab's!" Günter, ausgerechnet Günter, der einzige Nichtraucher am Tisch übrigens, unterbrach seine Mitschülerin, die das allerdings nicht auf sich sitzen lassen wollte.

„Au-gen-blick, Gün-ter, lass mich, bit-te, meinen Satz zu Ende bringen", sagte sie spitz, indem sie einen formvollendeten Kringel in den bereits stark verqualmten Raum, oder, genau genommen, in die Richtung seines Gesichts blies. „Montag."

„Bitte?" Günter Vogelsang sah das blonde Mädchen verdutzt an, während er den Rauch verärgert wegfächelte. „Wie meinst du das? Ich verstehe dich ..."

„Heute ist nicht Montag, sondern Sonntag." Wieder nebelte sie das begriffsstutzige Anhängsel ein.

„Ja ... und?"

Alle schmunzelten, nur Günter wusste noch immer nicht, worauf die Reinke hinauswollte.

„Andrea will uns sagen, vor allem jedoch mir, vermute ich mal, dass wir hier erstens nicht in der Schule sind, und dass ich mich zweitens nicht wie ein Lehrer aufführen soll, Günter. Das ist alles. Aber", fuhr er an den gerichtet fort, dessen Gesicht sich gerade aufzuhellen begonnen hatte, „sag uns doch mal, welches Licht dir soeben aufgegangen ist. Lass uns teilhaben an deinen Einsichten."

Nicolai tat es der Reinke nach und blies gleich eine ganze Kringelkette in die aufgeheizte Atmosphäre. Simon und Garfunkel sangen gerade ihren *The Boxer*, was beruhigend auf die Gemüter wirkte.

„Ja, also ... Irgendwie habe ich den Eindruck, dass die Buchstabenverkettung eigentlich nichts anderes ist als genau dasselbe wie ..."

„Ja?" Nicolais Stimme klang hoffnungsvoll.

„Wie die zu lösende Gleichung selbst. Jetzt ... Ja, genau, jetzt verstehe ich auch, weshalb du immer so sehr auf der Tautologie rumgeritten bist. Also auf dem Doppeltgemoppelten, wie du dich immer ausdrücktest. Du wolltest doch die ganze Zeit darauf hinaus, dass diese Formel nichts weiter als eine Pseudoerklärung ist, oder?"

Günter, dessen Kopf sich bei den letzten Sätzen gerötet hatte, schaute seine Mitschüler der Reihe nach an. So sah Aufregung aus, die Aufregung, etwas Außerordentliches getan oder entdeckt zu haben. Alle inhalierten, erhoben wie aufs Stichwort ihre Biergläser und prosteten dem Erleuchteten zu. Nur der trank heute Abend lediglich seine obligatorische Kneipencola, weil er nämlich mit der ihm unlängst von seiner betuchten Mutter zum neunzehnten Geburtstag geschenkten Ente, und die Marke passte zu Günter wie die Zitrone zum Tequila, in die Stadt gefahren war.

„Warte mal ... Ja, ich glaube auch, dass ich zu verstehen beginne", wandte sich Mathilde jetzt an den Jungen, in den sie sich seit dem damaligen Eklat zu Beginn des Schuljahres verguckt hatte. Denn bis zu diesem Tag hatte sie ihn lediglich für ein blasiertes kleines Arschloch gehalten, für einen Streber, der sich auf Kosten der anderen in Szene setzte, um seine Spitzenzensuren bei den Paukern abzuholen. Aber an diesem Vormittag hatte sie plötzlich begriffen, dass ihm die Zensuren in jederlei Hinsicht egal waren, und dass es ihm in Wirklichkeit um etwas ganz anderes ging: Darum nämlich, den Paukern zu zeigen, dass sie ihn alle mal gern haben konnten, und das, obwohl, oder nein, weil er ein so guter Schüler war! Er verachtete das ganze Pädagogenpack, das war ihr schlagartig klargeworden. Und das hatte sie schwer beeindruckt! Weil sie nämlich genau dasselbe empfand, bei ungleich ungünstigeren Voraussetzungen freilich.

„Du wolltest damals mehrere Fliegen mit einer Klappe schlagen, stimmt's oder hab ich recht? Warte, lass mich ausreden“, unterbrach sie den Mann ihres Herzens, der gerade Anstalten gemacht hatte, ihre Frage zu beantworten, wobei sie zärtlich seine auf dem Tisch ruhende Hand für einen flüchtigen Moment berührte.

„Küss ihn doch gleich, Süße“, lautete Holgers nicht wirklich unerwarteter Kurzkommentar. Aber das überhörte die Liebreizende, konzentriert wie sie in diesem Moment war.

„Also“, fuhr sie nach kurzem Zögern fort, zog noch einmal an ihrem Glimmstängel, bevor sie ihn entsorgte, „erstens, das hatte ich ohnehin gleich begriffen, ist diese Ableitung nicht von dir, sondern von Wittgenstein ...“

„Bitte? Wer is ...?“

„Nun lass doch mal, Holgi! Lass Mathilde bitte ausreden“, wandte sich Nicolai ungeduldig an seinen Freund. Seine Pfeife hatte er inzwischen neben sich auf den Tisch gelegt.

„Zweitens hast du sie als deine ausgegeben, weil du wolltest, dass der Barthold glaubte, dass sie zuvor noch nie gedacht worden sei ... Aber warum?“

Die Augen aller um den Tisch Versammelten richteten sich auf den Klassenbesten.

„Na, weil ich darauf spekuliert habe, dass er mir die geniale Ableitung abluchsen wollen würde, um sie dann als auf seinem Mist gewachsen wie auch immer öffentlich zu machen. Und deswegen habe ich sie auf seine erste Aufforderung hin auch gleich wieder wegzuwischen begonnen, um seine Neugier nämlich noch mehr anzufeu...“

„Was dir ja auch gelungen ist. Mein Gott, bist du abgefeimt ...“ Andrea schaute ihn ungläubig an.

„Sag ich doch, mein Freund ist ein Jahrhundertgenie. War schon immer meine Rede. Aber auf mich hört ja keiner.“ Holger tat zerknirscht und leerte sein Glas.

„Ja. Gut. Weiter. Drittens. Die Formel oder die Ableitung gilt in der Fachwelt für so etwas wie ... Na ja, die Mathematiker tun gerade so, als ob der Wittgenstein es mit Einstein aufnehmen könnte, und als ob die

Bedeutung dieser Symbolreihe es locker mit der Gleichung $E = mc^2$ aufnehmen könne, stimmt's?" Nicolai nickte. „Und das ist fünftens ..."

„Viertens ..."

„Wie bitte?" Mathilde sah Günter irritiert an.

„Nach drittens kommt ..."

„Ist doch jetzt egal, Mensch. Also, viertens meinetwegen ... Was wollte ich ...? Ja, genau, das ist vollkommener Quatsch, weil diese Formel lediglich das beweist, was sie ..."

„... voraussetzt", vollendete Günter den angefangenen Satz, wobei er sich, wenn man genau hingesehen hätte, leicht abduckte, was aber überflüssig war, weil die Hübsche ihre Deduktion ungerührt zu Ende brachte.

„Und mit diesem geklauten, nichtssagenden Formelwerk wolltest du den Barthold auf die Fachwelt loslassen, damit der sich bis auf die Knochen blamiert, weil er davon ausgehen musste, dass er beziehungsweise du da etwas Unglaubliches, Unerhörtes herausgefunden hattest. Das ist Klasse. Einfach Spitze!"

5

„Achtung, Feind naht!" raunte Holger in die Runde. Den Raum erfüllte gerade *Help*, der hektischste aller Songs der Beatles. Habeland, Kunst- und Englischlehrer an der AVS, bahnte sich den Weg durch die Massen, denn mittlerweile war das Porticus dermaßen überfüllt, wie es normalerweise bloß an Samstagen oder am ersten Weihnachtsfeiertag vorzukommen pflegte, wenn die vom Familienidyll, dem Christstollen, der knusprigen Flugente und den gutgemeinten Geschenken der fürsorglichen Eltern, vom Weihnachtsbaum mit dem Lametta, den in allen erdenklichen Farben schimmernden Kugeln unterschiedlicher Größe und dem an der Spitze des Baumes angebrachten symbolischen Stern ganz zu schweigen gestressten Jugendlichen in die Kneipen der Stadt strömten, um im verrauchten Gewühl all der Leidensgenossen endlich einmal nach Tagen der extrem anstrengenden, gewollten Heimeligkeit ein wenig zur Ruhe zu kommen. Grüppchen von meist langhaarigen Jugendlichen hatten sich in der Kneipe gebildet, die zwischen den Tischen herumlungerten, nervös von einem Bein aufs andere traten und darauf warteten, dass eventuell ein Tisch frei wurde.

Habeland schlängelte sich durch den Auflauf hindurch, wobei er alle möglichen Leute, die er passierte, auf eine betont saloppe Art begrüßte, mochten die ihn überhaupt wahrgenommen haben oder nicht. Vor allem Michael Barthold, der ein paar Sekunden vor ihm das Lokal betreten hatte und gerade dabei gewesen war, sich zu orientieren, klopfte er im eleganten Vorbeiflug auf dessen Schulter und konnte es sich nicht verkneifen, sich bei dieser Gelegenheit nach dem Allgemeinbefinden seines Erzeugers, Herrn Oberstudienrats Doktor Barthold zu erkundigen. Barthold Junior hatte ihn nur irritiert angeschaut, unwillig mit den Schultern gezuckt und dann betont gelangweilt seinen Blick schweifen lassen. Dass der Jungpädagoge dann ausgerechnet seine Schritte in Richtung des Tisches von Nicolai gelenkt hatte, hatte ihn für heute Abend davon Abstand nehmen lassen, sich zu ihm und den anderen Schülern, die er mittlerweile identifiziert hatte, zu gesellen. Denn er mochte diesen liebedienernden Habeland nicht. Und außerdem hatte sich nach den schulischen Vorkommnissen der letzten Zeit sein Verhältnis zu Nicolai spürbar abgekühlt, vermutlich weil der seitdem meinte, ihm mit einem gewissen Misstrauen begegnen zu müssen. Schließlich war er der Sohn des Schülerschinders, auch wenn er dafür nun wirklich nichts konnte. Und hätte Nicolai gewusst, wie er zu seinem Alten stand, hätte sich die Skepsis ohnehin sofort erledigt gehabt.

Michael hatte sich mangels Alternativen an den Tresen zu den wahren Stammkunden des Porticus gesetzt, die dort, so kam es ihm jedes Mal, wenn er den Laden betrat, vor, schon seit Jahrzehnten ununterbrochen rumlungerten und Flensburger Pils in sich hineinschütteten. Auch er hatte sich bei Bernie einen Halben bestellt, sich dann eine HB angesteckt und in der Folge hin und wieder einen schnellen Blick in die Richtung des Erkertisches geworfen, an dem auch er jetzt sitzen würde, wenn ihm nicht der verhinderte Casanova in die Quere gekommen wäre.

Barthold Junior hatte recht. Denn man konnte sagen, was man wollte, der Kunstlehrer und Ästhet mit seinen schulterlangen und an den Schläfen bereits ein wenig ergrauten, dunkelblonden Haaren, er ging auf die fünfunddreißig zu, war ein sich vor allem an die Mädchen- und Schülerinnenwelt extrem anbiedernder Schleimer und Charmeur, dessen Masche es war, ewig den Freund im Lehrer heraushängen zu lassen; es war ihm, sozusagen, zur zweiten Natur geworden. Und namentlich und vor allem hatte er es, von dem weiblichen Junggemüse mal abgesehen, seit einiger Zeit ganz offensichtlich auf Nicolai abgesehen, dessen frühreife Genialität sich auch im Lehrerkollegium herumgesprochen, und die es ihm ungemein angetan hatte, und von der er für seinen Teil ein ganz klein wenig zu partizipieren hoffte. Denn der Alt-Hippie und Birkenstockträger wollte vor allem angesagt sein. Und folglich rauchte er filterlose Roth-Händle oder Gauloises, die Marke der Dichter und Denker, hatte eine Mähne, die für alternativen Protest, wogegen auch immer, stand, heftete sich außerhalb der Schule und weil es den Lehrern offiziell untersagt war, politisch Partei zu ergreifen, das Antiatomzeichen mit der Sonne und dem Schriftzug „Atomkraft? Nein Danke“ an das Revers seiner betont schäbigen und an den Ellbogen bereits stark abgewetzten karierten dunkelgrauen Jacke und trank bei seinen allabendlichen Porticusbesuchen literweise Flens, weil er nämlich unbedingt beweisen wollte, dass er darüber hinaus ein richtiger Mann und damit trinkfest war. Und er wollte der Freund dieses ganz speziellen Jugendlichen mit dem außergewöhnlichen Nachnamen Sapara sein, an den sich anzubiedern er keine Gelegenheit ausließ. Er scharwenzelte um ihn herum mit seinem Nicolai hier, Nicolai dort, duzte alle und ganz besonders den Ausnahmemenschen unentwegt, obwohl ihn dazu niemand aufgefordert hatte und was schon gar nicht zu dem Autoritätsgefälle passte, das durch das aufgeräumte Geduze ja nicht wirklich aus der Welt geschafft war.

„Hallo Nicolai! Hallo Leute! Wie geht's? Alles im grünen Bereich? Ganz schön voll heute. Mach doch mal ein bisschen Platz, Holgi. Ja, so. Danke, ist unglaublich lieb von dir ... Ich störe doch nicht?“ und schon saß er neben demjenigen, den zu verehren er beschlossen hatte und lächelte ihn an.

„Mensch Alter, ist das ein Sauwetter da draußen, und ab Mittwoch soll es sogar den ersten Schnee geben. Echt Wahnsinn eh! – Lasst euch durch mich nicht stören, Leute. Ihr hattet wohl gerade was Wichtiges zu besprechen, oder?! Ihr wirktet ... wie soll ich sagen? Konzentriert!

Ja, das ist genau das richtige Wort. Konzentriert und gebannt. Ach übrigens, worum ging es denn? Erzähl doch mal, Nicolai“, strahlte der Schürzenjäger seinen Tischnachbarn an. „Mensch, ihr habt ja gar nichts mehr zu trinken. Ich spendier ne Runde. Günter, geh doch mal nach vorne zu Bernie und bestell fünf Halbe und für dich ne Cola. Geht aufs Haus.“

Günter kam der Aufforderung anstandslos nach, erhob sich und war gleich darauf im Gewühl verschwunden. Der Schönling hatte unterdessen aus seiner Jackentasche die Gauloises hervorgekramt, tippte mit einer eleganten und betont lässigen Bewegung seines vom vielen Rauchen gelb angelaufenen Zeigefingers neben die Öffnung der nur noch halbvollen Packung, so dass, der Trägheit sei Dank, drei der filterlosen Glimmstängel zu gut einem Viertel ihrer Behausung entfahren waren, und hielt die Packung demonstrativ in die Runde.

„Nicolai ..., Mathilde ..., Andrea ...“, Holgi überging er aus unerfindlichen Gründen, „wie isses, habt ihr Bock auf eine echt starke Zigarette? Sind aus Fronkreisch. Restbestände aus dem Sommerurlaub. Gelbe Gauloises, gibt’s ja leider nicht in diesem Scheißland!“

„Mensch, das ist echt geil, Alter. Geeerne.“ Und schon hatte sich Holger, den der Ästhet irritiert und, wie es schien, etwas verunsichert anschaute, eine der Spitzenzigaretten gegriffen, sie mit ein, zwei leichten Schubsern auf seinen Handrücken krümelfest gemacht und mit seinem Benzinfeuerzeug entzündet. Und während er den ersten tiefen Zug inhalierte, strahlte er den Verdatterten an und sagte: „Vom Wetter, Alter.“

„Bitte ...?“ Das gab dem Obermüsli den Rest. Er verstand nur noch Bahnhof, und so sah er auch aus.

„Holgi meint, dass wir gerade übers Wetter redeten, wo Sie uns doch gefragt haben, womit wir uns vor Ihrer Ankunft so angelegentlich beschäftigt haben.“

Nicolai machte sich seit Wochen einen Spaß daraus, den Leutseligen zu siezen und darüber hinaus in dessen Gegenwart betont vornehme Sätze zu artikulieren.

„Und, nein danke, ich rauche lieber weiter meine Pfeife.“ Sprach’s und entzündete den seit einiger Zeit vernachlässigt auf dem Tisch liegenden Knösel. Auch die beiden Schülerinnen winkten mit einer gleichgültigen Handbewegung ab, um sich stattdessen demonstrativ eine Prince anzustecken, von denen Andrea ihrer Freundin eine über den Tisch geschoben hatte. Man rauchte und schwieg, bis Bernie mit den Bieren und der Cola an den Tisch herantrat, die Getränke abstellte und mit einem fragenden Blick in die Runde schaute. Günter war im Übrigen, von den anderen fast unbemerkt, schon vor einigen Minuten an den Erkertisch zurückgekehrt und schwieg gleichfalls, was ihm sichtlich schwerfiel, wie er da nervös auf seinem Stuhl hin und her zu rücken begonnen hatte. Die anderen waren die Ruhe in Person oder taten jedenfalls so. Sollte doch der Schwätzer Habeland was sagen. Ihnen allen war der Spaß am Reden seit seiner Ankunft gründlich vergangen. Selbst die Musik törnte sie nicht mehr so richtig an, auch wenn gerade *Gamma Ray* von Birth Control durch den Raum wummerte.

„Geht auf mich, Bernie. Ich schmeiß ne Runde. Wozu bin ich schließlich Staatsbediensteter? Zu irgendwas muss die Penne ja gut sein."

Bernie strichelte unterdes auf dem mitgebrachten Bierdeckel herum und schob ihn dann dem spendablen Pauker zu.

„Ihr Lieben, haut wech die Scheiße. Geht aufs Haus", sagte er und entleerte den Halben in einem Zug zu gut zwei Drittel. „Und Bernie", rief er dem Kellner hinterher, „mach mir doch gleich noch eins, sei so gut, du Guter!!"

„Nein, nun mal im Ernst, worüber habt ihr geklönt, Nicolai, erzähl doch mal."

„Über Wittgenstein", entfuhr es Holgi, wofür er einen bösen Blick von seinem Freund erntete.

„Ich meine ...", versuchte er zurückzurudern, aber da hatte der Schleimer schon nachgehakt und das Wort ergriffen.

„Ist ja wahnsinnig interessant! Über Wittgenstein, so, so. Den frühen mit der mathematischen Logik oder den späten mit den Sprachspielen?"

Hier kannte sich einer ganz offenbar aus, und er ließ die Gelegenheit nicht aus, das auch in aller Bescheidenheit zu zeigen.

„Den frühen des Traktats." Nicolais Stimme klang unglaublich müde und angestrengt. Seine ganze Haltung drückte nur eines aus: entschiedenste Ablehnung und sonst nichts weiter.

„Mensch Nico, ich ahne ja schon, wen oder was ihr hier am Wickel hattet. Den Barthold, oder? Sein Filius ist übrigens auch hier. Hab ihn vorhin gesehen, als ich angekommen bin. Der wirkt immer so zerknittert. Na ja, kein Wunder, bei *dem* Alten. Ist bestimmt kein Zuckerschlecken, mit dem Oberstudienrat ein Leben lang zusammen in einer Wohnung zu hausen. Will der eigentlich was von dir? Hab euch in letzter Zeit ein-, zweimal im Lö zusammen sitzen sehen. Muss ich mir Sorgen machen? Pass bloß auf, dass der dich nicht bei seinem Alten verpfeift und anschwärzt! Ist dem Kriecher glatt zuzutrauen. Oder wie seht ihr das?"

Das Vorkommnis in der 13c von vor ein paar Wochen und all das, was sich daraus entwickelt hatte, hatte im Kollegium zur großen Freude von manch einem Beamten, denn der selbstgefällige Barthold gehörte zu den bestgehassten Lehrern des Gymnasiums, selbstredend die Runde gemacht.

„Erzähl doch noch mal, wie war das damals eigentlich genau?" Habeland war ganz Konzentration, und in sein Gesicht stand die Vorfreude geschrieben, die Vorfreude nämlich darauf, in allen Einzelheiten von der Mehrfachblamage des verehrten Mathe- und Physiklehrers zu erfahren. Aber den Gefallen wollte und sollte ihm dementsprechend der verhinderte Streber nicht tun. Denn „Nein, Herr Habeland", lauteten seine gelassen formulierten Worte, dann zog er genüsslich an seiner Pfeife, lauschte auf die Klänge des irischen Rock- und Bluesgitarristen Rory Gallagher und dessen *Bullfrog Blues* und verhielt sich fortan mehr oder weniger rezeptiv.

Weil der Lackaffe bei dem Schüler Sapara heute nicht landen konnte, widmete er sich in der Folge seiner zweiten Leidenschaft, indem er verschärft das schwache Geschlecht in Gestalt der Schülerin Fräulein Reinke anbaggerte, die darauf aber auch nicht wirklich entgegenkommend reagierte. Und außerdem ging dem Schüler Feddersen dieses kokette Andrea hier, Andrea dort irgendwann derart gegen den Strich, dass der den Pauker, der sich so ungemein viel Mühe gab, nicht als solcher behandelt zu werden, für diesen vollkommen unverhofft anblaffte.

„Mensch Alter, dein Gelaber geht mir so was von auf den Sack. Und steck deinen Kopf doch gleich in ihren Ausschnitt, du notgeiler Althippie! Oder hast du etwa Schiss, du dämlicher Lackaffe?!"

Holgi konnte sich diese Auslassungen einem Lehrkörper gegenüber nicht zuletzt deswegen leisten, weil der Habeland ihn weder in Englisch noch in Kunst unterrichtete. Und da man sich im letzten Schuljahr befand und selbst bei diesem eher mittelprächtigen Schüler nicht wirklich die Gefahr bestand, an den Anforderungen des Abiturs zu scheitern, war das Risiko im Grunde gleich Null, es von diesem Fatzke zensurentechnisch heimgezahlt zu bekommen. Und selbst wenn nicht, beziehungsweise selbst wenn, was in diesem speziellen Fall auf dasselbe hinausgelaufen wäre. Das hatte einfach gesagt werden müssen! Die Zeit war reif dafür, und er, Holger, hatte sowieso schon viel zu lange geschwiegen. Nicht zuletzt aber, dass das Würstchen ausgerechnet Andrea derart aufdringlich anging und mental befingerte, hatte bei ihm schließlich und endlich zum Zerreißen des Geduldfadens geführt. Und die hübsche Blonde war ihm dankbar für sein mutiges Vorpreschen, wie sich gleich darauf herausstellen sollte.

Zunächst allerdings ergriff der Attackierte das Wort, indem er, nachdem er den ersten Schreck verdaut hatte, betont lässig und cool – er hatte sich schon allein aus taktischen Erwägungen und weil er sich ja nun wirklich nicht mit einem Schüler prügeln konnte nach kurzem Bedenken für die Deeskalationsvariante entschieden – auf diesen verbalen Angriff des Wichsers, wie er bei sich dachte, das folgende replizierte: „Mensch Alter, Peace", wobei er mit dem Zeige- und Mittelfinger seiner beringten rechten Hand das entsprechende Zeichen formte. „Nun komm mal wieder runter. 'S ist Minnedienst, nichts weiter, den ich der Schönheit gegenüber verrichte. Kein Grund zur Aufregung, Alter eh, und immer schön die Ruhe. – Willst ne Kippe oder noch n Pils? Geht auf mich", welches Friedensangebot er um seine ausgestreckte Hand komplettierte, die er seinem Angreifer von eben entgegenstreckte. Holger wehrte beide Avancen wortlos und mit einem müden Lächeln ab, steckte sich eine Zille in die Physiognomie und schaute betont gleichgültig ins Interieur der Kneipe, die sich sichtlich zu leeren begonnen hatte, wo doch morgen wieder Schule war. Und, nicht zu vergessen, Andrea hatte sich demonstrativ bei ihm eingehakt und ihren Kopf an seine Schulter gelehnt. So sah junges Liebesglück aus, und genau so hatte sich der beste Freund Nicolais sein Verhältnis zu der besten Freundin von der Iwersen schon längst vorgestellt. Zumal er so eine Ahnung hatte, dass sich über kurz oder lang auch dort, und zwar wirklich und allen Ernstes, etwas schieben würde, was, da machte er sich nichts vor, in seinem speziellen Fall und an diesem Abend selbstredend nur ein situationsbedingtes Pseudotechtelmechtel war. Leider und schade eigentlich ...

„Lasst uns mal blechen."

Nicolais Anregung ließ den in seine spätabendlichen Träume Verlorenen aufschrecken. Und da Bernie gerade in Sichtweite war, winkte Nicolai ihn heran, und die Tresenkraft begann, die Bierdeckelstrichlisten abzuarbeiten.

„Das nächste Mal zahlt ihr aber wieder vorne, klaa? Wie das hier üblich is."

„Logo, Alter", ergriff der während der letzten Minuten zum Schweigen verurteilte Kunstlehrer wieder die Initiative, wo es doch galt, die Scharte von eben unbedingt noch an diesem Abend auszuwetzen. Denn so was bleibt doch hängen, und da muss sofort Abhilfe geschaffen werden, dachte er, damit vor allem der Nicolai nicht die Achtung vor mir verliert und natürlich die Mädels.

„Ich übernehm alles, wo ich doch ein Diener dieses Scheißstaats bin", lachte er in die Runde. Aber auch das dankte ihm keiner, am wenigsten Bernie, der ihn erst entnervt ansah und dann erneut zu addieren begann, wobei er dem Wichtigtuer noch ein „Kannst dat nich gliex vertelln, Alter eh" mit auf den Weg gab.

Aus den Lautsprechern ertönte gerade der obligatorische Rauswurfsong *I'm walking* von Fats Domino, obwohl es doch erst kurz vor halb zwölf war. Und draußen hatten sich in den vom Sturm gepeitschten Regen tatsächlich und wie vom Wetterbericht angekündigt, wenngleich ein wenig verfrüht die ersten schweren Schneeflocken gemischt.

„Eh, ihr da! Wie isses, wollt ihr euch zu später Stunde nich noch was Gutes tun?"

Ein leichenblasser, vor Nässe triefender Jugendlicher von vielleicht siebzehn Jahren trat wie aus dem Nichts auf sie zu und sprach sie gedämpft und mit verschwörerischer Miene an.

„Schwarzer Afghane, Spitzenqualität, ganz was Feines, echt staak." Und da keiner Anstalten machte, sich für sein Angebot zu interessieren, schob er nach: „Oder vielleicht nen Trip, H ..."

„Du willst mir keinen Afghanen verkaufen." Schüler Sapara hatte die Initiative ergriffen, denn dieses Angebot war derart überraschend gekommen, dass selbst der Ästhet für den Moment überfordert und folglich sprachlos war.

„Bitte?!"

Der Tote blickte sein souveränes Gegenüber irritiert an, wobei er am ganzen Körper stark zitterte, sei es, dass er fror, sei es, dass der letzte Schuss schon etwas länger zurücklag. Oder beides ...

„Du willst nach Hause gehen und dein Leben überdenken."

Das war zu viel. Alle, bis auf denjenigen, an den sich dieser gutgemeinte Rat gerichtet hatte, erlitten punktuell einen Lachanfall. Sie schrien buchstäblich, krümmten sich und hielten sich die Bäuche, bis auf den einen, der nach kurzem Zögern „Du tickst wohl nich ganz sauber, Alter wa?" ausstieß und mit einem feindseligen Blick in Richtung des Arschlochs seinen Weg in die Nacht fortsetzte. Er tendierte, wie es schien, wen wundert's, Richtung Oluf-Samson-Gang, den ortseigenen Strich.

Gleich darauf und nachdem sie sich ein wenig beruhigt hatten, taten es ihm die Kneipengänger unterschiedlichen Geschlechts und Alters gleich. Man zerstreute sich. Günter, der auch noch zugegen war, eilte zu seinem auf dem kleinen Parkplatz am Heiligengeistgang abgestellten Gefährt. Die beiden Schülerinnen erklommen die Westliche Höhe an Ort und Stelle, indem sie eingehakt die Marienstraße hinaufeilten, nicht ohne dass jede zuvor ihrem wirklichen oder vermeintlichen Mann ihres Herzens noch einen Kuss gegeben hatte. Vor allem Andrea konnte es sich nicht verkneifen, Holgi, der damit nun wirklich nicht gerechnet hatte, wahr und wahrhaftig einen mehrere Sekunden währenden pseudoleidenschaftlichen Zungenkuss zu geben, und wo es der Lackaffe und Angeber doch so haben wollte. So sieht die Rache der Frauen aus. Es sollte, aber das konnte die Hübsche beim besten Willen nicht wissen, in diesem Leben ihr letzter richtiger Kuss gewesen sein. Denn keine zwei Minuten nachdem sich die beiden jungen Frauen an der Kreuzung Nordergraben, Selckstraße mit einem flüchtigen Bise voneinander verabschiedet hatten, schlug der Würger von Flensburg das zweite Mal auf der Höhe des Stadtparks in dem Marienhölzungsweg zu, also keine fünfhundert Meter entfernt von der im Schützenhof gelegenen Wohnung von Fräulein Reinkes Eltern.

Zu diesem Zeitpunkt, der Stundenzeiger der Uhr des Alten Gymnasiums näherte sich bedächtig der XII, hatten sich die beiden männlichen Gymnasiasten auch längst mit einem flüchtig hingeworfenen „Tschüss“ von Habeland verabschiedet, der missmutig in Richtung der Toosbüystraße davongeschlichen war. Der Abend war mal wieder ganz anders verlaufen, als er sich das vorgestellt hatte. Irgendwie war ihm danach, Frust abzubauen, und wie konnte man das besser als ... Ja, genau, und er beschleunigte seinen Schritt.

Nicolais und Holgers Wege trennten sich an der Ecke Rathausstraße, Norderhofenden, wo sie sich gegenseitig freundschaftlich auf die Schulter klopften und mit einem „Bis morgen dann in der Penne“, der eine vorbei an den Kieler Anlagen in Richtung von auf dem Osthang gelegenen Jürgensby in die Parsevalstraße, der andere durchs Mauseloch in die eigentliche Altstadt dieses malerischen Städtchens strebten. Als Nicolai die in der Plankemai gelegene Wohnung seiner Eltern erreichte, läutete die Glocke der Johanniskirche, der ältesten Kirche der Stadt, gerade den neuen Tag ein. Aus dem Nieselregen war während der letzten Minuten der erste wirkliche Schneefall dieses Jahres geworden.

6

Andrea beschleunigte ihre Schritte. Seit ungefähr einer halben Minute kam es ihr so vor, als ob sie jemand verfolgte. Holgi vielleicht, weil er das mit dem Kuss in den falschen Hals bekommen hatte? Ja, sie mochte ihn, diesen sympathischen Quertreiber und Sprücheklopfer. Aber lieben ...? Nein! Wirkliche Gefühle, also solche, die einem den Boden unter den Füßen wegzogen und einen sinnlos aufgeregt sein ließen, empfand sie nur für den Einen, der aber, wie es schien, dabei war, sich ausgerechnet in ihre beste Freundin zu verknallen. Das war sooo ungerecht! Immer kam erst Mathilde und dann irgendwann sie.

Ein Schatten huschte über die Fassade der Kirche der rechterhand gelegenen Diakonissenanstalt. Von dem Krankenhaus ging eine solche Stille aus ... Totenstille, trotz des Sturms. Andrea fröstelte, zumal der feine Regen von vorhin jetzt allen Ernstes in dichtes Schneetreiben übergegangen war. Sie legte noch einmal an Tempo zu, begann fast zu laufen, als sie plötzlich innehielt. Jemand hinter ihr rief ihren Namen, ganz deutlich vernahm sie ein gekeuchtes „Andrea!“ unmittelbar hinter sich. Seine Stimme klang atemlos und war, nicht zuletzt des Geheuls des Windes wegen, der an den ächzenden Ästen rüttelte, nicht gleich zu identifizieren gewesen. Doch dann, im Umdrehen, erkannte sie die Stimme desjenigen, der sie verfolgte.

Das durfte doch nicht wahr sein! Hatte sie also recht gehabt! Natürlich, wer auch sonst? Obwohl ...?

„Also, das finde ich nicht so gut“, stieß sie mit erhobener Stimme hervor, um mit ihrem eher leisen und zerbrechlichen Stimmchen, über das sich der dämliche Musiklehrer der Schule seit Jahren ein ums andere Mal lustig gemacht hatte, gegen den immer stärker werdenden Orkan anzukommen. Der Nordwest peitschte ihr die nassen Schneekristalle ins verfrorene Gesicht, so dass sie zum Schutz ihrer Augen, die zu tränen begonnen hatten, ihre linke Hand davor hielt.

„Ich will nach Hause. Wir sehen uns doch sowieso morgen in der ...“, machte sie, warum auch immer, eine Art Friedensangebot, das irgendwie nach einem Versprechen klang oder so verstanden werden konnte.

Vielleicht war das der alles entscheidende Fehler gewesen, der sie gleich ihr junges Leben kosten sollte, denn der, der sie jetzt erreicht hatte und ihr direkt gegenüberstand, griff ganz langsam mit seiner rechten Hand nach ihrem noch immer auf Höhe ihres Gesichts befindlichen Arm, schob ihn ihr anschließend geradezu zärtlich hinter ihren Rücken und zog sie mit einem verzerrten Lächeln seines wie versteinerten Gesichts an sich heran.

„Mach’s noch einmal, Sam“, hörte sie ihn noch flüstern. Es waren die letzten Worte, die die Schülerin Andrea Reinke an diesem Abend und also überhaupt hören sollte.

7

Der Oberinspektor stieg missmutig die Treppen zum Haupteingang der AVS mit der Tür aus schwerem Eichenholz hinauf. Hinter sich vernahm er das kurzatmige Keuchen des fülligen Holgerson, der sich verwundert die Augen gerieben hatte, als sein Vorgesetzter nach Verlassen des Geländes am Industriehafen zielstrebig den auf der anderen Seite des Hafens auf der Westlichen Höhe gelegenen Schützenhof angesteuert hatte.

„Mensch, Chef", hatten seine fragenden Worte gelautet, „wohin fahren wir eigentlich? Wissen Sie etwas, was ich nicht weiß? – Und wissen müsste?" ergänzte er nach einer kurzen Pause seinen Fragekatalog.

„Was Sie wissen, weiß ich nicht, und ehrlich gesagt, ich will das auch gar nicht", hatte Iwersen seinen Untergebenen angeblafft, der daraufhin beleidigt und betont gleichgültig aus dem Beifahrerfenster des Käfers nach draußen geschaut hatte. Sie hatten gerade die Kieler Anlagen passiert und nahmen Kurs auf die Rathausstraße. Rechterhand hatte man, nachdem sie unter den zur Werft führenden Bahngleisen hindurchgefahren waren, das in Norderhofenden 1 gelegene Polizeirevier sehen können.

Der Oberinspektor hatte gleich in mehrerlei Hinsicht ein mulmiges Gefühl. Und dann stellte der Beleibte neben ihm auch noch seine so überaus dämlichen Fragen, die, bei Licht besehen, eigentlich so dämlich gar nicht waren. Denn was konnte der Breite dafür, dass der angehende Serientäter sich ganz offensichtlich in einem Bereich bewegte und aufhielt, in dessen Zentrum sich, warum auch immer, ausgerechnet seine über alles geliebte Tochter befand. Denn seit dem Tod seiner Frau vor nunmehr ungefähr acht Jahren, sie war unter unglaublichen Schmerzen an Gebärmutterhalskrebs gestorben, und Mathilde war damals gerade zehn Jahre alt gewesen, hatte sich Ole Iwersen ganz allein um sein Töchterlein kümmern müssen, was, wie sich denken lässt, nicht immer ganz leicht gewesen war. Erstens überhaupt, denn der damals bereits auf die vierzig zugehende Inspektor war, nicht zuletzt seines Berufes wegen, ein eher unregelmäßiger Gast in seiner eigenen

Wohnung in der Burgstraße gewesen. Denn das Verbrechen scherte sich einen Dreck um geregelte Arbeitszeiten. Zweitens hatte sich sein Beruf spätestens zu dem Zeitpunkt, als Mathilde in die Pubertät gekommen war, auf ihr beiderseitiges Verhältnis eher negativ ausgewirkt, weil nämlich das Mädchen fast von einem Tag auf den nächsten extrem aufmüpfig geworden war, und zwar zum einen sowieso, zum anderen aus politischen Gründen, vor allem aber deswegen, weil ihr Paps sich ausgerechnet dem extrem fragwürdigen Beruf des Polizisten verschrieben hatte. Wo doch für die politisierten Jugendlichen dieser Zeit selbst in diesem vergleichsweise beschaulichen Städtchen an der deutsch-dänischen Grenze mit ihren zusehends länger werdenden Matten und den obligatorischen Bundeswehrparkas der „Bulle“ so ziemlich das Übelste war, was einem auf der Straße begegnen konnte. Das hatte immer öfter zu Verstimmungen und offenem Streit zwischen ihm und seiner Tochter geführt, die sich, das war ihm sehr schnell klar geworden, für ihren vor noch gar nicht langer Zeit und nach dem Tod der Mutter nur noch mehr angehimmelten Papi vor ihren Schulkameraden zu schämen begonnen hatte. Das hatte geschmerzt und dem um das Wohl seines Kindes besorgten Vater extrem weh getan, dass er sich unversehens, aus der Sicht von Mathilde, nicht allein im politischen, sondern infolgedessen auch im emotionalen Abseits wiedergefunden hatte.

Dabei war es doch zum Lachen, wie er fand, dass ausgerechnet die gegen das Establishment, das Kapital und deren Erfüllungsgehilfen aus der Politik sich organisierenden Jugendlichen in der Demonstration ihres Andersseins – und um etwas anderes ging es doch schlussendlich gar nicht, oder? – sich ausgerechnet klamottentechnisch gesehen den obligatorischen und in der Regel sogar gebraucht gekauften Bundeswehrparka ausgesucht hatten.

„Das darf ja wohl nicht wahr sein, dass du und deine Freunde ..., also dass ihr euch bei eurem Protest gegen die, wie ihr sie nennt, ‚Mörder im Staatsauftrag oder in Uniform‘ genauso kleidet wie die, die ihr so abgrundtief verachtet. Das ist doch ..., ja ..., das ist ein Widerspruch in sich“, hatte er unlängst das Gespräch mit seiner Tochter gesucht. Aber die hatte ihn bloß mit einem müden und abschätzig wirkenden Lächeln ihrer so wunderschönen blauen Augen, die denjenigen seiner

Frau so unglaublich ähnelten, angeschaut und die Unterhaltung, die noch gar nicht begonnen hatte, damit beendet, dass sie gesagt hatte: „Ach Paps, davon verstehst du nichts.“ Wie hatte er die Mutter seiner Tochter, die ihm zusehends fremder wurde, gerade in diesem Augenblick vermisst! Er hatte das Alleinsein so satt!

Und jetzt hatte er vor der doppelt schweren Aufgabe gestanden, zunächst Andreas Eltern die Nachricht vom Tod ihrer Tochter zu überbringen, um anschließend die Schule seines Mädchens anzusteuern, um auch dort als der Todesengel aufzutreten, als den er sich seit gut einer Stunde fühlte. Irgendwie, war es ihm auf der bis auf die eine Ausnahme stummen Fahrt in den Schützenhof immer wieder durch den Kopf gegangen, hatte seine Tochter recht damit, dass der Job eines „Bullen“ so ziemlich das Hinterletzte war. Immer durfte man, als Ermittler der Kripo, den menschlichen Schrott entsorgen, der Tag für Tag durch diese Gesellschaft produziert wurde. Und wer dankte es einem? Eben!

Es war eine elende Quälerei gewesen, der Mutter der besten Freundin seiner Tochter die Vorstellung nahezubringen, dass ihre einzige Tochter nie wieder nach Hause kommen würde. Wie stellt man so etwas an? Wie soll man das, wogegen sich alles in dem davon unmittelbar Betroffenen sträubt, in Worte fassen? Ole Iwersen hatte das nie gelernt und weigerte sich auch ganz tief in seinem Innern, das Unerhörte zu lernen. Herzliches Beileid oder irgend so einen Scheiß zu labern, nein, das wollte er nicht. Aber was dann? Was bleibt in so einem Moment noch zu sagen, wo alles zu Ende gegangen und eine ernstzunehmende Perspektive, irgendetwas, wofür es sich noch zu leben lohnt, nirgendwo in Sicht ist? Glücklicherweise kam es in dieser Stadt an der Förde dann doch nur ganz selten vor, dass Leichen anfielen und damit Hinterbliebene, die von dem in der Regel gewaltsamen Ableben ihrer mehr oder weniger Lieben in Kenntnis gesetzt werden mussten.

Es war, um es kurz zu machen, ein unglaubliches Elend gewesen, Andreas Mutter auf das Unfassbare einzustimmen und aus der Ahnung so zartfühlend wie möglich ganz langsam Gewissheit werden zu lassen. Ole hätte selbst heulen mögen, unterdrückte aber die Tränen und schluckte den Kloß im Hals herunter, weil in so einer Situation, wenn überhaupt, nur noch ein letzter Rest von Fassung helfen kann, den, dies war ein Erfahrungswert, dann doch eher der männliche Teil der Familie aufzubringen in der Lage ist. Doch der war an diesem Vormittag leider nicht zugegen gewesen, denn Andreas Vater ging dem Beruf des Bankkaufmanns nach. Also hatte er und nur er sich kümmern müssen und hatte das nach besten Kräften auch getan, indem er die Zerstörte so zartfühlend wie möglich in seine Arme geschlossen hatte, denn der Dicke hatte nur, so war es ihm jedenfalls vorgekommen, teilnahmslos in dem Wohnzimmer rumgestanden und betont gleichgültig auf das Elend vor seinen Augen hinabgeschaut.

Das Ende vom Lied war gewesen, dass der Ermittler eine Polizeipsychologin in die Wohnung beordert hatte, die dann gleich nach ihrer Ankunft und weil die Situation ganz und gar hoffnungslos war veranlasst hatte, die Gebrochene in die nahe gelegene Diako einzuliefern. Ein Sanitätsarzt, der zusammen mit der Kollegin eingetroffen war, hatte gleich an Ort und Stelle Frau Reinke ein Beruhigungsmittel gespritzt.

Dem Vater der Verstorbenen die Hiobsbotschaft zu überbringen hatte Iwersen inzwischen per Telefon einen anderen Kollegen gebeten, denn ihm war der Schreck über die Panikattacken der Frau dermaßen in die Glieder gefahren, dass er sich außerstande gesehen hatte, womöglich etwas Ähnliches gleich noch einmal durchzumachen. Und außerdem galt es ja noch, die Schulleiterin der AVS und die Mitschüler der Ermordeten davon in Kenntnis zu setzen, dass keiner von ihnen Andrea Reinke je wieder lebend sehen würde. Und, was das Schlimmste war, auch Mathilde würde sich mit dem gewaltsamen Ableben ihrer Freundin auseinandersetzen müssen. Es war zum Kotzen!

„Chef ...?!“

„Was is, Holgerson, was wollen Sie schon wieder?“

Das war ungerecht, denn seit sie in ihrem Dienstwagen die Unterführung an den Kieler Anlagen passiert hatten, hatte der Neue kein einziges Wort mehr gesagt. Sie hatten gerade den hallenartigen Vorraum der AVS betreten, von dem aus linkerhand eine breite Steintreppe in das erste Geschoss hinaufführte, und wo man rechterhand einen Gang erkennen konnte, der an den sozusagen in Hochparterre gelegenen Klassenräumen entlangführte. Um in die Räumlichkeiten der Schulleiterin zu gelangen, musste man sich scharf rechts halten, wie der Oberinspektor von seinen gelegentlichen Besuchen der in unregelmäßigen Abständen stattfindenden Elternabende her wusste. Die Atmosphäre in diesem alten Gemäuer aus dem letzten Jahrhundert hatte auf ihn immer eine bedrückende Wirkung gehabt, was nicht zuletzt darauf zurückzuführen war, dass es hier unten so unglaublich düster war, grade so wie in einer Gruft ...

„Hätten wir die Frau ..., ich meine, hätten wir Frau ...“

„Reißen Sie sich zusammen, Mensch. Als ob nicht alles schon schwer genug ist, und jetzt fangen Sie ausgerechnet in dieser Stunde der äußersten Not auch noch zu stottern an. Wo bin ich hier eigentlich? Im Irrenhaus?“

Der Beleibte wich ein paar Schritte zurück, hob seinen massigen Arm wie in der vorwegnehmenden Abwehr eines drohenden Schlages und fuhr nach einer kurzen Pause in weinerlichem Tonfall fort. „Also, Chef, das ist wirklich ungerecht, dass Sie mich so ... anfahren, und wo ich doch bloß darauf hinweisen wollte, dass wir diese Frau ..., also die Mutter der Toten doch eigentlich hätten fragen müssen, ob sie ..., also ...“

„Jaaa?“

Iwersen hätte diesem total verblödeten Penner wahr- und wahrhaftig in dessen dämliche Visage schlagen mögen.

„Ob sie denn gar nicht bemerkt hat, dass ihre Tochter am Abend zuvor nicht nach Hause gekommen ist. Also, ob sie, ich meine die Tote, vielleicht einen Freund hat, bei dem sie möglicherweise ...“

„Mensch Holgerson, sind Sie noch gescheit?! Ja haben Sie denn nicht gesehen, wie diese Frau gelitten hat? Die war doch überhaupt nicht mehr ansprechbar. Das müssen Sie doch gespürt haben, verflucht noch eins! Ich fass es nicht!“

„Ich meinte doch bloß ...“

„Ihre Meinung interessiert mich nicht, und jetzt und unter diesen Bedingungen schon gleich gar nicht. Ich hab weiß Gott Besseres zu tun, als mich mit Ihren unqualifizierten Meinungsäußerungen zu beschäftigen.“

Indem er dies sagte, klopfte der Ermittler energisch gegen die massive Tür aus Eichenholz des Vorraums der Direktorin, in dem deren

Sekretärin stets aufmerksam und beflissen ihres verantwortungsvollen Amtes waltete.

8

Im Lö war die Hölle los. Und das trotz oder vielleicht gerade wegen des Sauwetters, das draußen herrschte. Ein Schneesturm war vor ungefähr einer halben Stunde losgebrochen, der, hätte man es nicht besser gewusst, mehr an den Dezember oder Januar als ausgerechnet an die letzten Tage des Oktober denken ließ. Innerhalb kürzester Zeit war alles, ob Straße, Auto, Haus, Baum, Tier oder Mensch mit einer zentimeterdicken Schicht von nassen Kristallen überzogen worden, jedenfalls dann, wenn man sich nicht in den Schutz irgendeiner Örtlichkeit, eines Ladens oder eben einer Kneipe begeben hatte, wozu den Immobilien selbstredend die Mittel beziehungsweise das Vermögen und wohl auch die Veranlagung fehlten.

Die Schüler der 13c waren nach der fünften Stunde nach Hause geschickt worden, also kurz nachdem sie durch die heute extrem ausgemergelt wirkende Direx, an deren Seite sich ein vergleichsweise drahtiger und durchtrainierter und ein zur Fülligkeit neigender Polizist befunden hatten, von dem Schrecklichen in Kenntnis gesetzt worden waren. Namentlich Mathilde war, als sie mit einer spürbaren Zeitverzögerung begriffen hatte, was vorgefallen war, von ihrem Sitz aufgesprungen, hatte, Tränen in den Augen, ein unglaublich gequältes, herzzerreißendes „Nein ...!“ ausgestoßen und war gleich anschließend weinend und schluchzend auf ihrem Stuhl zusammengebrochen. Nicolai hatte vergeblich versucht, tröstend auf sie einzuwirken, indem er sie behutsam in seine Arme schloss. Und auch ihr Vater hatte sich schleunigst und wie in Trance an die Seite seines Mädchens begeben, hatte Worte des Trostes zu finden gesucht und sie doch nicht gefunden, so dass er nur schweigend und mit einem unglaublich gerührten Blick auf die beiden jungen Menschen vor ihm hinabgesehen hatte. In der Klasse war es dann, nachdem das Schluchzen der Schülerin irgendwann aufgehört hatte, minutenlang mucksmäuschenstill gewesen ... Selbst Klaus Habeland, bei dem die 13c gerade ersatzweise Englischunterricht hatte, denn die zuständige Kollegin hatte sich heute Morgen kurzfristig aufgrund eines grippalen Infekts krankgemeldet, fehlten die passenden Worte, und also schwieg auch er.

„Wie, wo, wann?“ Holger hatte sich als Erster einigermaßen von dem Schreck erholt, obwohl ihm der Tod von Andrea, wie sich denken lässt, besonders naheging. Er hatte während der letzten Minuten allen Ernstes geglaubt, ihre Lippen noch auf den seinen zu spüren. Und er empfand eine bislang noch nie gekannte Sehnsucht ausgerechnet nach einem Menschen, den es in dem Sinne nicht mehr gab. Er musste schlucken und sich unglaublich zusammennehmen, um es der Verzweifelten, die inzwischen ganz und gar verstummt war, nicht gleichzutun.

„Das kann unmöglich sein ..., und wo wir uns gestern Abend im Porticus getroffen haben, und da lebte sie doch noch“, vollendete er den gebrochen und stockend hervorgestoßenen Satz überflüssigerweise.

„Ja, genau“, bestätigten wie aus einem Munde Günter Vogelsang und Nicolai, wobei der Klassenprimus für einen kurzen Moment seinen tränennassen Blick von der Frau in seinen Arm ab- und dem Oberinspektor, der nach wie vor sorgenvollen Blickes und extrem hilflos neben ihnen stand, zuwandte.

„Ja, da lebte sie noch“, flüsterte Nicolai wie zur Bekräftigung.

„Das kann ich bestätigen“, meldete sich jetzt auch der Möchtegernschwarm der Frauenwelt zu Wort. „Als ich die Kneipe verließ, war Andrea noch wohlauf. Und sie ist dann zusammen mit Mathilde, also Ihrer Tochter“, wandte er sich dem Oberinspektor zu, „die Marienstraße hochgelaufen. Ja, so kann man es sagen, wo es doch so geschüttet hat, beziehungsweise gleich darauf hat es ja angefangen zu schneien, nicht wahr. Ein absolutes Sauwetter, bei dem es nur noch eine Devise gab: Ab nach Hause ins warme Bett!“

Während der Ästhet die letzten Minuten aus Andreas Leben Revue passieren ließ, oder jedenfalls den Teil davon, an dem er auf seine Art teilgenommen hatte, sah man diejenigen, die an dem gestrigen Abend ebenfalls dabei gewesen waren, still vor sich hin nicken.

Nachdem Kollege Holgerson die Personalien aller Schüler aufgenommen und noch diverse Fragen an die unmittelbar Beteiligten gerichtet hatte, Mathildes Vater hatte sich dazu außerstande gesehen, war die Klasse in den frühen Nachmittag und das von Nordwesten heranziehende Schneegestöber entlassen worden. Die meisten hatten sich in stiller Trauer auf den Heimweg gemacht. Nur diejenigen, die dem blonden Mädchen wirklich nahegestanden hatten, also genau die, die sich gestern im Porticus angeregt über Wittgensteins beziehungsweise Doktor Bartholds Dilemma unterhalten hatten, strebten dem an der Ecke Holm, Rathausstraße gelegenen Keller des Löwenbräus, das in Insiderkreisen kurz und bündig das Lö hieß, zu. Denn sie hatten in dieser besonders nachmittags von ihnen und ihresgleichen frequentierten Kneipe einiges zu besprechen. Vor allem aber: Sie wollten allein mit sich sein, allein mit sich und ihren Gedanken an ihre verstorbene Freundin.

Holgi, der an diesem Tag endgültig zum Kettenraucher mutierte, steckte sich gerade seine siebte Prince an der Glut ihres Vorgängers an. Und auch die anderen beiden rauchten heute ausnahmslos, und ohne sich vorher darauf verständigt zu haben, die Marke ihrer Freundin. Nur Günter blieb sich treu, entsagte selbst heute, wo man es unbedingt brauchte, dem Tabakkonsum und nahm nur ab und an einen lustlosen Schluck aus seiner obligatorischen Cola. Es war alles so sinnlos plötzlich, und genau diese Sinnlosigkeit stand den jungen Menschen beiderlei Geschlechts ins kreidebleiche Gesicht geschrieben. Sie nahmen den Radau um sich herum, der selbst hier, in dem gleich hinter der Treppe linkerhand gelegenen kleinen quadratischen Raum herrschte, überhaupt nicht wahr, so sehr waren sie mit sich selbst beschäftigt. Und auch die inzwischen riesigen Flocken, die unentwegt durch die schwarzlackierten Gitter des vor dem Eckhaus angebrachten Geländers, auf dem die Jugendlichen während der Sommermonate wie Hühner auf der Stange oft stundenlang saßen, rauchten und miteinander zumeist Themen politischen Inhalts diskutierten, gegen die gelb getönten und leicht gemusterten Scheiben dieser Kellerkneipe batschten, waren für sie im Grunde nicht existent. Existent war lediglich der Schmerz über den Verlust eines Menschen, der zu ihnen gehört hatte, wie ... Ja wie eigentlich?

„Das ist ja so was von zum Kotzen“, hörte man plötzlich Holger in den Lärm des Stimmengewirrs hinein ausstoßen. Dann kippte er den

Rest seines Bieres hinunter, drückte seine Kippe aus und versank wieder in brütendes Schweigen. Seine Augen waren gerötet, wie die aller anderen auch.

„Wer?"

Alle hoben gleichzeitig ihre Köpfe und schauten Nicolai an, der dieses Fragewort in den Raum gestellt und dort zunächst in seiner Isolation belassen hatte.

„Und warum?"

Ratlosigkeit stand ihm ins Gesicht geschrieben. Das konnte doch nicht wahr sein, dass irgend so ein perverses Schwein ihre Andrea einfach so ... Er konnte diesen Gedanken nicht zu Ende denken! Allein wenn er sich vorstellte, dass sie ... und dass man sie dann ... Er sackte wieder in sich zusammen und tat während der nächsten Minuten nichts anderes als zu rauchen.

Wie sich die Tat ungefähr ereignet haben musste, hatte ihnen der Füllige vorhin auf Nachfrage eines Klassenkameraden in aller gebotenen Kürze erläutert, so dass sie den Straßenzug, in dem die abscheuliche Tat vermutlich verübt worden war, ganz genau vor ihrem geistigen Auge sahen. Und dazu das Schneegestöber und den Sturm ... Allein diese Vorstellung ließ sie frösteln. Und dass der Killer ihre Andrea dann auch noch dort hinten am Industriehafen abgelegt hatte, gerade so wie ausrangierten Schrott ... Das machte die ganze Sache noch zusätzlich unerträglich.

„Irgendwie genau wie damals ..."

Die irritierten Blicke der drei anderen richteten sich auf Günter.

„Wie meinst du das?!" blaffte ihn Nicolai an, so dass der Hänfling nervös zusammenfuhr.

„Na ja, ich meine, als kurz nach Beginn des Schuljahres die Beate dort hinten in der Nähe von Wassersleben ... Na ja, ihr wisst schon ..."

„Wie kommst du denn jetzt darauf?" war Holger im Begriff, den Loser zusammenzufalten.

„Nein, wartet mal, er hat doch recht", mischte sich jetzt Mathilde in das Gespräch ein. „Ich meine, beide Male wurden die toten ..." Weiter kam sie nicht.

Es war wieder an Nicolai, sie zu trösten, indem er ihren Kopf und ihren Oberkörper zärtlich mit seinen Armen umfing. Aber auch dieser Anfall ging irgendwann vorüber und machte wieder dem stummen Brüten Platz.

„Also“, war es wieder an Günter, den liegengelassenen Faden aufzugreifen und weiterzuspinnen, „überlegt doch mal so: Damals wie gestern handelte es sich um eine Schülerin unserer Schule, und die eine der beiden war mit uns allen befreundet, und die andere ... Ja also ..., ich meine ... Hattet ihr nicht kurz was miteinander? Damals, vor zwei Jahren oder so?“ wandte der Eingeschüchterte sich an den verhinderten Streber.

„Ja und?“ replizierte der spürbar unwirsch. „Worauf willst du hinaus?“

„Na ja, ich denk eben über den ..., wie heißt das noch mal? Ja, genau, den gemeinsamen Nenner nach. Und der könnte doch darin bestehen, dass wir beide Mädchen kannten, oder sie uns. Ich meine, dass sie uns nahestanden ... in gewisser Hinsicht.“ Günter hatte sich, was sonst gar nicht seine Art war, in Fahrt geredet und deswegen einen hochroten Kopf bekommen.

„Ich verstehe immer noch ...“, wollte Nicolai gerade diese aus seiner Sicht krause Theorie zu den Akten legen, als ihn Holger, der inzwischen bestimmt seine vierzehnte Zigarette in Arbeit hatte, unterbrach.

„Neee, warte mal, Alter, das klingt doch gar nicht so uneben, was der Günti da von sich gegeben hat. Damit ist zwar das Warum nicht beantwortet, aber doch auf jeden Fall ein Bezug hergestellt zum ..., zum Umfeld der ... Opfer.“

„Genau darauf wollte ich hinaus, Holgi“, sekundierte ihm Schüler Volgelsang, der aufgeregt mit seinem Kopf zu nicken begonnen hatte. Und auch Mathilde, die sich inzwischen wieder aus der Umarmung dieses sie so ungemein ansprechenden Schülers gelöst hatte, schien für einen Moment ihren Schmerz vergessen zu haben, denn sie fixierte den unscheinbaren Schüler mit ihren wunderschönen blauen Augen dermaßen intensiv, dass der, wie es seine Art war, nervös auf seinem Stuhl hin und her zu rutschen begonnen hatte.

„Moin, moin! Da seid ihr ja. Nun, wo geit?“ Lehrkörper Habeland war an ihren Tisch getreten und schien vollkommen unbeeindruckt von dem zu sein, was sich in der gestrigen Nacht zugetragen hatte. Die Leichenblässe, die vorhin in der Gegenwart der Schulleiterin und der beiden Kriminalbeamten kurz sein Gesicht überzogen hatte, war längst verflogen und hatte einem intensiven Rot Platz gemacht, was wohl darauf zurückzuführen war, dass der Schneefall und der Sturm draußen an Heftigkeit eher noch zugenommen hatten. Der Ankömmling, auf dessen schief auf dem Kopf sitzender Baskenmütze sich ein Häuflein Schnee oder vielmehr so etwas wie eine Schneewehe gebildet hatte, quetschte sich, ohne dass ihn jemand darum gebeten hatte, zwischen Mathilde und Nicolai und sah beide abwechselnd erwartungsfroh an, so, als wollte er sagen: „Nun erzählt doch mal, worüber habt ihr gerade geklönt?" Die Dinge wiederholten sich ... Und während er sie voller Optimismus anstrahlte, entledigte er sich umständlich seines durchnässten Lodenmantels und legte die triefende Mütze der Existentialisten neben sich auf die Bank.

„Hau ab, Mann!!! Ich kann deine blöde Visage nicht mehr ertragen, du lächerliche Witzbudenfigur!!!"

Mathilde brach zusammen, nachdem sie dem nun doch überforderten Lehrkörper diese Interjektionen hasserfüllt entgegengeschleudert hatte. Sie konnte sich nicht mehr zurückhalten, mochten die Leute, die jetzt allesamt in Richtung ihres Tisches schauten, denken, was sie wollten. Das war ihr so was von egal. Sie sprang auf, griff sich ihre Umhängetasche und zwängte sich an den sie neugierig musternden Schülern vorbei Richtung Ausgang. Dass Michael, der durch den Radau der letzten Sekunden auf die Gruppe seiner Freunde aufmerksam geworden war, sie mit einem zaghaften „Hallo" auf ihrem hastigen Weg in das Gestöber begrüßte, nahm das aufgeregte Mädchen überhaupt nicht wahr. Und auch die anderen drei, die es ihr nachtaten, kümmerten sich nicht um den sie teilnahmsvoll anlächelnden Sohn ihres Mathelehrers, als sie nun ihrerseits dem Ausgang zustrebten. Holger hatte den Don Juan noch im Vorbeigehen als „Nullchecker" apostrophiert – „Alter eh, du bist so ein finkliger und ewig sabbelnder Nullchecker, Alter eh!" lauteten seine Worte –, so dass keine halbe Minute später der Lehrer total verdattert und verlassen an dem Tisch saß und irritiert ins Leere schaute. Damit hatte er denn doch nicht gerechnet und vor allem, das ging entschieden zu weit! Das würde Folgen haben, für die Iwersen nämlich, darauf konnte die ätzende Bullenschlampe einen lassen.

„He Pete, bring mir doch nen Halben, sei so gut, du Guter!“ rief er gleich darauf dem Kellner zu, der sich gerade auf der Höhe des Durchgangs zum Hauptraum befand, um sich anschließend auf den Schreck eine Zigarette zu gönnen. Die blöde Kuh wird sich noch wundern, hing Habeland dem Gedanken von eben nach, wobei er tief inhalierte, um den Rauch dann als formvollendete Kringel in die aufgeheizte Atmosphäre zu blasen. Keine zwei Minuten später stand das bestellte Bier vor ihm auf dem Tisch. Er prostete den Schülern, die wieder mit sich selbst oder Gott weiß was beschäftigt waren, aufmunternd zu und trank einen kräftigen Schluck, so dass das Glas, als er es wieder zurück auf den Tisch stellte, allenfalls noch halbvoll war.

9

„Setz dich, Manfred. Was kann ich für dich tun, und was führt dich zu mir?“

Die ins kritische Alter gekommene strenge Schöne schaute ihm tief in die Augen, wobei sie ihren Kopf mit dem Daumen und angewinkelten Zeigefinger ihrer rechten Hand leicht abstützte.

Sie wirkte auf ihn immer noch so anziehend, wie sie es damals getan hatte, als er ihr auf seine leicht unbeholfene Art auf dem Straßenfest Avancen gemacht hatte. Sie hatte ihm, wie er es nicht anders erwartet hatte, einen Korb gegeben. Denn wer war er, dass er dieser Frau mit der intensiven erotischen Ausstrahlung allen Ernstes hätte körperlich nahe kommen können? Aber sie erinnerte ihn auf eine fatale Weise an seine Verflossene, die sich kein Jahr nach ihrer Trennung von ihm hatte scheiden lassen. Und weil sie dies tat, und weil der Stachel der Enttäuschung noch immer tief saß und zu schmerzen einfach nicht aufhören wollte, hatte er in seiner Not nicht ein noch aus gewusst und war zu einem verzweifelten Angriff übergegangen, als sich ihm die Gelegenheit dazu geboten hatte. Aber sie hatte ihn auf die klassische Weise abblitzen lassen, indem sie ihn, als er sie zu einem harmlosen Glas Wein hatte einladen wollen, nur irritiert lächelnd angeschaut und sich gleich danach betont gleichgültig von ihm abgewandt hatte, um das Gespräch mit irgendeinem Kollegen von der AVS – es war, wenn er sich recht erinnerte, ausgerechnet und charakteristischerweise der Weiberheld Habeland gewesen – fortzusetzen. Der Schönling hatte allerdings, und das war das eigentlich Schlimme daran gewesen, gleich geschaltet und begriffen, was Oberstudienrat Barthold im Schilde führte. Denn er hatte, das war ihm noch aufgefallen, als er sich wie ein begossener Pudel schmachvoll zurückgezogen hatte, vielsagend gegrinst und mit den Augen in seine Richtung gezwinkert und bei der nächstbesten Gelegenheit das Fiasko seines werten Kollegen an die große Glocke gehängt. Mit dem Ergebnis, dass Manfred Barthold während der nächsten Wochen von den anderen Lehrern des Gymnasiums mitleidig belächelt worden war.

„Manfred, sprich bit-te mit mir! Du bist schließlich nicht mein einziger Patient, nicht wahr."

Das war ungerecht und auch typisch, dass die seinen Sohn seit wer weiß wie vielen Jahren schon betreuende Doktorin mal wieder etwas gezielt durcheinanderbrachte. Er wollte widersprechen, besann sich dann aber, weil er bei einem Kräftemessen mit dieser Frau, wie er schon des Öfteren schmerzhaft hatte erfahren müssen, ohnehin den Kürzeren ziehen würde. Also hatte er sich während der letzten Zeit unwillkürlich an ihrem Sohn schadlos gehalten, wenn er ihn immer wieder und wenn es sich ergab ein wenig vor der gesamten Klasse vorführte und in die Enge trieb. Und da Günter ja auch wirklich ein eher mittelprächtiger Schüler war, dem gegebenenfalls auf diese etwas robustere Weise auf die Sprünge zu helfen war. So gesehen waren auch diese klitzekleinen Sticheleien letztendlich nur zu seinem Besten. Motivationsanschübe nannte man so etwas.

„Es geht um meinen Sohn Michael, Sybille. Er ist so ... so ..."

„Jaaa?"

„So renitent. Er spricht ja kaum noch mit mir. Und wo ich mir doch Sorgen mache, wie du dir sicherlich denken kannst. Schließlich bist du ja auch alleinerziehend und hast es mit deinem Günter ... Ich meine ..."

„Bit-te Manfred, lass meinen Sohn aus dem Spiel. Obwohl ...", hielt Frau Doktor Vogelsang inne, denn sie hielt in diesem Augenblick die Gelegenheit für gekommen, dem Oberstudienrat nach allen Regeln der Kunst die Leviten zu lesen. Denn unlängst hatte ihr Günter sich über seinen Mathelehrer auf eine Art geäußert, die sie beunruhigt hatte.

„Ewig triezt der Alte mich“, hatten seine flüchtig hingeworfenen Worte gelautet, als er aus der Schule nach Hause gekommen war. „Das ist soo ungerecht!“ Was genau er damit meine? Diese an ihren Liebling gerichtete Frage hatte der aber nicht mehr beantworten wollen, sondern sich stattdessen sichtlich betrübt und angeschlagen in sein Zimmer zurückgezogen. Das hatte der besorgten Mutter zu denken gegeben. Insofern war es ihr sogar ganz recht gewesen, als vorgestern Abend der Vater ihres Patienten sie angerufen und um einen Termin gebeten hatte.

„Kannst du mir bit-te mal erklären, was dir an meinem Günti missfällt? Sei doch so gut.“

Oberstudienrat Doktor Barthold sah die Frau mit der strengen Frisur irritiert an. Auf diese Frage war er nicht vorbereitet gewesen. Hat der Versager und das Muttersöhnchen also doch gepetzt, ging es ihm durch den Kopf. Er begann, unruhig auf seinem Stuhl hin und her zu rutschen. So hatte er sich das nicht vorgestellt, dass ausgerechnet er jetzt zur Rede gestellt werden sollte, wo er doch umgekehrt vorgehabt hatte, der behandelnden Ärztin mal auf den Zahn zu fühlen, ob ihre Behandlung denn nun endlich und nach all den Jahren von Erfolg gekrönt sei. Auch wenn es nicht nur nicht danach aussah, sondern zu befürchten stand, dass sein Filius ihm endgültig fremd werden würde. Sofern das nicht längst geschehen war.

„Bitte? Du meinst ...?“ Er stellte sich dumm, auch wenn langjährige Berufserfahrung zeigte, dass dieser Weg selten bis nie zum Ziel führte. Eher im Gegenteil.

„Nun stell dich mal nicht dumm, mein Lieber. Du weißt ganz genau, wovon ich rede, nicht wahr?!“

Na bitte, er hatte recht behalten. Dem Dummen wurde seine Dummheit immer noch einmal extra und wie zur Bestätigung unter die Nase gerieben. Damit er sich schämte und sich die Flausen abgewöhnte, die einem gedeihlichen Miteinander hinderlich im Wege standen. Deswegen beschloss der unverhofft in die Defensive geratene Oberstudienrat die Taktik zu wechseln, um so nach Möglichkeit für gut Wetter bei der Psychotante zu sorgen.

„Ja weißt du, Sybille, dein Günter, der braucht hin und wieder einen Schubser und einen dezenten Anstoß, um sich zum Besseren zu entwickeln. Und wo es sich bei meinen seltenen Ermahnungen ja ohnehin nur um gutgemeinte Hilfestellungen handelt. – Genauso wie in deinem Beruf", fuhr der Lehrer der Naturwissenschaften und des logisch gestützten mathematischen Denkens nach kurzem Innehalten fort, „bedarf es hin und wieder eines Anreizes, um dem Bedürftigen zu seinem Glück zu verhelfen. Sanfte Zwänge, du verstehst?"

Manfred Barthold war mit sich zufrieden, denn die Art, wie er die Defensive gegen die Vorneverteidigung ausgetauscht hatte, zeugte von unglaublicher Souveränität und Geistesgegenwart, wie er fand. Frau Doktor Vogelsang sah das ein wenig anders, wie sich gleich herausstellen sollte.

„Mein Günter", hob sie an, „bedarf solcher Motivationsschübe nicht, wo er doch und quasi von Natur aus ein folgsames Menschenkind ist. Aus dem Grunde", erhob sie ihre Stimme, weil ihr Gegenüber Anstalten machte, ihrer Argumentation Schwung abzuwürgen, „halte ich es für angebracht und unbedingt geboten, dass du in Zukunft so feinfühlig mit meinem Nachwuchs umgehst, wie es in diesem speziellen Fall einzig angebracht ist. – Du hast mich verstanden, nicht wahr, und ich kann mich auf dich verlassen?"

Sie sah den Gemaßregelten streng an, so dass dem nichts anderes übrig blieb, als still mit dem Kopf zu nicken.

Nach einer kurzen Pause der Besinnung war man wieder auf seinen Problemfall zu sprechen gekommen. Aber die Psychologin hatte sich, und insofern hätte er sich dieses einseitige Gespräch auch schenken können, auf ihre ärztliche Schweigepflicht berufen, so dass Doktor Barthold, als er die Praxis keine fünfzehn Minuten später verließ, nicht wirklich schlauer war als vor der Konsultation.

Er hatte lediglich noch erfahren, dass Michael ihr gegenüber geäußert habe, sich nach Möglichkeit über kurz oder lang eine eigene Bleibe zu organisieren, worin sie, also die behandelnde Ärztin, ihn nur unterstützen könne. Denn schließlich sei es immer hilfreich, sich von Bezugspersonen, die offensichtlich keinen wirklich guten Einfluss ausüben, zu distanzieren. Und außerdem und vor allem, so sei eventuell auch den aggressiven Schüben zu begegnen, die ihr auch an diesem Patienten in letzter Zeit relativ häufig aufgefallen seien, und die ab und an bedenkliche und zu Sorgen Anlass gebende Ausmaße anzunehmen scheinen, hatte sie ganz zum Schluss, und als er sich schon von seinem

Stuhl erhoben hatte, orakelt. Und also hatte die *Schickse* ihm auch nur das unter die Nase gerieben, was er ohnehin schon wusste.

10

Ich hatte dem Barthold den Gefallen getan und die mathematische Weltformel wieder vollständig an die Tafel geschrieben. Weil ich es ja ohnehin vorgehabt und weil ich darauf spekuliert hatte, dass der Mathelehrer nach der Stunde nichts Eiligeres zu tun haben würde, als den Formelsalat schleunigst in sein Notizbuch zu übertragen. Und wie um den Spaß perfekt zu machen, hatte sich keine zwei Wochen danach das Gerücht verbreitet, dass sich der Leuteschinder bei einem mathematischen Kolloquium, das in Kiel an der Uni stattgefunden hatte, bis auf die Knochen blamiert hatte. Man erzählte sich auf der Penne, dass der Doktor so was von baden gegangen war und ein vollständiges Waterloo erlebt habe, wie ich es, der Wahrheit die Ehre, in meinen kühnsten Träumen nicht zu erhoffen gewagt hatte. Die versammelte Fachwelt hatte ihn schmunzelnd und kopfschüttelnd noch mitten in seinen irgendwie aufgeregt wirkenden Ausführungen unterbrochen und den verehrten Kollegen, der geglaubt hatte, mit der von allen gesuchten und bisher unentdeckt gebliebenen Lösung des mathematischen Axiomen- und Grundlagenproblems aufwarten zu können, darauf hingewiesen, dass das, was er da auf die Tafel gekritzelt hatte, der kälteste Kaffee der Mathematik sei. Und ein ganz Schlauer hatte sogar die Ansicht geäußert, dass dieser Beweis des Satzes, dass 2 x 2 = 4 sei, den Wittgenstein in seinem Traktat annodunnemals notiert habe, in Wahrheit auf nichts weiter als eine äußerst fragwürdige und riskante Diallele hinauslaufe. Darüber war in der Runde der mathematischen Koryphäen dann noch angeregt diskutiert und darüber die Anwesenheit des engagierten Pseudomathematikers vollständig vergessen worden. Und der Barthold hatte sich dann auch bald, wie man sich hinter vorgehaltener Hand, schadenfroh und vergnügt und mit tränennassen Augen zugeraunt hatte, wobei man sich gegenseitig mit Verschwörermiene in die Flanken gestoßen hatte, aus diesem illustren Kreis verabschiedet, hatte den Weg in die nächstbeste Lokalität angetreten, um dort, ganz entgegen seiner sonstigen Art, seinen Kummer im Alkohol zu ertränken.

Als er am darauffolgenden Montag wieder seinen Schuldienst angetreten hatte, hatte sich sehr bald schon herausgestellt, dass der, der aus der Landeshauptstadt zurückgekehrt war, in gewisser Hinsicht nicht mehr dieselbe Identität hatte wie derjenige, der sich am vorangegangenen Freitag dorthin mit seinen revolutionären Einsichten im Gepäck aufgemacht hatte. Um es kurz zu machen, der Barthold ist durch dieses unvorhergesehene Ereignis gebrochen worden und seitdem nur noch ein Schatten seiner selbst ...

„Und warum haben Sie mir ausgerechnet diese Geschichte so fein säuberlich aufgeschrieben? Was hat denn das alles mit den Morden an Ihrer Exfreundin, der Schülerin Asmussen, und an Fräulein Reinke zu tun? Können Sie mir das vielleicht mal erläutern?"

Der Oberinspektor sah von den Blättern auf, die sich vor ihm auf dem Tisch im Verhörzimmer des Kommissariats befanden, und in deren Lektüre er seit geraumer Zeit vertieft gewesen war.

Schreiben konnte der Sapara ja, das musste der Neid ihm lassen ... Ein blitzgescheiter, dazu noch extrem gutaussehender junger Mann mit dunkelbraunen Locken, zu denen die hellblauen Augen einen außergewöhnlichen Kontrast bildeten, saß auf der anderen Seite des Tisches und schaute ihn jetzt sichtlich irritiert an. Iwersen verstand einmal mehr, weshalb seine Tochter auf diesen Schüler abfuhr. Intelligent und hübsch – bessere Voraussetzungen konnte man gar nicht mitbringen, um bei dem schwachen Geschlecht zu punkten. Er glaubte so etwas wie Neid zu verspüren, weil nämlich der erste Verdächtige von der Natur, im Unterschied zu ihm, so sehr begünstigt worden war, so dass er, so wie die Dinge standen, im Begriffe und locker dazu in der Lage war, ihm seine heißgeliebte Tochter noch mehr zu entfremden. Oder Schlimmeres! Nicht auszudenken!

„Wie jetzt? Sie hatten mich doch darum gebeten, aufzuschreiben, wie es meiner Meinung nach zu diesen Morden gekommen ist."

„Ja ... Und?" Der Ermittler verstand die Welt nicht mehr. Wie sollte dieser Scherz eines Pennälers mit dem Mord an drei jungen Frauen zusammenhängen?

„Also, mein Lieber, das müssten Sie mir nun doch ein wenig erläutern. Denn, ehrlich gesagt, ich kann da beim besten Willen keine Zusammenhänge erkennen."

„Aber verstehen Sie denn nicht?! Erst bin ich so gnädig, dem Loser aus der Klemme rauszuhelfen, und dann profitiert er auch noch von den Folgen des Malheurs, das dem Barthold infolge seines Klaus passiert ist. Und ...", der Ansprechende hob seine Hände, mit denen er kurze, beschwichtigende Bewegungen ausführte, weil er sich jetzt nämlich von seinem Gegenüber und dem Vater seiner Liebsten nicht unterbrechen lassen wollte, „und, was das Allerwichtigste ist, die Flasche und das fünfte Rad am Wagen hat doch bei den Mädels so was von gar keine Chance. Die lachen doch bestenfalls über ihn, sofern sie ihn überhaupt wahrnehmen. Noch wichtiger allerdings ist ..."

„Ja?" Iwersen schaute Nicolai aufmerksam an, weil er nämlich fand, dass dessen Erläuterungen langsam so etwas wie Überzeugungskraft gewannen, auch wenn da natürlich die Sache mit der Halskette war, die seine Tochter vorhin in seiner Manteltasche gefunden hatte. Ausgerechnet Mathilde, die an diesem Nachmittag, vorsichtig gesagt, erneut vollkommen außer sich gewesen war. Sie war schluchzend und restlos aufgelöst in sein Büro gestolpert und hatte nach mehreren vergeblichen Anläufen ihn endlich mit der schrecklichen Wahrheit konfrontiert. Und für dieses unscheinbare Schmuckstück hatte der Neunmalkluge eben keine gescheite Begründung gehabt, weswegen er jetzt auch immer noch hier saß.

„Seine Mutter."

„Bitte?"

„Die Psychologin ... Die Frau ist doch, entschuldigen Sie, verrückt."

„Sie meinen ...?"

„Ich meine, die hat ihren Sohn derart in die Mangel genommen, dass der einen solchen Schaden davongetragen hat, dass er sich jetzt auf seine Weise über die Frauenwelt hermacht. Irgendwie ... Und außerdem, wenn mich mein Gedächtnis nicht täuscht, hat sie der Barthold damals ... Wie war das noch mal? Also, ich meine mich zu erinnern, dass sie ihn hat abblitzen lassen. Aber das würde ja noch einen ganz anderen Verdacht nahe..."

„Ich weiß nicht ... Ich glaube, da geht Ihre Fantasie mit Ihnen durch! Nein, ich kann Ihnen da ...“

„Doch“, beharrte Nicolai, „das passt, Herr Iwersen. Jedenfalls in Hinsicht auf den Filius dieses weiblichen Freud.“ Jetzt wurde der Verdächtige Nummer Eins auch noch persönlich! „Günter Vogelsang ist ein hochgradig neurotisches Würstchen, und irgendwann sind bei ihm die Sicherungen durchgeknallt, und seitdem pirscht er nachts durch die Stadt und killt Mädchen! Oder ist es nicht möglicherweise doch der Barthold? Oder ... Ja, genau, sein Sohn Michael, der sich seit einiger Zeit an mich auf eine unerträgliche Art ranwanzt! Der könnte es auch sein, bei *den* Voraussetzungen! Also, ich meine, bei *dem* Vater. Der ist doch auf seine Art mindestens ebenso Plemplem wie Günters Alte. Und das färbt doch ab.“

Der Oberinspektor schaute dem, der da gerade versuchte, wort- und gestenreich seinen Hals aus der Schlinge zu ziehen, fest in die Augen. Irgendwie, so fand er, passte das alles nicht so recht zusammen. Und jetzt zauberte er noch einen, beziehungsweise zwei Verdächtige aus dem Hut, und ausgerechnet den Mathematiker, dem schon, wie er fand, übel genug mitgespielt worden war. – Etwas oder alles Mögliche stimmte nicht. Wie die Leichen der Schülerinnen abgelegt worden waren. Am Wasser, immer wieder am Wasser ...

Das neueste Opfer, dieses Mal ausnahmsweise eine Schülerin des Alten Gymnasiums, war auf der Anlegebrücke von Solitüde deponiert worden, woraus immerhin so viel zu ersehen war, dass der Täter sich im Besitz eines Autos befinden musste. Aber auch dort hatte man keine Spuren entdeckt, und das, obwohl es in der Nacht, es war genau eine Woche nach dem zweiten Verbrechen gewesen, in der der Mord passiert war, wiederum geschneit hatte. Aber weder auf dem Teerweg, der sich zu der Holzkonstruktion zunächst hinabschlängelte, um dann, am Fuß der bewaldeten Hügelkette dieser so überaus malerischen Bucht geradlinig auf den Anleger zuzulaufen, noch auf der Brücke selbst hatten die Kriminaltechniker brauch- und verwertbare Spuren finden können.

Aber es war wieder diese charakteristische Art und Weise gewesen, in der die Schülerin dort auf der Bank platziert worden war ... Der Täter hatte sie, obwohl sie, wie die beiden anderen, bekleidet gewesen war, wobei man das allerdings kaum noch ernsthaft als Bekleidung bezeichnen konnte, was das blonde Mädchen angehabt hatte, mit dem extrem knappen schwarzen Minirock und der klatschnassen und deswegen noch besonders durchsichtigen weißen Bluse mit nichts darunter, zur Schau- und bloßgestellt. Neben ihr, zu ihren Füßen auf den Holzplanken hatte der obligatorische Parka der heutigen Jugend wie achtlos hingeworfen gelegen, in dessen Innentasche jemand von der Spurensuche, dessen Namen der Oberinspektor noch nicht einmal kannte, ausnahmsweise einen Personalausweis gefunden hatte, so dass die Identität der Toten gleich an Ort und Stelle hatte geklärt werden können. – Aber da war noch etwas anderes gewesen ... Was hatte der Trottel Holgerson damals auf der Brücke am Industriehafen bloß gesagt? Es war zum Verrücktwerden, aber Iwersen konnte sich beim besten Willen nicht mehr daran erinnern, und der Füllige hatte selbstredend auch nichts mehr von seinem Geistesblitz gewusst, als er ihn am nächsten Tag noch einmal darauf angesprochen hatte.

Er hatte seinen Vorgesetzten bloß unglaublich dämlich angeglotzt, mit seinen breiten Schultern hilflos gezuckt und zu allem Überfluss noch auf Platt gemeint, dass er sich an überhaupt gar nichts mehr erinnern könne. Totaler Blackout! Bei dieser Niete, was sollte man da auch anderes erwarten? „Nee, Chef, ick weet dat nich. Ick sall ju wat vertellt hem? Nee, Deibel noch mol“, hatten seine jovial gemeinten Worte gelautet, die nur noch nervtötend waren. Dabei war es wirklich wichtig gewesen! Es war zum Aus-der-Haut-Fahren!

Oberinspektor Iwersen saß fest. Außerdem wurde, nach dem dritten Mord, die Lage in der Stadt langsam brisant. Angst ging um. Besorgte Eltern fürchteten, ihre Tochter könne das nächste Opfer sein ... Die Presse in Gestalt des Tageblatts ließ sich bereits seit einigen Tagen betont abfällig darüber aus, dass die Polizei offenbar mal wieder, wie üblich, überfordert sei und riet ihrer Leserschaft, dem weiblichen Nachwuchs zwischen sechzehn und zwanzig Jahren abends und in der Nacht so etwas wie einen prinzipiellen Stubenarrest zu erteilen. Das wären ja bürgerkriegsähnliche Zustände gewesen, die da eingefordert oder vielmehr heraufbeschworen wurden, und besonders lächerlich wirkte es vor dem Hintergrund dieser Panikmache, dass die Idioten von der schreibenden Zunft, die diesen sensationslüsternen Mist verzapften, im selben Atemzug dazu aufforderten, Ruhe zu bewahren und auf keinen Fall in Panik zu verfallen ... Lachhaft! Wenn es nicht so traurig und charakteristisch für dieses heuchlerische Gesindel wäre.

Das war mal wieder typisch, dass die Meinungsmacher von der Presse auf dem Elend der Opfer und ihrer Familien ihr sensationsgeiles Süppchen kochten. Und alles unter Berufung auf die Freiheit der Presse. Es war zum Weglaufen, und Iwersen fing langsam an zu verstehen, wenn auch vielleicht nicht gutzuheißen, dass etliche aufgebrachte Jugendliche unlängst mal wieder vor dem Gebäude der ortsansässigen Zeitung aus gegebenem Anlass eine Sitzblockade organisiert und mit fliegenden Eiern und Tomaten etwas aufgepeppt hatten, so wie vor ein paar Jahren, als die extrem aufmüpfige 68er Generation auf diese farbenfrohe Weise am selben Ort ihren Unmut über den Schah-Besuch und die wohlwollende Reaktion der vierten Gewalt auf dieses skandalöse Ereignis auf die Straße getragen hatte. Natürlich, dass im Anschluss daran Steine geflogen und der gesamte ZOB verwüstet und dieser und jener fahrbare Untersatz abgefackelt worden war, war nicht in Ordnung und entsprechend auf das Entschiedenste seitens der dafür Zuständigen zu bekämpfen gewesen. Aber die Zeiten der Straßenschlachten waren gottlob vorüber. Stattdessen ging jetzt ein Serientäter um, und Ole Iwersen wusste in diesem Augenblick wirklich nicht, was er verabscheuungswürdiger finden sollte. Obwohl, er wusste es natürlich schon, zumal damals der Tod seiner Frau gerade erst ... Aber das hatte weder mit dem einen noch dem anderen etwas zu tun und durfte ihn in seinen laufenden Ermittlungen nicht ...

„Herr Iwersen?“ Der Oberinspektor fuhr aus seinen inzwischen nicht mehr wirklich zur Sache gehörigen tagtraumartigen Gedanken auf.

„Ja?!“

„Wie isses, wollen Sie mich nun hierbehalten, oder kann ich gehen?“

„Gehen Sie.“ Die Stimme des Ermittlers klang resigniert. „Aber halten Sie sich zu unserer Verfügung. Und Sapara, verlassen Sie nicht die Stadt, verstanden?!“

„Selbstredend, und wo doch Schule ist.“ Und dann drehte der Wichtigtuer sich noch einmal um: „Ach ja, grüßen Sie Ihre Tochter von mir, und sagen Sie ihr, dass es mir leid tut, und dass sie so schnell wie möglich wieder auf die Beine kommen soll. Können Sie das für mich tun? Es ist mir wichtig, dass ..."

„Ja, ja, schon gut!" nickte der ältere der beiden dem vorläufig wieder in die Freiheit Entlassenen zu. Angesprochen fühlte sich allerdings derjenige, der gerade im Begriff gewesen war, mit einem Stapel Akten unter seinem Arm den Raum zu betreten. Er hielt abrupt in seiner Bewegung inne und schaute seinen Vorgesetzten verunsichert an.

„Was hab ich denn nun schon wieder falsch gemacht, Chef?" erklang seine verängstigte Stimme.

„Nichts, Holgerson, nichts."

„Eh Chef ..."

„Ja?"

„Wieso ...? Ich meine, weshalb ...?"

„Jaaa?"

„Warum haben Sie unseren Hauptverdächtigen wieder ...? Ich meine ..."

„Weil die Sache so eindeutig doch nicht zu sein scheint, wie wir bis eben noch geglaubt haben, dass sie sei." Jetzt fange ich auch schon an, so gestochen daherzureden, wie dieser Schönling und Herzensbrecher, ging es dem Ermittler durch den Kopf. „Nein, Holgerson, wir müssen noch mal ganz von vorne anfangen."

11

Renate Petersen stand im Innenhof des in der Nikolaistraße gelegenen Speichers und war gerade dabei, ihre Bestellung aufzugeben. Es war ihr zu heiß dort drinnen in der Disko geworden, und sie brauchte dringend frische Luft. Der Speicher war ja eine echt dufte Location, nur ein wenig eng vielleicht, vor allem dann, wenn wie an jedem Samstagabend die Hölle los war. Und außerdem hatte sie plötzlich Hunger verspürt, und dem war, mit dieser Meinung stand sie im Übrigen nicht alleine da, am besten mit einer Bratwurst mit Senf oder einem Hot Dog aus dem Bestand des Fleischers Uwe Löpptien abzuhelfen. Der stand mit seinem zur Würstchenbude umfunktionierten

Wohnwagen wie jedes Wochenende im Innenhof des Speichers und versorgte ununterbrochen die hungrige Jugend, die sich entweder aus der Diskothek zu ihm hinaus ins Freie begeben hatte oder sich auf ihrem Weg in den Schuppen vorher noch eine kleine Stärkung gönnen wollte, bevor es dann ans abhotten, anbaggern und abknutschen oder auch bloß ans betont coole Rumstehen in der Tiefe des dunklen Raums mit einer Flasche Flens in der Rechten oder Linken gehen sollte.

Es war tierisch kalt heute, wie seit Tagen schon, denn vor ziemlich genau einer Woche hatte es immer wieder mal geschneit. Der Herbststurm war von einer Sekunde zur nächsten zu einem Blizzard mutiert. Und da sich inzwischen auch Nachtfrost eingestellt hatte, war der Schnee dann tatsächlich an geschützten Stellen liegengeblieben, und das, obwohl erst Anfang November war.

Renate fröstelte, wie sie da in schwarzem Minirock und weißer Bluse, unter der sie keinen BH trug, so dass sich ihre Brustwarzen für jeden sichtbar, der es sehen wollte, zu verhärten begonnen hatten, in der Kälte die Wurst zügig entsorgte, denn innerhalb des Speichers war der Verzehr von was auch immer strengstens untersagt, um sich dann wieder schleunigst in den Schutz des musikdurchfluteten Etablissements mit seiner kleinen Tanzfläche zu begeben.

Sie wartete auf ihren Freund, der ihr nachmittags telefonisch versprochen hatte, wenn auch vielleicht etwas später, und das hieß vermutlich, wie sie ihn kannte, weit nach Mitternacht noch im Speicher vorbeizuschauen. Aber zur Not waren da ja auch noch ihre in reichlicher Zahl angetretenen Freundinnen und einige Bekannte, mit denen sie sich in den Tanzpausen unterhalten konnte.

Die blonde junge Frau erklomm die in zwei Etappen in entgegengesetzter Richtung zum Eingang führenden dunkelbraunen Holzstufen, zog mit einem Ruck an dem fast zierlich wirkenden goldenen Knauf der schweren schwarzen Eingangstür und war gleich darauf in der lärmenden Dunkelheit des Speichers verschwunden.

Kaum jedoch, dass sie den schwarzen Vorhang, der den winzigen Eingangsbereich von den eigentlichen Diskoräumlichkeiten trennte, zur Seite geschoben hatte, quatschte sie jemand an, den sie überhaupt nicht kannte, der ihr jedenfalls noch nie, soweit sie sich erinnern konnte, aufgefallen war. Er war aber auch so gar nicht ihr Typ, und Renate bezweifelte, ob so jemand Unauffälliges überhaupt irgendjemandes Typ sein konnte. – Das Knäblein stand linkerhand am Treppenabsatz, war, soweit sie es in der relativen Dunkelheit erkennen konnte, bleichgesichtig und schien ihr auch ein ganz klein wenig zu zittern, gerade so, als ob nicht sie, sondern er sich soeben vor der Kälte dort draußen hier hereingeflüchtet hatte. Irgendwie tat er ihr auf Anhieb leid, obwohl sie ihn, wie gesagt, zuvor noch nie gesehen hatte. Er wirkte so hilflos und unsicher. Mütterliche Gefühle begannen sich in Renate zu regen.

„Würdest du mit mir mal kurz nach draußen kommen, ich möchte dir etwas sagen ...?"

Die hübsche Schülerin hatte kein Wort des Genuschels verstanden und sah den Jungen fragend an.

„Ich ..., ich möchte dich etwas fragen!" erhob dieser in einem zweiten Anlauf seine Stimme, um gegen den Sound der Gruppe Colosseum, deren Song *Lost Angeles* gerade aus den beiden Lautsprecherboxen, die über der Tanzfläche an einem Holzbalken befestigt waren, herabdonnerte, eine halbwegs reelle Chance zu haben.

„Nee du, das is mir ehrlich gesagt zu kalt da draußen, und das kannst du mir doch auch hier drinnen sagen, oder? – Aber ...", schrie sie ihn jetzt des enormen Lärmpegels wegen fast an, „wart mal, ich muss jetzt erst mal abhotten!!" Sie machte auf den Hacken kehrt und strebte der aus allen Nähten platzenden Tanzfläche zu. Denn dieser Song kam einfach bei allen an. Es war der reine Wahnsinn! Und Renate Petersen hatte das merkwürdige Vorkommnis und den merkwürdigen Typen von eben bereits nach den ersten Drehungen ihres geschmeidigen Körpers total vergessen, so sehr verlor sie sich in den unglaublichen Rhythmen dieses Irrsinnssongs.

Ihr Freund kam nicht in dieser Nacht. Die hübsche Blonde blieb noch eine Weile, tanzte auch hin und wieder, wurde noch zwei-, dreimal dumm von der Seite angequatscht, unter anderem von so einem bereits in die Jahre gekommenen Althippie, den sie von irgendwoher zu kennen glaubte. Aber diese lächerlichen Knilche, und dieser aufgeblasene Wichtigtuer von vorhin schon gleich, hatten bei der Anmutigen ohnehin nicht den Hauch einer Chance, wo sie doch niemand anderen als ihren Herbie liebte, dem sie heute Abend eigentlich die Neuigkeit aller Neuigkeiten hatte mitteilen wollen!

Gegen 0.30 Uhr verließ die Schülerin den Speicher, nachdem sie sich von ihren Freundinnen verabschiedet und in ihren Parka geschlüpft war, um sich in die in der oberen Angelburger Straße in der Nähe des Hafermarkts gelegene Wohnung ihrer Eltern zu begeben, die sie allerdings nicht mehr erreichen sollte. Denn fatalerweise wählte sie, warum auch immer, den Umweg durchs Mauseloch, vielleicht, um noch ein wenig die frühwinterlich-klare Schneeluft zu inhalieren, nachdem sie die Stunden davor eigentlich nur Zigarettenqualm eingeatmet hatte. Und das in ihrem Zustand ...

Auf der Höhe von St. Johannis, es war kurz vor eins, hielt sie in ihrem beschwingten Schlendern inne, weil sie plötzlich aus dem Augenwinkel meinte etwas, einen vorbeihuschenden Schatten nämlich, gesehen zu haben.

„Hey du! Ja du!"

Renate glaubte in diesem Moment wahrhaftig zu träumen. Denn sie konnte sich nicht mehr bewegen. Schreckensstarr verharrte sie an Ort und Stelle, so sehr sie doch laufen wollte, nur noch laufen ... Langsam drehte sie sich um, wobei sie seit Sekunden den Atem anhielt. Jemand kam durch die Karlstraße wie in Zeitlupe auf sie zu. Noch war Zeit, noch konnte sie entkommen ... Sie musste nur laufen, rennen durch die kurze, enge Süderfischerstraße in Richtung der Angelburger Straße und dann nur noch die paar Meter den Berg hoch. Die Wohnung der Eltern war so nah, fast so nah wie derjenige, den sie jetzt ..., ja, den sie jetzt erkannte. Das war doch ...

Da war er schon bei ihr, nahm ihre Hände und schob ihre Arme geradezu zärtlich hinter ihren Rücken.

„Du hast mir doch noch einen Kuss versprochen, vorhin, weißt du nicht mehr? Den werde ich mir jetzt nehmen!" erhob sich seine Stimme, während sein Mund sich unaufhaltsam dem ihren näherte. Renate wollte schreien, um sich schlagen. Aber das wusste der, der sie in der schmalen Gasse eingeholt und überwältigt hatte, auf seine spezifische Art zu verhindern.

12

Der Rechtsmediziner wusch sich gerade die Hände, als der Oberinspektor zusammen mit seinem voluminösen Adlatus den aufdringlich nach Desinfektionsmitteln und Verwesung riechenden Raum betrat.

„Nun, können Sie mir dieses Mal irgendetwas sagen, was ich nicht ohnehin schon weiß, Holmmeier?"

Iwersen ging es gar nicht gut, das sah man. Sein Gesicht war noch blasser als sonst, sofern das überhaupt möglich war. Und sein drahtiger Körper wirkte geradezu ausgemergelt, so, als ob er, seines relativ hohen Alters zum Trotz, noch ernsthaft in Erwägung gezogen hatte, beim nächsten New-York-Marathon mitzumachen, und zwar auf der Basis eines bis in jedes Detail durchkalkulierten Trainings- und Diätprogramms. Dabei ging ihm nur die Tote von heute Morgen in Solitüde nicht aus dem Sinn, wie sie da gelegen hatte, so hilflos, so achtlos weggeworfen und so ...

Zu seiner großen Erleichterung hatte er gleich erkannt, dass ihm dieses Mädchen von vielleicht neunzehn Jahren gänzlich unbekannt und folglich auch nicht mit seiner Mathilde befreundet war. Obwohl, das war zu kurz geschlossen, denn was wusste er von dem Freundeskreis seiner Tochter? Doch so gut wie gar nichts, wenn er es sich recht überlegte. Nein, er durfte keine voreiligen Schlüsse ziehen! – Als dann aber die Personalien der Toten überprüft worden waren, hatte sich sehr bald schon herausgestellt, dass sie das Alte Gymnasium besuchte, und diese Erkenntnis hatte ihn dann fürs Erste doch ein wenig beruhigt.

Dass es sich um denselben Täter handeln musste, war einerseits ohnehin klar, und dafür hätte es deswegen auch andererseits nicht der typischen Spuren bedurft, die sich am Körper des blonden Mädchens befunden hatten. Man konnte ja bereits aus einer Entfernung von zwei bis drei Metern die Hämatome an den Handgelenken und die Würgemale an ihrem entblößten Hals erkennen. So dass eigentlich wieder einmal bloß die zweieinhalb Fragen im Raum standen, nämlich wer die gewaltsam zu Tode Gekommene gefunden hatte – ein Spaziergänger, so, so und wie überraschend! –, was der Fachmann in der Person des Rechtsmediziners Holmmeier über den ungefähren Zeitpunkt des

Übertritts zu sagen wusste, und ob es sich um eine Vergewaltigung handelte. Eigentlich überflüssig, den Spezialisten wegen derartiger Lappalien zu konsultieren, aber was sollte man machen, es war nun einmal der Weg, den die Polizei zu Beginn ihrer Ermittlungen ausnahmslos beschritt. Und daran hatte sich auch Kollege Iwersen zu halten, ob er das nun hier und heute für sinnvoll erachtete oder nicht.

„Ich höre ..."

Irgendwie schien der doch sonst so redegewandte Rechtsmediziner mit seinen Gedanken im Augenblick ganz woanders zu sein. Er reagierte einfach nicht. Das konnte Iwersen jetzt überhaupt nicht gebrauchen, dass der Leichenfledderer so anfing wie das dickliche Etwas, das seit Jahren, so kam es ihm vor, nicht von seiner Seite wich. Oder hatte er möglicherweise doch etwas herausgefunden?

Iwersens ganze Haltung drückte schlagartig eine andere Gemütsstimmung aus. An die Stelle der Lethargie der letzten Tage war eine, um es mal so zu nennen, positive Anspannung getreten, gerade so, als ob einer, der seit Tagen in der Ostsee trieb (in der Ostsee?), plötzlich ganz fern, noch am Horizont, etwas zu entdecken meint. Ein Schiff womöglich.

„Was haben Sie gesagt, Herr Iwersen?" Dass Holmmeier, ganz entgegen seiner sonstigen Art, heute so förmlich daherkam, konnte alles Mögliche bedeuten, auffällig und irgendwie beunruhigend war es allemal.

„Ich habe mich nach den Ergebnissen der Obduktion erkundigt. Mensch Holmmeier, was ist denn los mit Ihnen? Sie sind doch sonst nicht auf den Mund gefallen."

„Tja, mein lieber Herr Oberinspektor, da ist etwas, was Sie wissen sollten ..."

„Ja ...", mischte sich jetzt der Breite in das Gespräch ein, das auf Iwersen merkwürdig feierlich wirkte und ... traurig. Ja, traurig. Er konnte sich nicht helfen. „Nu vertell schon, wat is passeert?"

Die Feierlichkeit und die Trauer waren von einem Moment zum nächsten Geschichte. Der Alltag hatte ihn wieder eingeholt. – Aber der Mediziner ließ sich dieses Mal auf das joviale Geschnacke der Pfeife merkwürdigerweise nicht ein, sondern ignorierte es demonstrativ. Stattdessen wandte er sich jetzt ganz direkt demjenigen zu, vor dem er

Respekt hatte, sah ihm tief in die Augen, legte seine rechte Hand auf dessen Schulter und sagte ganz langsam und bedächtig: „Die Deern, werter Herr Kollege, ja, die sööte Deern war im dritten Monat schwanger.“

13

Als die etwa fünfzigjährige Frau mit der strengen Kurzhaarfrisur und der Hornbrille auf ihrer spitz zulaufenden Nase ihm und seinem lästigen Begleiter die Tür öffnete, fuhr Oberinspektor Iwersen der Schreck in die Glieder. Oder vielleicht nicht der Schreck, das war zu viel gesagt und traf es nicht wirklich. Aber er war schwer beeindruckt von der Erscheinung dieser Frau, die, das erkannte er sofort, aber auch nicht die kleinste Widerrede duldete. Diese overdresste und bereits verschärft in die Jahre gekommene Schickse schüchterte ihn tatsächlich ein, und das war ihm in seiner annähernd zwanzigjährigen Laufbahn als Ermittler, soweit er sich erinnern konnte, noch nie passiert. Beeindruckend, diese Frau, wirklich beeindruckend!

Die Tiefenpsychologin und Witwe, die zusammen mit ihrem unscheinbaren Sohn am Stadtrand Flensburgs, und zwar in Adelbylund im Oscar-Struve-Weg, eine Prachtvilla bewohnte, bat „die Herren“, selbstredend nachdem sie sich zuvor und wie es sich gehörte ausgewiesen hatten, näher zu treten. Und weil an die Stelle des Schnees jetzt doch, infolge eines ebenso plötzlichen Tauwettereinbruchs, der typische Flensburger Matsch getreten war, forderte die Seelenzergliederin die beiden Beamten auf, sich doch bitte im Flur ihres verdreckten Schuhwerks zu entledigen.

Man befand sich gleich darauf im Arbeitszimmer der Ärztin, an dessen Wänden Regale standen, in denen in alphabetischer Reihenfolge unzählige Titel dieser speziellen Art der Wissenschaft fein säuberlich platziert waren. Dort, wo sich keine Regale befanden, waren Schwarzweißfotografien von Menschen unterschiedlichen Geschlechts aufgehängt, die, so mutmaßte Ole Iwersen, alle irgendwie mit dem Beruf dieser auf eine undefinierbare Art äußerst anziehend wirkenden Frau mittleren Alters zu tun haben mussten. Denn von all den Gesichtern, die da, mit ihren zumeist strengen und konzentrierten Blicken zur Schau gestellt waren, kannte er lediglich dasjenige des Gründervaters der Tiefenpsychologie, dasjenige Sigmund Freuds nämlich. Oder war er der Begründer der Psychoanalyse und Traumdeutung gewesen? Hatte der Wiener Arzt sich mit dem Unbewussten, was immer das sein mochte, befasst? Der Oberinspektor war sich da nicht ganz sicher, was ihn sich in diesem Moment noch etwas unwohler und beklommener fühlen ließ. Denn er glaubte sich auf eine merkwürdige Art beobachtet und ja, durchschaut. Und seinem fülligen Begleiter schien es nicht anders zu gehen, denn auch der saß – man hatte sich, dazu aufgefordert durch die Ärztin, inzwischen in die bequemere Sitzposition begeben – seit Minuten schon schweigend neben ihm und starrte abwechselnd auf seine in seinem Schoß liegenden gefalteten Hände, deren Daumen sich in unglaublicher Geschwindigkeit umkreisten, oder auch ganz einfach nur haarscharf an der Psychologin vorbei in die Weite oder Tiefe des Raumes. Dabei, so ging es dem Oberinspektor, der sich langsam zu ärgern anfing, durch den Kopf, wäre es doch an ihm gewesen, bei der Frau dort auf der anderen Seite des Arbeitstisches das unschöne Gefühl hervorzurufen, beobachtet zu sein.

In Wahrheit verhielt es sich so, dass ausschließlich Frau Doktor Vogelsang die Souveränität nicht nur ausstrahlte, die in ihrem Beruf eine Grundvoraussetzung und geradezu unverzichtbar war, sondern tatsächlich und ohne sich verstellen zu müssen, die Ruhe in Person auch wirklich war. Mit ganz leicht durch ihre vornehm wirkende rechte Hand aufgestütztem Gesicht fixierte sie abwechselnd die beiden Besucher und schien sich auf eine bedeutungsvolle Weise ihren Teil zu denken. Denn im Laufe der letzten Minuten hatte ein ganz dezentes Lächeln ihr Antlitz zu erhellen begonnen, was auf nichts Gutes schließen ließ ... Hatte sie etwas verstanden? Und was konnte das sein? Ole Iwersen begann nervös auf seinem Stuhl hin und her zu rutschen, und der Korpulente tat es ihm, was auf jeden Fall vielsagend und im Grunde genommen verräterisch war, ohne jede erkennbare Zeitverzögerung gleich.

„Meine Herren“, war plötzlich und unverhofft die Stimme der auf eine undefinierbare Art heiteren Gestrengen zu vernehmen, „wie, womit und inwiefern kann ich Ihnen wobei helfen?“

Die Ermittler schreckten bei diesen frohgemut und aufgeräumt geäußerten wenigen Worten zeitgleich auf, will heißen zuckten unverkennbar zusammen.

Ole Iwersen, der an diesem Morgen aus gegebenem Anlass reichlich derangiert aussah und dessen Nerven ohnehin blanklagen, erholte sich zuerst von dem Schrecken, weil er sich sowieso mittlerweile zu der Meinung durchgeläutert hatte, dass hier und heute Einiges ganz falsch lief. Er musste das Heft des Handelns unbedingt wieder in die Hände bekommen, soviel stand fest! Also räusperte er sich vernehmlich, straffte, wie man so sagt, seinen Rücken und wollte sich gerade daran machen, den Fragenkatalog der Psychotante abzuarbeiten, als ihm sein Sekundant ins noch nicht gesprochene Wort fuhr.

„Ja also ..., wie soll ich sagen“, begann der auf seine unerträglich stockende Art vorzupreschen, wenn man diese Art, ein Gespräch zu beginnen, überhaupt als Vorpreschen bezeichnen konnte.

„Nee, Holgerson, nun machen Sie mal halblang! So geht das nicht! Erst kommt der erste Vorsitzende, und dann kommt für eine lange Zeit überhaupt nichts, und dann kommen eventuell Sie, verstehen Sie das?“

Der Gemaßregelte hatte bei den letzten Worten wieder seinen Kopf gesenkt und war mit seinem nervtötenden nervösen Daumendrehen fortgefahren. Iwersen wandte sich erneut der Doktorin zu. Die lächelte womöglich noch aufdringlicher als vor ein paar Minuten und schien sich ganz köstlich zu amüsieren. Schön, dass die Polizei endlich mal gute Laune verbreitete ...

Es reicht! Was bildet die Schlampe sich eigentlich ein? Dass wir ihre Patienten sind, oder was? dachte Iwersen ärgerlich. Dabei lag sie genau genommen gar nicht so falsch damit, wenn man nämlich in Rechnung stellte, dass die beiden Polizisten, also er und der Rollmops, sich tatsächlich wie Versuchskaninchen aufführten, die interessanterweise immer genau das machten, was man ihnen jeweils nahelegt zu tun. So was nennt man Manipulation, soviel hatte Iwersen bei irgendwelchen psychologisch gestützten Fortbildungskursen aufgeschnappt. Und noch ein Name war im Begriff, sich in seinem Gehirn zu bilden. Oblo... Ja Oblomov, oder jedenfalls so ähnlich ... Und vor seinem geistigen Auge sah er schwarze Kammern ... Wie hatte diese Psychorichtung noch geheißen? War auf jeden Fall was Amerikanisches gewesen ... Mit B...

und -ismus ... Natürlich: Bahavoismus. Hätte er doch damals besser aufgepasst, dann hätte er sich eventuell jetzt nicht so unwohl und ertappt gefühlt!

„Also, auf ein Neues. Womit und inwiefern kann ich Ihnen helfen? Was verschafft mir die Ehre Ihres Besuchs, Herr Inspektor?"

„Oberinspektor", entfuhr es Iwersen. Er biss sich auf die Unterlippe. Hatte die Alte, die wieder zu schmunzeln begonnen hatte, ihn tatsächlich schon wieder ins Bockshorn gejagt! Das durfte nicht wahr sein!

„Es geht, wie Sie sich vielleicht denken können, um die Mordserie, die die Stadt seit einigen Wochen erschüttert."

„Und was habe ich damit zu tun, Herr ...?"

„Iwersen."

„Danke! Herr Iwersen."

Warum konnte die Hochnäsige ihn nicht ausreden lassen, und warum musste sie ihn unbedingt aus dem Konzept bringen? Eventuell war genau das ihre Taktik? Fest stand nur, vor der Alten musste man höllisch auf der Hut sein! Die gäbe einen extrem guten Ermittler ab, denn genaugenommen tat sie die ganze Zeit nichts anderes als das, was ansonsten bei Verhören seine Aufgabe war: Den Verdächtigen zu verunsichern und ihn so nach Möglichkeit in Widersprüche zu verwickeln, die das ganze Lügengeflecht auffliegen lassen sollten. Gar nicht schlecht, Frau Doktor, gar nicht schlecht ... Mein Respekt und meine Hochachtung! Jetzt war es an Iwersen zu schmunzeln. Endlich hatte er begriffen, wie vorzugehen war.

„Ihr Sohn ..."

„Was haben denn diese zweifelsohne tragischen Ereignisse mit ..."

Das erste Mal war es Iwersen gelungen, die Souveränität der Ärztin ins Wanken zu bringen, denn auf diese Wendung des Gesprächs war sie offenbar nicht vorbereitet gewesen.

„Bitte, liebe Frau Doktor, unterbrechen Sie mich nicht, und lassen Sie mich ausreden. Und Sie können ganz beruhigt sein", schob er lächelnd nach, „wir beschuldigen noch" – das war gut! – „niemanden, auch nicht Ihren Sohn. Obwohl ..."

Das wurde ja immer besser, denn in der Psychologin begann sich die besorgte Mutter zu regen. Touché!

„Mein Sohn ist unschuldig! Wie kommen Sie darauf, dass er mit den Morden auch nur das Geringste zu tun haben könnte? Wo er doch keiner Fliege ...“

„Allerdings ...“, wollte der Beleibte zu bedenken geben, „er ist doch Schüler an der ..., wie heißt das Gymnasium noch einmal, Chef?“

Das durfte nicht wahr sein, dass ausgerechnet in diesem Moment, wo alles sich so erfreulich zu entwickeln begonnen hatte, die Fettmasse alles, was er sich während der letzten Minuten mühsam erarbeitet hatte, von einer Sekunde zur nächsten zerstörte. Abrupt fuhr er mit seinem Kopf herum, fixierte den Untergebenen mit einem derart vernichtenden Blick, der nur noch bodenlose Verachtung ausdrückte, so dass die Koda augenblicklich innehielt und ... abduckte. Der begonnene Dialog blieb fortan das, was er nach dem Dafürhalten des Oberinspektors ohnehin hätte sein sollen: Ein Dialog und nichts weiter!

„Wo war ich ...?“

„Mein Sohn Günter ... Ich versichere, Sie ...“

„Gute Frau“, hob Iwersen wieder betont gelassen an, weil er sofort erleichtert bemerkt hatte, dass die abgeklärte Psychologin immer noch von der besorgten Mutter in Schach gehalten wurde, „nun verlieren Sie mal nicht gleich die Nerven. Es geht uns, also mir und meinem Kollegen, lediglich darum, uns ein wenig im Umfeld der Mordopfer umzusehen, und da fällt sogar dem Blindesten“, sagte er mit einem kurzen Seitenblick auf seinen Sekundanten, „auf, dass Ihr Sohn Günter, wie Sie ganz richtig sagten, zumindest zwei der toten Mädchen gekannt hat. Weil er nämlich“, erhob er seine Stimme, da die Ärztin schon wieder Anstalten machte, ihn zu unterbrechen, „weil er nämlich in dieselbe Schule geht, nicht wahr? Und, was noch schwerer wiegt, Ihr Günter gehört zum erweiterten Freundeskreis dieser Schülerinnen, und das gibt doch immerhin zu denken, stimmt's oder habe ich recht?“ Das Ganze fing an ihm Spaß zu machen.

„Aber mein Günter ... kann doch keiner Fliege etwas zuleide tun! Mein Günter doch nicht ...“

Die Stimme der Frau schien zu brechen. Ein Bild des Jammers. Wo war die Souveränität von vorhin geblieben? Futschikato, Vergangenheit, ausgelöscht! Irgendetwas stimmte hier nicht.

„Mein Günter ist doch so ein lieber Junge, Herr Kommissar ..." Iwersen widersprach ihr dieses Mal nicht.

Später, auf dem Kommissariat und mit etwas Abstand, gelang es ihm, sich auf diesen abrupten Stimmungswechsel einen halbwegs plausiblen Reim zu machen. Die Doktorin, die zu allem Überfluss auch noch eine Ärztin der Seelenheilkunde war, liebte ihren Günter abgöttisch! Warum? Na weil ihr Mann bereits seit wer weiß wie lange auf dem Adelbyer Friedhof vergammelte. Und da hatte sich die zusehends Vereinsamte, die inzwischen dummerweise auch noch in die kritischen Jahre gekommen war, an ihren Sohn geklammert und es vermutlich, bei *den* Voraussetzungen, längst geschafft, aus dem Sohn ein Söhnchen, ja genau: ein verzärteltes Muttersöhnchen zu machen und folglich die Unselbständigkeit in Person, sofern man bei jemandem, der auf eine solch intensive Art tagaus, tagein absorbiert worden war, noch von einer Person in *dem* Sinne reden konnte ... Denn dass diese Frau aus dem Stand dazu in der Lage war, ihr gesamtes Umfeld zu dominieren, das hatten er und der total verblödete Holgerson ja am eigenen Leib erfahren müssen, jedenfalls am Anfang.

Denn im Laufe der Befragung war die Gute ja geradezu handzahm geworden und hatte die Fragen des Ermittlers bereitwillig, um nicht zu sagen devot beantwortet. So hatten sie immerhin noch erfahren, was irgendwie auf der Hand lag und niemanden ernsthaft verwunderte, dass ihr Günter ohnehin meistens zu Hause sei, wo er, fleißig und arbeitsam, seinen Pflichten obliege. Dass er sich nur sehr selten und ausnahmsweise mit seinen Freunden treffe, ja, auch hin und wieder abends in irgendeiner dieser dunklen Spelunken, die er mit seiner Ente ansteuere. Man wisse ja nie, und die Zeiten seien, vorsichtig gesagt, nicht gerade ungefährlich, wie sie mit einem bedeutungsvollen Nicken in die Richtung ihres Gesprächspartners konstatiert hatte. Vor allem aber und immer wieder hatte sie betont, dass ihr Günter die Harmlosigkeit in Person sei, dass er keiner Fliege etwas zuleide tun könne, dass er ein folgsamer, braver, strebsamer junger Mann sei, möglicherweise und eventuell etwas verschlossen, ja, das könne man sagen, der nur ab und an in seinen schulischen Leistungen etwas hinterherhinke, was zu verstehen ihr, der besorgten Mutter, nicht immer ganz leicht falle, und wo sie sich doch immer so um ihn gekümmert und für ihn aufgerieben habe, seit ihr lieber Mann vor ein paar Jahren und so weiter und so fort ...

Die Psychologin war entschieden geschwätzig gewesen! Sie plapperte ohne Unterlass, wo sie doch zu Beginn der Séance, wenn Iwersen sich recht erinnerte, so demonstrativ geschwiegen hatte. Oder täuschte ihn sein Gedächtnis und hatte sich alles ganz anders zugetragen? Er war ganz einfach überarbeitet, das war es! Und dann war da noch zu allem Überfluss die Sache mit Mathilde und ihrem neuen Freund gestern Nachmittag vorgefallen ... – Fest stand nur, um auf die neuesten Entwicklungen zurückzukommen, dass die Frau es sehr bald schon dahin gebracht hatte, dass den Oberinspektor zu schwindeln begonnen hatte, und dass er froh gewesen war, als er sich endlich wieder außerhalb der Villa befunden und, das verdreckte Schuhwerk wieder an seinen Füßen, den Weg zurück in sein Büro hatte antreten können. Und dem Fülligen an seiner Seite, der ja auch noch dagewesen war, schien es ähnlich gegangen zu sein, denn er hatte hörbar auf- und durchgeatmet, als sich die Tür endlich und nach einer sich unglaublich hinschleppenden Abschiedsszene, an deren Einzelheiten der Oberinspektor sich beim besten Willen nicht mehr erinnern konnte oder wollte, hinter ihnen geschlossen hatte, hatte ein erleichtertes „uff" ausgestoßen und gleich noch irgendetwas vermutlich absolut Belangloses und/oder Nervtötendes hinterherschieben wollen, was sein Vorgesetzter aber zu verhindern gewusst hatte. „Nicht jetzt, Holgerson, nicht jetzt", hatten seine resignierten Worte gelautet. Und er hatte wieder an seine Tochter denken müssen, die im Krankenhaus mit Hilfe von Beruhigungsmitteln ruhiggestellt worden war.

Kurz und gut und was diese Sache hier anging, der Quasimedizinerin war, so viel stand fest, nur auf eine Art beizukommen: Über ihren heiß und innig geliebten und wahrscheinlich total entmündigten Sohn, der, das wurde dem Ermittler schlagartig klar, einen seelischen Schaden davongetragen haben musste. Denn vermutlich nahm ihn, außer der Tiefenpsychologin, inzwischen niemand mehr ernst, am allerwenigsten das andere Geschlecht, das ihn, wenn es hochkam, überhaupt nicht wahrnahm und folglich links liegen ließ. Das konnte einen verbittern ... Aber reichte es aus, um einen Mord zu begehen? Oder mehrere Morde? – Ole Iwersen schüttelte ganz langsam den Kopf und fasste im selben Moment einen Entschluss. Er musste mit jemandem über diesen Schüler Vogelsang reden, der nicht so befangen wie dessen völlig überkandidelte Mutter war. Wenn es seiner Tochter wieder etwas besser gehen würde, würde er sich bei ihr danach erkundigen, was bei diesem Menschen eventuell schiefgelaufen war.

Aber noch eins gab ihm zu denken: Ganz zum Schluss ihrer Befragung hatte die Aufgelöste aus heiterem Himmel einen Namen aus dem Hut gezaubert, der auch schon im Gespräch mit dem Schüler Sapara gefallen war. Sie hatte ohne erkennbaren Zusammenhang von Michael Barthold zu reden angefangen, der seit Jahren schon ein Patient von ihr sei. Und bei dem sei, ärztliche Schweigepflicht hin oder her, tatsächlich, anders als bei ihrem grundguten Günter, allerlei in Unordnung geraten seit damals, als seine Mutter ihn und seinen Vater, den Oberstudienrat Herrn Doktor Barthold von heute auf morgen verlassen habe, um mit, wenn sie sich recht erinnere, irgendeinem Vertreter nach Paris oder Madrid oder wohin auch immer auszubüchsen. Und seitdem leide der Junge unter Verlassensängsten und ja, unter Höllenqualen, und es komme in unregelmäßigen Abständen zu aggressiven Schüben, die ...

Ein Ablenkungsmanöver? Fraß, wie man so sagt, der Teufel in Gestalt dieser über die Stränge Schlagenden in der Not Fliegen? Oder mussten sie dieser Sache eventuell doch ihre Aufmerksamkeit schenken? Oberinspektor Iwersen war sich in dem Moment nicht sicher gewesen, hatte sich jedoch eine mentale Notiz gemacht, um bei Gelegenheit auf diese Variante zurückzukommen. Vielleicht gab dieser Hinweis einer besorgten und deswegen zu allem bereiten Mutter dem Fall ja doch eine neue, vielversprechende Wendung ...

14

Mathilde schien sich gefangen zu haben. Sie war zwar, mehr als sonst noch, in sich gekehrt, aber Ausbrüche schierer Verzweiflung waren seit ein paar Tagen nicht mehr vorgekommen. Jedenfalls hatte ihr besorgter Vater nichts dergleichen an ihr bemerkt. Und das beruhigte ihn halbwegs. Dass es sich so verhielt, hatte, aber das konnte der Ermittler zu diesem Zeitpunkt noch nicht wissen, einzig und allein damit zu tun, dass sich ihre Beziehung zu dem jungen Sapara, vermutlich nicht zuletzt auf Grund der Ereignisse der letzten Wochen, so ausgesprochen erfreulich entwickelte. Die des Schutzes bedürftige Jugend lehnte sich aneinander an und hatte in diesem speziellen Fall sehr bald schon zueinander gefunden. Sprich, Mathilde und Nicolai waren seit ein paar Tagen ein Paar, oder weniger theatralisch, altmodisch und verzopft ausgedrückt, sie waren, wie Jugendliche dieser Zeit es zu formulieren beliebten, zusammen oder gingen miteinander. Und das hatte vor allem auf die stark angegriffenen Nerven der Tochter des Oberinspektors einen äußerst wohltuenden Einfluss gehabt.

Die Schüler der 13c, das heißt Mathilde, Nicolai und Holger hatten sich nach der Penne zusammen zu Eduscho begeben, um bei einer Tasse Kaffee die Seele baumeln zu lassen. Sie waren den Südergraben hinuntergeschlendert, wobei sich das so ungemein anziehende Mädchen bei ihrem Neuen eingehakt hatte. Sie hatten dann die Abkürzung durch die Verkaufsräume des Klamotten aller Art und für jedes Alter feilbietenden Kaufhauses Karstadt genommen und hatten gleich darauf an den Tischen des Stehcafés Position bezogen, nachdem sie am Tresen eine dampfende Tasse des Coffeingetränks erstanden hatten. Alles war so harmonisch gewesen, so beruhigend, bis ... ja, bis der Althippie den Laden betreten und nach kurzem Innehalten, das der Orientierung gedient hatte, direkt auf die drei zugesteuert war, wobei er seine üblichen Begrüßungsrituale zelebrierte, sprich jedem, der seinen Weg kreuzte, gönnerhaft in die Seite stieß oder auf die Schulter klopfte, um das ganze aufdringliche Getue noch mit irgendeinem saublöden Spruch aufzupeppen. Lehrkörper Habeland war, das sah man, wie immer gut drauf und hatte alles im Griff.

Nein, nicht der schon wieder, war es den drei Leidtragenden gleichzeitig durch den Kopf geschossen. Es war zum Wahnsinnigwerden mit diesem Scheißpauker! Immer und überall kreuzte er auf. Es gab in dieser Stadt scheinbar keinen Ort, an dem man vor der unerträglichen Nervensäge sicher war.

Und der Schöngeist, so viel war auf Anhieb zu erkennen gewesen, war noch extra aufgeregt an diesem Tag, weil er nämlich, kaum dass er sich an den Tisch der Schüler gequetscht hatte – es war, wie fast immer um diese Tageszeit unmittelbar nach Schulschluss, ziemlich voll im

Eduscho gewesen –, damit begonnen hatte, in seiner Umhängetasche zu kramen, um gleich darauf ein Buch des Raubdruck Verlages auf den Tisch zu legen. Dabei hatte er die drei der Reihe nach, also zuerst natürlich und das verstand sich ja wohl von selbst, Nicolai erwartungsfroh angelächelt, so als wollte er sagen: „Na, wie findet ihr das? Ist das nicht unglaublich stark?!"

Es hatte sich herausgestellt, dass es sich um einen unlängst erschienenen Roman des schweizerischen Autors Michael Häfeli handelte, und aus dem hatte der Kunstlehrer, so viel war bald klar geworden, unbedingt etwas vorlesen wollen.

„Lass stecken, Alter eh", hatte Holger noch zu intervenieren versucht. Aber diesen unqualifizierten Einspruch hatte der enthusiasmierte Gelehrte ganz einfach ignoriert, hatte angelegentlich damit begonnen, in dem Schmöker dieses, vorsichtig gesagt, nicht ganz leichten Autors zu blättern, hatte dann abrupt innegehalten, weil er ganz offenbar fündig geworden war, hatte noch eine kleine Kunstpause eingelegt, mit der er wohl den Zweck verfolgt hatte, die Spannung noch ein wenig in die Höhe zu treiben, und hatte dann mit erhobener Stimme, so dass es auch alle Anwesenden hören konnten oder mussten, vorzulesen begonnen.

Schulen, alle Schulen, egal wo und wann auf diesem Globus, verfolgen nur den einen Zweck: den lernbegierigen Nachwuchs in jederlei Hinsicht aus der Bahn zu werfen. Niemand soll zu sich selbst finden, keiner wird gefördert, sondern alles ist darauf abgestellt, die zart blühenden Keime der Kinderseelen zu vernichten.

„Na, ist das staak? Was sagt ihr dazu? Das trifft's doch voll! Aber das ist erst der Anfang. Das geht noch weiter, hört mal alle her!!" hatte der Begeisterte erneut seine Stimme erhoben und sich dabei an das gesamte Auditorium gewandt. „Das geht euch alle an!! Wo war ich ...? Ach ja ..."

Vernichten und niederhalten wollen die Schulen die Kinder, die Jugendlichen, jeden Menschen der etwas lernen, zu sich selbst finden will, hat gestern Abend Meierer zu mir gesagt, erzählte mir Krömer.

„Das geht übrigens das ganze Buch über so. Meierer hier, Meierer da ... Oder auch Krömer ... Krömer sagt, dass Meierer sagt, dass ... Wahnsinn eh! Ich glaub, ich krieg ne Krise!“

Habeland war schwer in Fahrt gewesen und hatte dementsprechend auch nicht bemerkt, dass sämtliche Besucher dieses Stehcafés ihn mittlerweile sei es kopfschüttelnd, sei es verständnislos oder mit spürbarem Widerwillen verächtlich zu mustern begonnen hatten. Einige waren sogar im Begriff gewesen, die Lokalität zu verlassen, weil sie sich dieses saudumme Geschnacke nicht mehr länger hatten zumuten wollen. Das war hier ja wie im Irrenhaus! Dabei wollten die meisten bloß in Ruhe einen Kaffee trinken und ein Stück Kuchen essen, verdammt noch mal! Und die nachblondierte Frau mittleren Alters hinter dem Ausschank, die der Jugend der Stadt sonst wirklich freundlich und entgegenkommend zu begegnen gewohnt war, hatte allen Ernstes darüber nachzudenken begonnen, diesen dick auftragenden Störenfried und in die Jahre gekommenen Möchtegernhippie rauszuschmeißen. Aber das hätte dann irgendwie doch ihrer grundliberalen Einstellung widersprochen, und also war es unterblieben.

Aber diese Gemütslage seines Publikums war Habeland in diesem speziellen Augenblick so was von egal gewesen. Aber was heißt das schon: In diesem Augenblick? Also war er unbeirrt fortgefahren, aus diesem Fazit eines auf seine Art kläglich gescheiterten Lebens vorzulesen. Und hatte und hatte kein Ende finden wollen mit seinem Lesen ...

Mein Freund Meierer meinte auch, dass es den Lehrern, wenn man es genau betrachte und einmal alles, was nicht dazu gehöre, aber das sei nicht wichtig jetzt, also, wenn man das einmal beiseitelasse, dann könne man nur zu dem einen Ergebnis kommen: Dass sich dort alles wiederhole wie in einem Laufrad. Ja, der Schüler sei wie der Hamster in einem Laufrad gefangen. Aber der Hamster sei in seinem Element, so drückte Meierer sich aus, sagte Krömer zu mir, und da ich ihn danach gefragt hatte, was Meierer dazu zu sagen gehabt hatte. Der Schüler hingegen werde in seinen noch nicht vorhandenen Gaben konsequent vernichtet und zerstört, so Meierer zu Krömer ...

... obwohl es, und hier hatten die meisten dann doch aufgehorcht, viel eher hätte heißen müssen, dass Kunst- und Englischlehrer Habeland genau das vorzuhaben schien, worüber dieser Maier, oder wie hieß er noch, sich so penetrant aufzuregen schien. Nämlich den Geist und das Gemüt der ihm anvertrauten hoffnungsvollen Jugend zu zerstören. Es war zum Lachen, wenn es nicht so traurig gewesen wäre!

Mit dem Eintritt in das schulfähige Alter,

war Habeland, oder nein, Maier, oder ... inzwischen in seinen desillusionierenden Betrachtungen fortgefahren,

fängt das eigentliche Ende an, das Ende der Geschichte des Lebens jedes jungen Menschen, war Meierer, erzählte Krömer, fortgefahren ...

ach so, Maierbeer heißt der Knabe. Aber hatten wir das nicht bereits? Habeland, beziehungsweise der Maierbeer, schien Wiederholungen zu lieben ...

Mathematik zerstört den Intellekt des Kindes,

das kam jetzt doch ein wenig überraschend, dass – ausgerechnet – die Mathematik derart verheerende Auswirkungen haben sollte ... Konnte das stimmen? Manch einer geriet ins Grübeln.

aber es ist ja nicht bloß die Mathematik, die den Geist des Lernwilligen knechtet. Nein, jedes Fach, das in egal welcher Schule unterrichtet wird, vernichtet uns. Englisch, Französisch, Deutsch vor allem, so Meierer, so Krömer, es bedeutet alles dasselbe und ist nichts anderes als unbedingtes, brutalstes Zerstörungswerk.

Schon wieder und immer noch! Obwohl, mag es manchem während dieser denkwürdigen Minuten durch den Kopf gegangen sein, so etwas ..., also, gesetzt den Fall, dass Derartiges im Deutschunterricht wirklich und allen Ernstes im Angebot war, vermutlich ... Man traute sich den etwas in Unordnung geratenen Gedanken gar nicht zu Ende zu denken!

Nicht auszudenken und so gesehen auch kein Wunder, dass die heutige Jugend nicht mehr bei Trost zu sein schien, wenn sie sich einen solchen unglaublichen, noch nie dagewesenen Irrsinn nicht bloß anhörte, sondern schlimmstenfalls sogar noch einleuchten ließ und ... danach lebte! Erschreckend und skandalös! Und als ob das Leben nicht ohnehin schon schwer genug war? Da blieb manch einer doch lieber bei seiner BUNTEN oder, je nach Geschmack, dem STERN und sah sich abends im Kreise seiner Lieben EINER WIRD GEWINNEN an, statt mit so einer gequirlten Scheiße seinen Kopf und seine Seele zu belasten oder zu beschmutzen ... Ja, das war das richtige Wort! Beschmutzen!!

Ja, eine Vernichtungsmaschinerie ist die Schule, jede Schule, weltweit, landauf, landab.

Aha! Jaja, soso ...

Sie wird sich, so Meierer zu Krömer, in absehbarer Zeit selbst vernichten,

wenn dem doch so wäre, dann hätte man sich diesen abgrundtiefen Irrsinn nicht antun müssen ... Und apropos Irrsinn, und apropos Vernichtungsmaschinerie, hatte manch einer der älteren Teilnehmer dieses Vortrags sich zu denken nicht enthalten können, unter Adolf wäre so etwas ... Also, da hätte so eine Schmeißfliege sich ... Also, da hatten jedenfalls noch Zucht und Ordnung ..., und das durfte man ja wohl noch sagen ...

was aber nicht weiter von Belang sei, denn dann wären die Kinder endlich erlöst. Ein für alle Mal, so Meierer, erfuhr ich von Krömer. Das sei etwas ganz und gar anderes, als am frühen Nachmittag die Schule zu verlassen,

apropos verlassen, nicht wenige hatten inzwischen tatsächlich diesem Ort des Schreckens den Rücken zugekehrt und waren kopfschüttelnd in die spätherbstliche Kühle hinausgetreten, beziehungsweise geflüchtet, *da die Kinder und Jugendlichen am nächsten Morgen, und am nächsten Morgen und am nächsten Morgen und sofort sich wieder und wieder und wieder diesem Wahnsinn stellen müssten.*

Na bitte, ganz meine Meinung ...

Die Unmanier des unfreiwillig, freiwilligen Sichvernichtenlassens

?????

habe sich in der Schule längst als Fach durchgesetzt, hatte Meierer zu Krömer, der es mir erzählte, gesagt. Denn das sei natürlich das eigentlich Abgefeimte an der Schule, also an jeder Schule, egal in welchem Land, er bitte ihn aufs Wort zu verstehen, hatte Meierer zu Krömer gesagt, dass die Vernichtung des von Natur ja gemeinhin und in der Regel ganz oder mehr oder weniger gesunden Nachwuchses so vonstattengehe, dass die Kinder den Zwang der Vernichtung als von ihnen gewollt verstehen und sich ungewollt gewollt zu eigen machen würden.

?????

Selbstverstümmelungsstätten seien, so Meierer zu Krömer weiter, alle Schulen, ja alle, weltweit, einschränkungslos und unbedingt.

Genau! Exakt! Nicht anders! Und warum? Weil dort dieser bodenlose Schwachsinn offensichtlich im Angebot und, nicht auszudenken, vermutlich sogar Pflichtlektüre ist ...

Habeland oder Maierbeer oder Häfeli, oder wer auch immer, war endlich zu Ende gekommen mit diesem den Geist benebelnden Gewäsch. Er hatte seinen hochroten Kopf erhoben, bedeutungsvoll in die Runde der wenigen Hinterbliebenen geschaut und mit erhobenen Händen, die ihn wie einen Prediger hatten aussehen lassen, ausgerufen: „So isses, und kein bisschen anders, wenn ihr versteht, was ich meine! Der Häfeli hat so was von recht! Schule ist absolute Scheiße!! – Oder was meinst du, Nicolai? Stimmt's oder hab ich recht?“ Dabei hatte er seinem Kumpel kräftig auf die Schulter geschlagen.

Für einen Moment war es ganz still bei Eduscho gewesen, so dass, man konnte es drehen und wenden, wie man wollte, der Lackaffe tatsächlich das bekommen hatte, was ihm stets das Wichtigste war: die gesammelte Aufmerksamkeit eines ausschließlich auf sich, also auf ihn zentrierten Publikums. So wenige es mittlerweile auch sein mochten. Gleich darauf und nach einem kurzen Atemholen hatte sich der klägliche Rest des Fußvolks und die anonyme Masse wieder zerstreut, hatte sich also – endlich! – wieder auf die eigenen laufenden Gespräche von vorhin konzentrieren können, was manch einem, wie sich denken lässt, nicht ganz leicht gefallen war, so dass die vier, der Lehrkörper und der lernwillige Nachwuchs, wieder mehr oder weniger unter sich gewesen waren.

„Mensch Alter eh. Sag doch auch mal was! Ist das nicht echt geil, was der Häfeli da aufgeschrieben hat? Das trifft's doch voll!“

„Herr Habeland“, hatte die Führungsfigur nach kurzem Innehalten das Wort ergriffen, „merken Sie denn nicht, dass Sie hier stören? Und nicht bloß wir, nein, alle, wie sie da sind, nehmen Ihre Gegenwart und Ihr Gelaber als eine einzige Belästigung wahr!“ Allgemeines Kopfnicken.

„Bitte?“

Der herrschsüchtige Kriecher – auch das gibt es – verstand ganz offenbar die Welt nicht mehr. Was war geschehen? Hatte er sich verhört? Das konnte doch nicht sein, dass ausgerechnet Sapara ihn nicht allein siezte, sondern ihn des Feldes verweisen wollte ... Er musste sich verhört haben! Oder doch nicht? Denn der Erzgescheite hatte unterdes zu reden fortgefahren: „Um uns herum sterben die Schülerinnen wie die Fliegen, und Sie laufen durch die Gegend, verbreiten permanent und demonstrativ gute Laune und tun gerade so, als ob gar nichts passiert wäre. Ticken Sie eigentlich noch ganz sauber, Sie Scheißpauker?!“

„Aber Nico...“, hatte der Zusammengestauchte nach einer kurzen Pause zu replizieren versucht, „das Leben geht doch weiter, and the show must go on.“

„Nein, da täuschen Sie sich aber ganz gewaltig! Für die drei Mädchen geht gar nichts mehr weiter. Schluss! Aus! Finito! Geht das denn nicht in Ihren Schädel rein, Sie mieser kleiner, aufgeblasener Wichtigtuer?"

Der Künstler beziehungsweise sein unmittelbarer Tischnachbar hatte wieder die Aufmerksamkeit der versammelten Mannschaft gehabt, die dem einen von den beiden ansonsten das Wichtigste überhaupt war. In dieser speziellen Situation allerdings hatte selbst der Habeland gut und gerne darauf verzichten können. Es war, aus seiner höchsteigenen Sicht, alles nur noch zum Weglaufen gewesen. Zuerst hatte er in letzter Zeit kein Glück bei den Mädels gehabt, und jetzt hatte sein Vorbild ihn in aller Öffentlichkeit derart niedergemacht und bloßgestellt, dass er in Zukunft befürchten musste, von niemandem mehr ernst genommen zu werden. Der Schwarm aller Frauen lief Gefahr, zur stadtbekannten Lachnummer zu mutieren. Das durfte alles nicht wahr sein! Und es verbitterte ihn und hatte ihn fortan demonstrativ, und wo sie es so haben wollten, schweigen lassen.

Wie ein begossener Pudel hatte er noch eine Weile, und um den Schein zu wahren, die Stellung gehalten, hatte dann aber irgendwann den Häfeli wieder verstaut, kurz „man sieht sich" gemurmelt und hatte sich dann, von kaum sonst jemandem bemerkt, vom Acker gemacht. Doch halt, einige ganz Verwegene hatten sogar zu klatschen begonnen, womit sie lediglich ihrer Erleichterung darüber hatten Ausdruck geben wollen, dass der abgrundtiefe Idiot endlich das Feld räumte. Aber das hatte der Birkenstockträger vermutlich auch in den ganz falschen Hals bekommen. Sein Gruß zum Abschied war im Übrigen, wie auch sonst, von den dreien unbeantwortet geblieben.

Nicolai beugte sich über Mathilde und küsste sie. Sowohl er als auch sie hatten das ganz dringend gebraucht und konnten davon gar nicht genug bekommen. Schon gleich nach dem Stress mit dem Schleimer. Sie hatten kurz nach der Nervensäge Eduscho verlassen, hatten sich von Holger am Mauseloch verabschiedet und waren dann Hand in Hand zu der Wohnung seiner Eltern in der Plankemai geschlendert. Der kleine Zeiger der Uhr von St. Johannis zeigt auf die III, als sie den Hausflur betraten und sich in den ersten Stock dieses altertümlichen Hauses aus dem letzten Jahrhundert begaben. Sie wollten Musik hören, gammeln, schmusen und sich küssen. Ob mehr drin sein würde, wollten sie ganz einfach der Stimmung des Augenblicks überlassen.

Als dann aber ihr Lover kurz nach draußen ging, um Kaffee aufzusetzen, geschah etwas Unvorhergesehenes, was Mathildes Gemütsleben wieder vollständig in Unordnung brachte. Und das war noch vorsichtig ausgedrückt. Denn nachdem sie ihre unfassbare Entdeckung gemacht hatte, sie hatte lediglich nach einer Packung Zigaretten in der Manteltasche des achtlos auf den Boden geworfenen Parkas ihres Liebsten gesucht, hatte sie fluchtartig die Wohnung des Schülers Sapara verlassen, nachdem sie sich noch schnell ihre Schultasche und ihren Mantel geschnappt hatte. Es war entsetzlich! Das Unausdenkbare war geschehen. Ihr Schatz musste der Mörder der zwei Mädchen und ihrer besten Freundin sein ...

15

Sie konnte es nicht glauben! Nein, das war unmöglich! Doch nicht Nicolai! Der, in den sie sich unsterblich verliebt hatte!

Fräulein Iwersen hastete die Wilhelmstraße entlang, rannte durch das Mauseloch, passierte, ohne nach rechts und links zu gucken, den ZOB und anschließend Süderhofenden und erreichte vollkommen außer Atem und verschwitzt das Polizeirevier in Norderhofenden, wo sie zielstrebig in den zweiten Stock hinaufhechelte, also in den Bereich, in dem sich das Büro ihres Vaters befand. Der Beamte am Eingang hatte ihr verdutzt hinterhergeschaut, wie sie da, offenbar das Opfer eines vollständigen seelischen Aufruhrs, an ihm vorbeistürmte, ohne ihn auch nur eines Blickes zu würdigen. Wo die Deern ihn doch sonst immer so freundlich grüßte. Etwas Schlimmes schien passiert zu sein ...

„Lass ihn da sein! Bitte, lass ihn da sein“, flüsterte sie mehr, als dass sie es dachte. „Bitte, sei da!“

Sie riss die Tür des Büros auf und stand, Tränen der Erschöpfung, der Verzweiflung und Erleichterung in den Augen vor ihrem Vater, der gerade dabei war, in irgendwelchen Akten, die in wüster Unordnung auf seinem Tisch lagen, zu schmökern. Er hob den Kopf, hielt für einen kurzen Moment inne, realisierte das Außerordentliche der Situation, von dem er allerdings noch nicht zu sagen wusste, was es war, erhob sich geschwind von seinem Drehstuhl und eilte um den Tisch auf seine Tochter zu, die gerade im Begriff war, auf den Boden zu sinken. Er erreichte sie noch rechtzeitig, um sie aufzufangen und auf einen an der Wand befindlichen Stuhl zu bugsieren. Seine Große war gebrochen, ja, das war das richtige Wort, und Iwersen stand sprachlos vor ihr und wusste nicht mehr weiter. Etwas Grauenhaftes musste geschehen sein, so grauenhaft, dass seine heißgeliebte Mathilde drauf und dran war, ihren Verstand zu verlieren.

Die Dinge wiederholten sich, denn als er dem Freund des dritten Opfers, also der schwangeren Renate Petersen, die schreckliche Nachricht vom gewaltsamen Ableben seiner Freundin überbracht hatte, war der auch, am ganzen Körper bebend und eine einzige Qual, heulend zusammengebrochen und hatte einfach nicht mehr weitergewusst ... Und als er, viel später dann, erfahren hatte, dass seine Freundin im dritten Monat schwanger gewesen war ... Iwersen mochte gar nicht mehr daran denken, es war zu schrecklich gewesen! – Und jetzt saß da sein Mädchen und wusste nicht mehr ein noch aus.

Als sie sich dann endlich wieder ein wenig erholt hatte – er hatte sie minutenlang in seine Arme geschlossen –, hatte der Ermittler ihrem stockend vorgetragenen Bericht so viel entnommen, dass sie den Schüler Sapara, also ihren neuen Freund, für den Serienmörder hielt. Auf seine besorgte Frage, warum sie dies glaube, hatte sie etwas aus ihrer Manteltasche zum Vorschein gebracht, das der Oberinspektor gleich darauf als eine silberne Halskette mit einem Kreuz identifiziert hatte.

„Ja, und?" hatte er seine Tochter verdutzt angeschaut. „Was hat es ..., ich meine, warum zeigst du mir diese Halskette, mein Kind?"

„Diese Kette hat Andrea gehört ... Und weißt du, wo ich sie gefunden ..." Weiter kam Mathilde nicht. Das Elend ging von vorne los. Iwersen musste sich unglaublich beherrschen, damit nicht auch er ...

Doch irgendwann war es heraus gewesen. Sie hatte die Kette ihrer besten Freundin vor einer guten Stunde in der Manteltasche von Nicolai Sapara gefunden, und also musste er doch ...

Mathilde wurde vorsorglich noch am selben Abend von einem Kollegen in die Diako gebracht. Ihr Vater aber veranlasste, dass man den

Freund seiner Tochter aufs Revier schaffte. Denn es bestand entschiedener Klärungsbedarf, so viel war mal klar.

Aber der plietsche Junge hatte es ihm nicht gerade leicht gemacht, hatte auch, jedenfalls für den zweiten Mord, ein hieb- und stichfestes Alibi, denn vom Mauseloch zum Marienhölzungsweg brauchte man mindestens fünf Minuten, und das auch nur dann, wenn man, bei bester Kondition, von der bei der heutigen Jugend im Grunde genommen im Prinzip nicht auszugehen war, bei *dem* Drogen- und Alkoholkonsum, die Straßen, die zur Westlichen Höhe hinaufführten, sprintete. Nein, das war nicht zu schaffen! Keine Chance! Und für den dritten Mord fehlte ihm erst recht ein Motiv, zumal er glaubwürdig versicherte, das Mädchen überhaupt nicht zu kennen, obwohl er, das musste er zugeben, an dem Samstagabend im Speicher gewesen war. Und wo die Schülerin des Alten Gymnasiums doch gleich bei ihm um die Ecke wohnte ... Aber nein, das mögliche Motiv war nicht nur dünn, sondern superdünn, nämlich dass ausgerechnet dieser von der Natur in jederlei Hinsicht gesegnete Vorzeigeschüler sich an der Frauenwelt hatte rächen wollen. Wofür eigentlich? Dass sie ihm vermutlich die Türen einliefen. Nein, das ergab hinten und vorne keinen Sinn!

Nachdem der Oberinspektor den Verdächtigen, der dann, trotz der von seiner Tochter bei ihm gefundenen Kette, doch keiner war, aufgefordert hatte, seine Geschichte zu Papier zu bringen, und nachdem er sie aufmerksam gelesen hatte, hatte er ihn kopfschüttelnd entlassen, obwohl der Kollege Holgerson, der gerade in dem Moment das Büro mit einem Stoß Akten unter dem Arm betreten hatte, dafür nun überhaupt kein Verständnis hatte aufbringen können. Aber was interessierte Ole Iwersen die Meinung seines Kollegen? Nichts und wieder nichts.

Und trotzdem, zu bedenken blieb, dass Nicolai Sapara, der ihn im Hinausgehen noch inständig darum gebeten hatte, seine Tochter von ihm zu grüßen, und dass sie möglichst schnell wieder auf die Beine kommen solle, keine plausible Erklärung dafür anzubieten hatte, wie die Kette des zweiten Opfers in die Tasche seines Mantels gekommen war. Darüber hinaus aber hatten seine Äußerungen und allerdings reichlich windigen Mutmaßungen über den Vogelsang und die Familie Barthold immerhin so viel Bewegung in die stockenden Ermittlungen gebracht, dass der Polizist noch am selben Abend den Entschluss gefasst hatte, der Mutter dieses Schülers am nächsten Morgen einen Besuch abzustatten. Irgendetwas schien mit diesem, wie es aussah, Zukurzgekommenen und vom Leben oder wem auch immer Bestraften nicht zu stimmen. Aber zuvor und vor allem musste sich der Inspektor um seine zutiefst unglückliche Tochter kümmern, die so unverhofft und aus heiterem Himmel einen schweren Rückfall erlitten hatte. Als er spät am Abend an das Bett seiner Kleinen trat, schlief sie tief und fest und schien, für ein paar Stunden, die Angst und die Panik, die das Leben für sie im Augenblick bereit hielt, vergessen zu haben. Hoffentlich, so dachte er noch, bevor er sich auf den Weg zu sich nach Hause in die Burgstraße machte, nimmt die Deern keinen Schaden an Leib und Seele ...

16

„Mensch, Chef, machen Sie doch mal ne Pause ... Das kann man ja nicht mehr mitansehen. Zuerst der Zusammenbruch Ihrer Tochter gestern, dann die Psychotante von vorhin ... Das hält ja der stärkste Bulle nicht aus. Besuchen Sie doch einfach Ihre Kleine in der Diako, und dann fahren Sie nach Hause und gönnen sich mal ne Mütze Schlaf."

„Ja wo denken Sie denn hin, Holgerson? Die Morde nehmen kein Ende, und ich soll pennen gehen. Sind Sie noch bei Trost?"

Dabei hatte der Dicke ja recht. Es wurde ihm alles zu viel! Er musste wirklich mal so richtig schlafen und wieder zu sich selbst finden. In seinem augenblicklichen Zustand konnte er ohnehin nicht mehr zwei und zwei zusammenzählen, geschweige denn den Serienkiller stellen. Er empfand an diesem späten Vormittag das erste Mal so etwas wie Zuneigung zu seinem Kollegen. Denn der schien sich allen Ernstes Sorgen um ihn zu machen.

Nachdem er seine Tochter besucht und sich vergewissert hatte, dass man alles, was not tat, getan hatte, hatte er sich in sein verdunkeltes Schlafzimmer zurückgezogen und war, kaum dass er sich auf sein Bett gelegt hatte, in einen todesähnlichen Schlaf gefallen.

Das Telefon schrillte. Oberinspektor Iwersen fuhr aus dem Schlaf hoch und wusste im ersten Moment nicht, wo er sich befand. Er schaute verwirrt um sich und realisierte dann, dass er natürlich bei sich zu Hause in seinem Bett lag. Wo auch sonst? Es schrillte erneut.

„Hallo? Wer ist denn da?"

„Chef ..., sind Sie das?"

„Mensch Holgerson, was wollen Sie denn schon wieder? Apropos, wie spät ist es eigentlich?"

„22.30 Uhr, Chef ... Aber das ist jetzt nicht wichtig!"

„Ach nein, und was ist dann so wichtig, dass Sie mich aus dem Schlaf klingeln?" Da war er wieder, der alte Groll auf das zu dick geratene Würstchen.

„Wichtig ist, dass Sie so schnell wie möglich hierher kommen, Chef. Denn es hat einen weiteren Mordanschlag gegeben."

„Wo sind Sie, Holgerson? Von wo aus rufen Sie an?"

„Aus dem Büro, Chef."

„Bin gleich da! Und übrigens, hören Sie doch, bitte, mit dem ewigen Chef auf, seien Sie so gut."

Wie hatte der Blödmann das eigentlich gemeint, dass es einen weiteren Mordanschlag gegeben hatte? Hatte das Opfer, also die junge Frau, um die es sich ja vermutlich wieder handeln würde, etwa überlebt? Iwersens Gedanken überschlugen sich, während er sich hastig seine Klamotten anzog. Keine zwei Minuten später befand er sich bereits auf dem Weg ins Kommissariat. Sollte der Fall doch schneller zu lösen sein, als er es bis heute Mittag noch für möglich gehalten hatte? Er erreichte mit dem Dienstwagen um kurz vor 23 Uhr seinen Arbeitsplatz in Norderhofenden 1.

17

Der Oberinspektor hatte sich zu früh gefreut, wie sich keine zehn Minuten später herausgestellt hatte. Denn sein Adlatus hatte ihn gleich bei seinem Eintreten in das Büro mit einer doppelten Tatsache konfrontiert. Dass nämlich, und das war die erste gute Nachricht seit wer weiß wie lange schon, eine junge Frau vor circa einer Stunde nur *beinahe* einem Mordanschlag zum Opfer gefallen *wäre*, dass Fräulein Güntersen aber ihren Angreifer, dem sie mit knapper Not hatte entkommen können, nicht zu beschreiben in der Lage sei.

„Wo ist sie?“ hatte Iwersen dann sofort die Initiative ergriffen. Vielleicht konnte ja er, anders als der Unbeholfene, etwas aus ihr herauskitzeln, sprich, ihrem Erinnerungsvermögen etwas effektiver auf die Sprünge helfen? Das wäre doch gelacht!

„Die Kleine wird gerade von unserm Psychofritzen betreut und wieder etwas aufgepäppelt. War vollkommen außer sich, als sie hier um kurz nach zehn hereinschneite. Is ja auch kein Wunder, wenn man bedenkt, dass sie dem Tod nur knapp von der Schippe gesprungen ist.“

Was war nur mit dem Versager los? Er sprach, das erste Mal, wie es dem Ermittler vorkam, in zusammenhängenden Sätzen und schien vor allem auch die Ermahnung von vorhin zu beherzigen, ihn nicht immer mit diesem saublöden „Chef“ anzuquatschen. Hatte es ihm und speziell seinem Selbstbewusstsein gutgetan, sich endlich einmal selbständig einer unerwarteten Situation stellen zu müssen? Und hatte er ihn womöglich nur deswegen am frühen Nachmittag aufgefordert, sich mal was Gutes zu tun und sich aufs Ohr zu legen? Wollte der Oberschlaumeier ihn, und sei es auch nur für ein paar Stunden, vom Hals haben? Es schien so, denn soweit der Oberinspektor die Situation hier überblickte, war dem neuen Mitarbeiter in dieser speziellen Sache kein gravierender Fehler unterlaufen. Und dennoch, es war einfach besser, sich selbst zu vergewissern, ob Fräulein ... – wie war noch mal ihr Name gewesen? – also, ob diese Wieauchimmer nicht eventuell doch etwas Sachdienliches mitzuteilen hatte, was diesem irgendwie nicht von der Stelle rückenden Fall eine neue Wendung geben konnte.

Die Schülerin Helga Güntersen, die wie das dritte Opfer das Alte Gymnasium besuchte, hatte sich wieder einigermaßen beruhigt. Die Kurztherapie durch den hauseigenen Kriminalpsychologen schien gewirkt zu haben, denn das blonde Mädchen von achtzehn Jahren – alle Opfer waren auffälligerweise blond, war es Iwersen zum wiederholten Male durch den Kopf gegangen, als er ihren mit erhobener und sich immer wieder überschlagender Stimme vorgetragenen Erlebnissen lauschte – war tatsächlich dazu in der Lage, die Geschehnisse des späten Abends in nachvollziehbare Worte zu fassen.

Sie sei auf dem Weg nach Hause gewesen. Sie lebe noch bei ihren Eltern, die An der Reitbahn zur Untermiete wohnten. Auf die Frage Iwersens, woher sie denn gekommen sei, antwortete sie, dass sie sich abends noch mit Freunden im Bateau, einer am vorderen Holm in einem verwinkelten Innenhof gelegenen Kneipe getroffen habe. Der Oberinspektor, der nicht zu häufig ihren Erzählfluss unterbrechen wollte, weil sich das nämlich, wie die Erfahrung immer wieder gezeigt hatte, negativ auf die Intensität des Nacherlebens auswirkte, hatte sich in diesem Moment eine mentale Notiz gemacht, dass er die immer noch hochgradig Erregte später nach den Namen und Adressen ihrer Freunde fragen wollte. Doch das hatte sich dann sehr schnell als überflüssig herausgestellt, so wie die Dinge lagen. Und noch eins war möglicherweise und vor allem von Belang: Ob sie Renate Petersen gekannt hatte.

Sie sei, und das könne sie inzwischen überhaupt nicht mehr verstehen, wo doch seit einigen Wochen ein Mörder umgehe, der Mädchen ihres Alters um die Ecke bringe, durch so ziemlich die dunkelsten Gassen der Stadt nach Hause gegangen ... Sie könne wirklich nicht sagen, welcher Teufel sie da geritten habe. Allenfalls die Tatsache, dass es am Abend zu regnen angefangen habe, und wo sie doch keinen Regenschirm dabei gehabt habe, mache es vielleicht plausibel, dass sie sich für den kürzesten Weg entschieden habe. Obwohl ..., nein, es sei so was von bescheuert gewesen, ausgerechnet den Nikolaikirchhof hochzulaufen, wo es dermaßen finster sei, wie sonst nirgendwo in der ganzen Stadt. Die Friesische Straße, ja, die wäre die einzig senkrechte Entscheidung gewesen. Da würden einem auch, der vorgerückten Stunde zum Trotz, ab und an ein paar Menschen begegnen. Und dann, über die Stuhrsallee, links rein in die Straße ihrer Eltern, und schon hätte sie die Sicherheit ihrer Wohnung erreicht gehabt.

Die Deern war, ein typisches Phänomen in solchen zugespitzten Situationen, dabei gewesen, abzuschweifen, so dass der Oberinspektor sie wieder hatte auf den rechten, also in diesem Falle falschen Weg führen müssen.

„Also“, hatte er sie unterbrochen, „wie war das nun genau? Sie hatten also die Nikolaikirche passiert. Wie ging es weiter? Ich frage mal so: Trafen Sie bereits hier auf Ihren ... Verfolger, oder er auf Sie?“ Dabei sah er ihr mit einem freundlichen und aufmunternden Lächeln direkt in die blauen Augen.

Zu diesem Zeitpunkt, war sie nach einem kaum spürbaren Moment des Nachdenkens fortgefahren, sei ihr noch nichts Verdächtiges aufgefallen. Nein, sie sei, soweit sie das einschätzen könne, auf ihrem Weg zum Südergraben noch ganz allein gewesen. Und auch als sie dann links abgebogen sei, um die etwas höher gelegene Friedrichstraße anzusteuern, habe sie weit und breit keine Menschenseele gesehen. Die regennassen Straßen seien wie leergefegt gewesen, was vor allem wohl auch damit zu tun hatte, dass der Regen während der letzten Minuten an Heftigkeit immer mehr zugenommen hatte. Also habe sie ihren Schritt beschleunigt, sei am Knast vorbei ..., also, hatte sie sich sofort korrigiert, natürlich am Gefängnis vorbeigelaufen, weil sie doch durch die Reepschlägerbahn und den Kanonenberg ...

An dieser Stelle ihres Berichts hatte Helga Güntersen zu weinen begonnen, so dass Iwersen sich nach kurzem Bedenken über den Tisch gebeugt und seine rechte Hand ganz vorsichtig auf die linke Schulter des schluchzenden Mädchens gelegt hatte.

„Beruhigen Sie sich doch“, hatte er ihr mit gedämpfter Stimme zugeflüstert, „Sie sind hier in Sicherheit und, das verspreche ich Ihnen, es wird Ihnen nichts mehr passieren. Wir werden diese ...“ Er hielt inne, weil er mit allzu exaltierten und aggressiven Apostrophierungen des Killers das Mädchen nicht noch mehr aufbringen wollte. „Also, wir werden den Täter dingfest machen, das verspreche ich Ihnen.“

Sie hatte ihn mit ihren tränennassen Augen dankbar lächelnd angeschaut und war gleich darauf, und nachdem sie hörbar durchgeatmet hatte, so, als ob sie sich selbst Mut machen wollte, mit ihrem Bericht, der jetzt unverkennbar auf seinen Höhepunkt zusteuerte, fortgefahren.

„Als ich in die Reepschlägerbahn einbog, sah ich in ungefähr hundert Metern Entfernung eine Gestalt auf mich zukommen. Sie kam offensichtlich aus der Richtung des Südergrabens, denn sie hatte den Kanonenberg, also diesen kleinen Verbindungsweg zwischen der Reepschlägerbahn und der Stuhrsallee noch nicht passiert. Ich hatte, das war das Komische daran, sofort den Eindruck, dass der, der da auf mich zukam, etwas von mir wollte. Es war irgendetwas in seinem Gang, das so ... zielstrebig und deswegen so ... bedrohlich auf mich wirkte. Also blieb ich stehen und versuchte zu erkennen, ob der Mann, denn dass es sich um einen Mann handeln musste, hatte ich inzwischen an seinem Gang erkannt, also, ob das ein Bekannter von mir war. War ja nicht ausgeschlossen, dass jemand aus der Kneipe ..., ich meine, dass mir einer meiner Freunde gefolgt war, weil ich möglicherweise dort etwas vergessen hatte. Das konnte doch immerhin sein ..."

Sie hatte wieder zu schluchzen begonnen. Nachdem sie mit einem Taschentuch, das der Ermittler ihr über den Tisch zugeschoben hatte, ihre Tränen getrocknet hatte, war sie mit zittriger Stimme fortgefahren: „Aber so war es nicht ... Die mit einem Lodenmantel bekleidete Gestalt war nämlich in diesem Moment abrupt stehengeblieben und hatte sich die Kapuze über den Kopf gezogen ... Und in diesem Augenblick wusste ich ..., ja ich wusste, dass keine hundert Meter vor mir der Mörder ... Denn er wollte sein Gesicht vor mir verbergen, das begriff ich schlagartig. Und wer sollte das tun, wenn nicht ...?"

Iwersen hatte die sich anschließende kurze Pause genutzt, um sich auf die, wie ihm schien, alles entscheidende Frage zu konzentrieren: Warum in aller Welt war es dem Mörder in dieser Situation offenbar wichtig gewesen, nicht erkannt zu werden, wo er doch davon ausgehen musste, dass die einzige Zeugin, die ihn hätte identifizieren können, in Kürze mausetot sein würde? Hatte er vielleicht eine Ahnung gehabt, dass heute etwas schiefgehen würde? Dass er heute sein eigentliches Ziel, den Tod dieser jungen Frau, nicht in die Tat umsetzen konnte? Nein! Quatsch! Aber ... Ja genau! schoss es dem Ermittler durch den Kopf, das ist das Motiv ... Oder jedenfalls ein ganz entscheidender Teil davon. Es geht um Macht und um nichts anderes! Dieser miese kleine Scheißkerl *will*, dass seine Opfer Todesangst verspüren, bevor er sie erdrosselt. *Das* geilt ihn auf, und deswegen auch hat er seine Kapuze über den Kopf gezogen ... Wie ein Scharfrichter, der seinem Opfer auf diese Weise zu verstehen geben will, dass gleich Schluss sein wird! Genau darum geht es ihm. Er entscheidet über Tod und Leben ... Er will die Todesangst spüren und dann ... vollstrecken. Und das heißt, dass Sexualität in diesem speziellen Fall eben nicht wirklich wichtig ist, weswegen die Mädchen auch nicht vergewaltigt wurden, sondern nur und ausnahmslos Macht und Dominanz. Deswegen auch waren die toten Schülerinnen so betont achtlos entsorgt und weggeworfen, so brutal zur Schau gestellt worden. Und das konnte eigentlich nur heißen ... Obwohl, da war noch etwas anderes gewesen ... Wie hatte Holgerson damals noch gesagt? Weiter kam er mit seinen aufgeregten Gedanken nicht, denn die Schülerin, die sich inzwischen wieder etwas beruhigt hatte, hatte ihre angstvolle Reise durch die verregnete Nacht fortgesetzt ...

„Ich bin dann nur noch gelaufen. Laufen, einfach laufen ... Und hinter mir hörte ich die Schritte meines Verfolgers auf dem nassen Asphalt, die immer näher kamen ... Nach Hause, zu meinen Eltern, konnte ich nicht ... Der ..., der ..., er kam ja aus genau dieser Richtung. Und über den Alten Friedhof ... Oh Gott! Nein! Da war es ja noch dunkler, und ... da hätte er abkürzen können ... – Zur Polizei ...! Das war der einzige Weg ...! Nur ..., wo war das nächstgelegene Revier? – Halt ...! Genau ...! Norderhofenden! Am Museum vorbei! Schnell ... schnell! Er kommt! Oh Gott! Lauf, Heli, lauf ...! Du kannst es schaffen! Da vorne in die Bornstedtterrasse ... Schneller ...! Ja, dort unten ..., ich kann sie schon sehen, die Stadt! Komm, Heli ..., jetzt wird es leichter ... Es geht bergab ... Da vorne, die scharfe Linkskurve! Achtung, die Treppe! Abbremsen! Jetzt bloß nicht hinfallen! Und wieder Tempo aufnehmen! Nein!! Da ist er!! Links über mir! Ganz nah!! Er biegt um ...! Lauf, Heli, lauf!! Da, unter dir, ist schon der Brunnen! Noch die Rechtskurve und dann die paar Stufen! Ja ... so ... Das Theater und ... Menschen ... So viele Menschen ...“

Es war faszinierend zu beobachten gewesen, wie das Mädchen in ihrer Vorstellung alles noch einmal durchlebte und sich vollständig in der panischen Flucht verlor. Und beängstigend, das war es vor allem auch! Denn sie führte seit geraumer Zeit eine Art Selbstgespräch, das sie, keine zwei Stunden zuvor, wahrscheinlich schon einmal in extrem bedrängter Lage geführt hatte. Iwersen hatte allein vom Zuhören Atemnot zu verspüren geglaubt.

Aber sie hatte letztlich dann doch das Glück auf ihrer Seite gehabt, denn zu dem Zeitpunkt, als sie den Museumsberg hinabrannte, den Verfolger dicht auf ihren Fersen, war die Vorstellung im Stadttheater – es hatte an diesem Abend *Die Zauberflöte* gegeben – gerade beendet gewesen, so dass auf dem Nordergraben und der Rathausstraße, dem Sauwetter zum Trotz, ziemlich viel Betrieb geherrscht hatte. Und das hatte ihr womöglich das Leben gerettet, denn ihr Verfolger musste, nur noch wenige Meter hinter seinem potentiellen vierten Opfer, abrupt stehengeblieben sein, weil er es nicht riskieren konnte, von irgendjemandem gesehen zu werden. Und folglich hatte er, unverrichteter Dinge und wahrscheinlich extrem frustriert, wohl den Weg zurück auf die Westliche Höhe angetreten. Obwohl, er hätte sich ja auch unters Volk mischen können, doch das hätte bedeutet, dass er extrem abgebrüht sein musste ... Für Fräulein Güntersen jedenfalls war der Weg Richtung Norderhofenden jetzt frei gewesen, nachdem sie sich hastig an den vornehm gekleideten Damen und Herren vorbeigeschlängelt hatte. Warum sie sich nicht gleich an Ort und Stelle an jemanden von den Opernliebhabern gewandt hatte? Diese Frage hatte sie nicht zu beantworten gewusst. Sie hatte nur ratlos mit den Schultern gezuckt und dann gemeint, dass sie wahrscheinlich seit Minuten schon zu sehr auf ein anderes Ziel fixiert gewesen sei. Das hatte plausibel geklungen.

Nach dem auch für ihn ausgesprochen anstrengenden dialogisierenden Monolog und nachdem er Fräulein Güntersen, deren aufgebrachte Eltern inzwischen eingetroffen waren, in deren Obhut übergeben hatte, erzählte Iwersen seinem immer aufgeregter werdenden Untergebenen, was ihm vorhin plötzlich wie Schuppen von den Augen gefallen war. Dass ihm nämlich schlagartig das Motiv des Mörders klargeworden war – „Es geht um Macht, Holgerson, um nichts als Macht! –, und dass das eigentlich nur heißen könne, dass ... Na, kommen Sie drauf, oder soll ich Ihnen auf die Sprünge helfen?“ – was sich dann natürlich als notwendig herausgestellt hatte – „dass höchstwahrscheinlich Günter Vogelsang der Mörder ist, der seine Macht- und Rachefantasien an den jungen Dingern auslebt, weil er nämlich zu Hause, bei *der* Mutter, schon seit geraumer Zeit nichts zu kichern hat. So gesehen killt er unentwegt seine Mutter, um nämlich nicht länger mehr vor sich als das Würstchen dazustehen, das seine Alte aus ihm gemacht hat, und das er mittlerweile ja auch vermutlich wirklich vom Scheitel bis zur Sohle ist. – Wir brauchen unbedingt einen Durchsuchungsbefehl, Holgerson, möglichst gleich morgen früh, bevor diese lächerliche Witzbudenfigur ein weiteres Mal zuschlagen kann. Erst knöpfen wir uns den erbärmlichen Würger in der Schule vor, und dann geht's in den Oscar-Struve-Weg zu der Frau Mama. Denn, mein Bester“ – Iwersen verspürte ein unglaubliches Hochgefühl, und seinem Mitarbeiter ging es aus gegebenem Anlass ähnlich –, „ist Ihnen eigentlich auch schon aufgefallen, dass die zeitlichen Abstände zwischen den Morden immer geringer werden? Die erbärmliche Memme scheint auf Entzug zu sein, und das Halsumdrehen immer nötiger zu haben. Und nach dem Desaster von heute Abend ... Wer weiß, ob der Vogelsang nicht morgen schon wieder auf Opfersuche ist? Nein, Holgerson, wir müssen schleunigst etwas unternehmen! Kümmern Sie sich bitte darum, und rufen Sie den Haftrichter an. Wir brauchen, so schnell es eben geht, einen Durchsuchungsbeschluss für die Villa der Psychotante."

„Wie jetzt? Sofort, Chef ...? Wissen Sie, wie spät es ist?"

„Das ist doch vollkommen egal! Gefahr ist im Verzug. Stimmt's oder hab ich recht?! Na bitte. Also, seien Sie so gut, es eilt. Und, ich sage es zum letzten Mal, ich will das Wort Chef aus Ihrem Mund nie wieder hören!"

„Geht klaaa, Ch..." Aber das hörte der Ermittler nicht mehr, denn ihm ging schon wieder etwas durch den Kopf, das wichtig sein konnte. Es ist gerade so, sinnierte er, als ob hier jemand und möglicherweise der Schüler Vogelsang etwas zu seinen Gunsten korrigieren will ...

18

Der Umweg über die AVS hatte sich als überflüssig herausgestellt. Denn der Schüler Vogelsang war heute Morgen auf Grund einer akuten Unpässlichkeit in Form einer fiebrigen Erkältung, wovon die Sekretärin der Direktorin in aller Herrgottsfrühe telefonisch durch die besorgte Mutter in Kenntnis gesetzt worden war, nicht zum Unterricht erschienen. Dies hatten die beiden Ermittler mit einer kleinen zeitlichen Verzögerung erfahren, als sie, um sich nach dem momentanen Aufenthaltsort des Schülers, also danach zu erkundigen, in welchem Raum des nicht ganz kleinen Gebäudes sich der mutmaßliche Täter in der zweiten Schulstunde gerade aufhielt, bei dem quirligen Mädchen für Alles eingetreten waren. Die hatte sich an die mit unzähligen Stundenplänen vollgepinnte Längswand ihres Sekretariats begeben, dabei ihr Lorgnon – man denke: ein Lorgnon! – vor die Augen gehalten und keine zehn Sekunden später zu vermelden gewusst, dass der, nach dem sich die beiden Polizisten soeben erkundigt hatten, eigentlich gerade in der zu ebener Erde gelegenen Sporthalle einer wie auch immer beschaffenen körperlichen Ertüchtigung nachgehen müsse. – Doch halt, hatte sie sich plötzlich besonnen, da sei doch vorhin dieser Anruf einer nervösen Mutter gewesen, die ihren Filius für den heutigen Tag und voraussichtlich auch noch für den Rest der Woche krank gemeldet habe. Genau, jetzt erinnere sie sich wieder. Es habe sich um die Frau Doktor, also um die Psychologin Vogelsang gehandelt, die sich, auf Grund ihrer beruflichen Voraussetzungen ausnahmsweise den Luxus leisten könne, im Krankheitsfalle ihren Nachwuchs nicht zum Arzt schicken zu müssen, wie es ja eigentlich vorgeschrieben sei, weil sie eben im Bedarfsfall selbst ein Attest ausfüllen könne.

Eine halbe Stunde später standen die beiden Beamten in Begleitung einiger anderer Damen und Herren vor der sichtlich verdutzten Ärztin der Seelenheilkunde und begehrten Einlass.

„Was wollen Sie denn schon wieder?“ Die Stimme der Tiefenpsychologin klang aggressiv und bedrohlich. Iwersen kramte, betont gleichgültig und wie in Zeitlupe, er hatte es sichtlich darauf angelegt, die Alte auf die Folter zu spannen, aus seiner Manteltasche den Durchsuchungsbeschluss hervor, der tatsächlich heute Morgen auf dem Tisch seines Büros gelegen hatte.

„Das ist ein ...“ Weiter kam er nicht, denn der Drachen hatte ihm das Papier schon aus der Hand gerissen und fassungslos versucht, sich über den Sinn des Schriftstücks Klarheit zu verschaffen. „... ein Durchsuchungsbeschluss“, vollendete Iwersen den Fragment gebliebenen Satz, mit dem er der sichtlich verwirrten Frau auf die Sprünge helfen wollte. Die Überrumpelungstaktik, dachte er, ist eben immer noch die beste, wenn es gilt, diejenigen aus der Reserve zu locken, deren Passion eben genau das ist: Leute auszutricksen.

„Ach ja, und noch etwas ... Wir müssen dringend mit Ihrem Sohn sprechen, der ja wohl, wie wir erfahren haben, das Bett hüten muss, nicht wahr?!“

Mit diesen Worten waren die beiden Ermittler eingetreten, und die Kollegen, die dazu legitimiert waren, das Innere der Villa fachkundig auf den Kopf zu stellen, taten es ihnen gleich und walteten in der Folgezeit ihres geräuschträchtigen Amtes. So kam es, dass Frau Doktor Vogelsang zum überhaupt ersten Mal nicht daran gedacht hatte, ihre Besucher aufzufordern, sich doch bitte ihres Schuhwerks zu entledigen, was allerdings, so wie die Dinge lagen, ohnehin unterblieben wäre. Denn und darüber hinaus, es hätte ja auch gar keinen Sinn gemacht, auf Ordnung und Sauberkeit zu achten, wo doch gerade alles in diesem vorbildlich geführten Haushalt im Begriff war, sich in ein heilloses Chaos zu verwandeln. Und außerdem: Die Tiefenpsychologin hatte jetzt auch andere Sorgen, und die konzentrierten sich auf ihr Ein und Alles. Und also vergaß sie auch, was ihr gutes Recht gewesen wäre, und worauf die Beamten sie auch pflichtschuldigst am Rande hingewiesen hatten, einen Rechtsanwalt ihrer Wahl hinzuzuziehen, der ihr mit seinem fachmännischen Rat hätte Beistand leisten können. Den sie beziehungsweise ihr Schutzbefohlener, wie sich bald schon herausstellen sollte, bitter nötig gehabt hätte.

Schüler Vogelsang hütete im Übrigen an diesem Morgen interessanterweise nicht die Bettstatt, sondern lümmelte sich auf dem Sofa des Wohnzimmers, wobei er angelegentlich in einem Buch schmökerte, aus dem er sich während der letzten Tage einige ihn besonders berührende und ansprechende Passagen fein säuberlich abgeschrieben und in einem Fach seines Schreibtischs verstaut hatte. Es handelte sich, wie er instinktiv gespürt hatte, um hochbrisantes Material, das unbedingt unter Verschluss zu halten und vor den neugierigen Blicken seiner immer um ihn herumscharwenzelnden Mutter geheim zu halten war. Wo sie es doch, Gott behüte, hätte persönlich nehmen können ...

Sein Konzentrationsvermögen war allerdings durch den Aufruhr im Eingangsbereich auf eine harte Probe gestellt worden, so dass er bald schon den Schmöker aus der Hand gelegt, sich sicherheitshalber mit einem bereitliegenden Laken zugedeckt und der Dinge geharrt hatte, die da kommen würden. Denn wirklich krank, also in *dem* Sinne, war er ja eigentlich nicht ... Sie kamen gleich darauf in Gestalt der beiden Beamten und seiner ausgesprochen blassen und dabei merkwürdig fahrig und aufgeregt wirkenden Mutter. Dass nicht nur sie dazu allen Anlass hatte, sollte der Verdächtige Nummer eins, der freilich über seinen Sonderstatus zu diesem Zeitpunkt noch nichts wissen konnte, noch schnell genug begreifen. Denn der drahtige der beiden Kriminalbeamten machte bei seiner Befragung keine Fisimatenten, sondern kam gleich auf den Punkt.

„Wo waren Sie gestern Abend um zweiundzwanzig Uhr, Herr Vogelsang?“

„Mein Sohn war hier bei mir zu Hause“, ergriff die nun erst recht Besorgte die Initiative, denn worauf sollte das hier eigentlich hinaus? Wollten die Herren etwa ...? Und warum fragten sie, beziehungsweise der Hagere der beiden, wie hieß er noch einmal? – sie hatte wahr- und wahrhaftig seinen Namen vergessen, wo sie doch sonst über ein so ausgezeichnetes Namensgedächtnis verfügte –, nach einer bestimmten Uhrzeit? Das klang ja gerade so, als ob gestern Abend wieder etwas ..., und als ob ihr Günter damit in Zusammenhang ... „Wwas in aller Herrgottsnamen ist denn geschehen? Und warum fragen Sie nach dem ... Alibi meines Sohnes?“

„Weil Ihr Sohn ...“

Iwersen hielt inne, weil er just in diesem Moment einen geradezu ruchlosen Einfall hatte. Das, was er im Begriffe war auszuführen, war zwar nicht wirklich legal, und bei Licht besehen sogar illegal ... Aber, so dachte er, der Zweck heiligt schließlich die Mittel. Die alles entscheidende Frage würde allerdings gleich sein, ob sein minderbemittelter Kollege mitspielen und eben nicht alles verraten würde, und sei es auch nur durch einen irritierten Blick oder ein ratloses Kopfschütteln. Er musste es darauf ankommen lassen! Die Aussicht darauf, diesen Fall womöglich in weniger als einer Minute abschließen zu können, war einfach zu verführerisch!

„Weil Ihr Sohn“, setzte er erneut an, wobei seine Stimme vor Aufregung leicht zu zittern begonnen hatte, „gestern Abend dabei beob-achtet worden ist, wie er ein Mädchen durch die halbe Stadt gehetzt hat ... Darum.“

Für einen Moment war es mucksmäuschenstill in dem vornehm eingerichteten Zimmer der Vorstadtvilla. Allenfalls der aus den anderen Räumen an die Ohren der Beteiligten dringende, gedämpfte Lärm des Durchsuchungskommandos hätte einen daran erinnern können, dass die Zeit nicht plötzlich stehengeblieben war ...

Holgerson drehte ganz langsam seinen mehr oder weniger kahlen Schädel in die Richtung seines Vorgesetzten und war, das konnte

Iwersen aus dem Augenwinkel erkennen, im Begriff, einen Einwand zu formulieren und damit alles kaputt zu machen ... Doch dann geschah ein Wunder! Der Beleibte hielt in seiner Bewegung inne, stutzte ... und hatte begriffen, was sein Chef im Schilde führte. Sein nunmehr gespannter Blick hatte sich wieder auf den Verdächtigen gerichtet, so dass jetzt alle wie gebannt darauf zu warten schienen, was als Nächstes geschehen würde. Würde der Schüler Vogelsang zusammenbrechen und – ein nervliches Wrack – gestehen, dass er der Würger von Flensburg war?

„Mein Sohn und ich haben gestern gemeinsam einen gemütlichen Fernsehabend verbracht. Das kann ich beschwören!“ erholte sich der mütterliche Teil der zusammengeschrumpften Kleinfamilie als Erstes von dem Schrecken.

„Würden Sie bit-te Ihren Sohn antworten lassen!“ herrschte Iwersen Frau Vogelsang an.

„Jjja. Ich war gestern Abend die ganze Zeit zu Hause bei meiner Mutter. Und wo es mir doch auch, ähäm, nicht so gut geht“, schob Günter nach, wobei er demonstrativ hinter vorgehaltener Hand zu hüsteln begann. „Aber ... warum fragen Sie überhaupt? Was ist denn, ähäm, passiert?“

„Wie ich bereits gesagt habe, gestern Abend wäre beinahe ..., also um Haaresbreite“, fügte er, um Zeit zu gewinnen und nur scheinbar überflüssigerweise hinzu, „ein nächster Mord passiert. Und ...“, der Oberinspektor fühlte sich gar nicht mehr wohl in seiner Haut, „und man hat Sie ..., also ein Zeuge glaubt, Sie als den Verfolger des Mädchens erkannt zu haben“, ruderte er zurück.

„Das ist unmöglich! Denn, wie gesagt, mein Günter und ich waren den ganzen Abend über hier in diesem Zimmer und haben uns gemeinsam einen Fernsehfilm angeschaut, Herr Kommissar. Das müssen Sie mir glauben. Und wo es meinem Liebling doch nicht, wie Sie unschwer erkennen können ..., also ..., er kränkelt seit gestern Nachmittag und hat auch gar nicht unbedeutendes Fieber, der Arme.“

„Ach ja, muss ich das?“ antwortete der mit flehentlicher Stimme Angesprochene merkwürdig zusammenhangslos. Es sah ganz danach aus, als ob ihm fürs Erste tatsächlich keine andere Wahl bleiben würde. Und außerdem hatte er noch unverschämtes Glück gehabt, dass die Alte ihn nicht nach dem Namen des Zeugen gefragt hatte. Den er ihr freilich nicht hätte sagen müssen. Dennoch, etwas lief hier in die ganz falsche Richtung ...

In diesem Moment, in dem sich die Ermittlungen in einer Sackgasse befanden, wurde die Tür des Wohnzimmers von einem der Begleiter der beiden Kriminalbeamten geöffnet.

„Herr Oberinspektor, kann ich Sie mal für einen Moment ..."

„Nicht jetzt!" wollte der Ermittler den Störenfried abwimmeln. Allerdings, so ungelegen kam ihm diese Unterbrechung gar nicht, denn er musste nach dieser Wendung der Dinge seine Gedanken erst einmal neu sortieren und sich eine andere Strategie zurechtlegen. Also erhob Iwersen sich und verließ gedankenversunken den Raum.

Was ihm im Flur von einem seiner Mitarbeiter ausgehändigt wurde gab, wie sich später auf dem Revier dann herausstellen sollte, mehr als bloß zu denken und eröffnete, wenn man es sich recht überlegte, plötzlich wieder ungeahnte Perspektiven, Alibi hin, Alibi her.

19

„Das war ganz schön abgefeimt von Ihnen, Ch..., das mit der Falle! Und nicht wirklich legal, oder? – Ich hab natürlich gleich gemerkt, worauf Sie hinaus wollten", verdrehte Holgerson ein ganz klein wenig die Wahrheit, denn im ersten Moment hatte er die Welt nicht mehr verstanden. Doch dann war ihm ein Licht aufgegangen, und er hatte zu begreifen begonnen, wie genial dieser Einfall war, dem Verdächtigen eine solche Falle zu stellen. Und er hatte nicht anders gekonnt, als in diesem Moment seinen Vorgesetzten für dessen Geistesgegenwart zu bewundern. Und dabei blieb es fortan auch. Der Oberinspektor Iwersen war in den Augen des Kriminalbeamten Holgerson ein ganz Cleverer, vor dem man sich in Acht zu nehmen hatte.

Nachdem das Beweismaterial sichergestellt worden war, hatte der Ermittler angeordnet, dass der nun erst recht Verdächtige Vogelsang aufs Revier zu bringen sei. Da hatten auch die hilflosen Proteste der Ärztin nichts geholfen. Ihr Filius hatte sich, Krankheit hin oder her, und wo sie doch vermutlich ohnehin bloß vorgeschützt war, keine halbe Stunde später in den Räumlichkeiten der Polizei wiedergefunden, wo allerdings bald auch der durch die besorgte Mutter alarmierte Rechtsverdreher aufgekreuzt war, um dem zu Überführenden seinen berufsspezifischen Beistand zu leisten. Und es hatte dann ja auch nicht lange gedauert, bis er seine Frage gestellt und also den Oberinspektor freundlich lächelnd gefragt hatte, was es denn nun mit dem Zeugen von gestern Abend auf sich habe.

„Zeugen? Bitte ...?"

„Sie hatten doch meinem Mandanten gegenüber einen Zeugen erwähnt, mein lieber Herr ..."

„Ach das ... Das hat sich erledigt. War ein Irrtum ... beziehungsweise ein Versehen", war der mit einem süffisanten Lächeln Angeredete zurückgerudert.

„Na dann ist ja gut", hatte der Rechtsbeistand schadenfroh gegrinst, „und dann kann ich meinen Mandanten ja wohl wieder mitnehmen, nicht wahr?"

Es war den Ermittlern tatsächlich nichts anderes übrig geblieben, als dem Schüler Vogelsang noch am selben Abend seine Freiheit wiederzuschenken. Die Beweisdecke war einfach zu dünn gewesen, obwohl das sichergestellte Material, es handelte sich um mehrere eng beschriebene DIN-A4-Seiten linierten Papiers, sich trotzdem zu Ungunsten des, wie dem Handschriftlichen zu entnehmen war, aufmüpfigen Muttersöhnchens – eine brisante Mischung – verschoben hatte. Denn noch bis tief in die Nacht hatten der Oberinspektor und sein Handlanger immer wieder kopfschüttelnd und mit aufgestütztem Kopf über den Papieren gesessen und sich abwechselnd aus diesem „Wahnsinn" immer wieder ein paar Passagen vorgelesen.

„Hören Sie mal, Holgerson, hören Sie sich das mal an:

Meine Mutter, hatte Meierer Krömer, der es mir erzählt hatte, erzählt, hat von meiner Geburt an nichts mit mir anfangen können, weil es ihr nämlich aus Prinzip und in jederlei Hinsicht schlechterdings unmöglich gewesen ist, sich in jemand anderen hineinzuversetzen, der nicht sie selbst gewesen ist. Also in alle hat sie sich nicht hineinversetzen können, in gar keinen und also auch und erst recht nicht in mich, ihren Sohn, der ihr doch, weil ich ihr Sohn war, am allernächsten gestanden bin, von Anfang an. Aber das sei es eben gewesen, dass die Nähe von meiner Mutter, so Meierer zu Krömer, als Ferne wahrgenommen worden sei, weil die Nähe der Ferne sie immer näher und damit ferner von mir sich habe fühlen lassen.“ An dieser Stelle verspürte Iwersen einen leichten Schwindel und fasste sich unwillkürlich an den Kopf, welche Geste eigentlich nur so interpretiert werden konnte, wie ein An-den-Kopf-greifen normalerweise verstanden wird. „*Die Nähe der Ferne oder umgekehrt die Ferne der Nähe, gleichviel und es sei so oder so alles einerlei, habe im tiefsten Hintersinn des Sinns dieser Einstellung natürlich darin ihren Grund gehabt, dass seine Mutter als gelernte Psychologin, die sie gewesen sei, ohnehin für nichts anderes ein Verständnis habe aufbringen können als für das, wofür sie den Menschen, und also auch ihn, ihren Sohn, gehalten habe. Dieses Halten sei aber in Wirklichkeit nichts weiter als ein bodenloses Fallen gewesen, dem sie ihn ausgesetzt habe, immer, wenn sie sich, so Meierer zu Krömer, von ihm im Zuwenden abgewandt habe.*

Das ist doch – mir fällt einfach kein anderes Wort dafür ein, Holgerson – der blanke Wahnsinn! Aber es ist auch und vor allem“, fuhr der Oberinspektor nach einer kurzen Pause fort, während er sich nachdenklich das Kinn rieb, „vielsagend, weil es nämlich ein Schlaglicht wirft auf das Mutter-Sohn-Verhältnis, das, vorsichtig ausgedrückt, problematisch zu sein scheint ... Äußerst problematisch. Ob der Vogelsang sich das alles selbst aus den Fingern gesogen hat? Ich kann mir das eigentlich nicht ...“

„Oder hören Sie mal das hier“, fuhr dem Ermittler sein beleibter Adlatus ins Wort, „das ist auch nicht von schlechten Eltern, alles was recht ist:

Wenn meine Mutter, so Meierer zu Krömer zu mir, von Gefühlen spricht, so sind das nur geheuchelte Gefühle, da sie naturgemäß für mich als ihren Sohn nichts weiter als geheuchelte Gefühle haben kann. Die einzigen Gefühle, die meine Mutter, nicht nur zu mir, sondern auch zu ihrem Mann, meinem Vater, so er denn noch leben würde, haben würde und gehabt hatte, sind ausnahmslos Gefühle, die sie für sich empfindet, indem sie nur scheinbar für irgendwen, egal wen, irgendetwas empfindet. Deswegen, so Meierer, erzählte mir Krömer habe er vorhin oder gerade eben oder überhaupt von der Heuchelei gesprochen, die, weil seine Mutter eine Mutter wie alle Mütter weltweit gewesen sei und sei, eine des Geschlechts der Frauen, also des weiblichen Teils der Menschheit schlechthin und insgesamt sei." Holgerson pfiff durch die Zähne. „Mensch, Chef", entfuhr es ihm im Eifer des Gefechts, weil er nämlich alles um sich herum vergessen hatte, „allein der Schluss, das ist doch ... Der Vogelsang hat doch ... Wie soll ich sagen? Der hat doch offenbar einen solchen Hass auf seine Mutter, dass ... Aber es ist ja nicht bloß der Hass auf seine Mutter. Nein, in seiner Mutter hasst er ... *alle Frauen*, Chef ... Und das heißt doch ..."

„Ja, Holgerson, das *könnte* heißen, dass wir hier das Motiv für die Mordserie frei Haus geliefert bekommen haben. Aber", fuhr Iwersen nach einer kurzen Pause der Besinnung fort, „zwischen Worten und Taten liegen normalerweise noch ein paar emotionale und verstandesmäßige Zwischenschritte, und die kann ich diesem Schüler denn doch nicht ..."

„Vielleicht ist er ja schizophren", schnitt ihm der andere schon wieder den noch nicht zu Ende gesagten Satz ab. „Doktor Jekill und Mister Heyde, oder wie die beiden Knilche heißen. Das ist doch möglich, Chef ..."

Aber der hörte schon seit einigen Sekunden überhaupt nicht mehr auf das, was sein Untergebener da extrem aufgeregt zum Besten gab, denn er war bei seinem Blättern durch die Seiten auf eine Stelle gestoßen, die ihm direkt Angst einjagte. Sein Gefühlshaushalt war von einem Moment zum nächsten derart in Unordnung geraten, dass er gar nicht bemerkte, dass er schon wieder laut vorzulesen begonnen hatte: „*Wenn ich aber, hatte Meierer zu Krömer, der es mir gesagt hatte, gesagt, über meine Gedanken, die die Gedanken des Sohnes meiner Mutter sind, nachdenke, dann kann es zwar nicht sein, dass ich mich in dem, was meine Mutter für mich in ihrem Empfinden nicht empfunden hat getäuscht habe. Aber es kann, wenn ich, hatte Meierer zu Krömer gesagt, diesen Gedanken, der vielleicht gar nicht mein Gedanke, sondern der meiner Mutter ist, zu Ende denke naturgemäß sich ganz anders verhalten, nämlich so, dass die Gedanken meiner Mutter, die vielleicht die Gedanken sind, die ich mir an Stelle meiner Mutter gemacht habe, deswegen gar nicht meine Gedanken, sondern die meiner Mutter gewesen sind. Das hätte zur Folge, dass ich diese Gedanken noch einmal überdenken und also vermutlich korrigieren müsste, wenn ich verhindern wollte, dass meine Gedanken, also die meiner Mutter, fälschlicherweise von mir für die meiner Mutter gehalten werden. Eine übermenschliche Korrektur der Korrektur der Korrektur müsste ich auf mich nehmen, hatte Meierer zu Krömer gesagt, der es mir gesagt hatte.*"

Kor-rek-tur. Die Morde hatten auf ihn wie Korrekturen gewirkt. Das war es! Da hatte einer auf die denkbar brutalste Art den Lauf der Dinge zu seinen Gunsten korrigiert. Weil er nämlich endlich auch einmal auf seine Kosten kommen wollte! Und das, da bestand kein Zweifel, konnte man als ..., ja, als eine Korrektur bezeichnen. Über allen Zweifel erhaben also schien es zu sein, dass der Zeitpunkt für die Korrektur längst gekommen war.

„Was, wenn der Zeitpunkt für die Korrektur schon längst gekommen ist?"

Was hatte sein Kompagnon da eben gesagt? Iwersen schaute den anderen irritiert an. „Wiederholen Sie das noch einmal, Holgerson."

„Ich sagte, glaube ich, was, wenn der Zeitpunkt für die Korrektur ..." Weiter kam er nicht.

„Wissen Sie was, Holgerson, genau das habe ich mir eben auch gedacht."

„Ja eben, Chef ... Und was, wenn Vogelsang irren Gedanken irre Taten hat folgen lassen?! Was dann?"

„Und wer ist dieser Meierer? Vogelsangs Alter Ego? – Wir müssen unbedingt herausfinden, wer dieser Meierer ist, Holgerson! Das scheint mir im Moment das Wichtigste zu sein. Möglicherweise haben wir es mit zwei Tätern ..."

„Sie meinen, Chef?"

„Ach nichts, das scheint mir denn doch zu unwahrscheinlich zu sein. Aber wie auch immer, eins steht für mich fest, sofern wir denn damit richtig liegen, dass der Schüler Vogelsang der Würger ist: Der Junge hat seine Mutter mit den Mädchen konfundiert."

„Konfunwas ...?"

„Er hat, ein einziges Kuddelmuddel, da einiges durcheinandergebracht, Holgerson, und genau genommen hat er nichts anderes als Stellvertretermorde begangen."

Er musste unbedingt mit dem Polizeipsychologen reden! Das erinnerte ihn alles irgendwie an Ödipus. Allerdings hatte der ja, wenn er sich recht erinnerte, seinen Alten getötet und dann seine Mutter bestiegen ... Also ein umgekehrter Ödipus ... Das war ihm alles zu kompliziert im Augenblick, also konzentrierte er sich wieder auf das Wesentliche.

„Wenn, ja wenn er denn der Täter ist. Aber auf eins können wir uns schon mal auf jeden Fall verständigen, dass nämlich dieser Junge komplett plemplem ist, oder was sagen Sie? Selbst wenn dieser Murks nicht auf seinem Mist gewachsen ist, sondern er ihn sich irgendwo abgeschrieben haben sollte. Bloß wer liest so etwas schon freiwillig und befindet diesen abgrundtiefen Quatsch und dieses wirre Gefasel dann auch noch für so wichtig, dass er es sich abschreibt?"

Mit diesem vorläufigen Fazit war er gerade an den Richtigen gekommen, denn sein Gegenüber ergriff die sich unverhofft bietende Gelegenheit und haute noch einmal in dieselbe Kerbe, um bei dem *Alten* endlich mal zu punkten. „Na eben, sech ick doch, die Sache ist doch klaa wie Kloßbrühe, Chef. Das Psychogramm eines verrückten Mörders, bitteschön!"

20

Mathilde hatte sich wieder einigermaßen gefangen. Sie ging zwar noch nicht wieder zur Schule, aber hatte inzwischen das Bett in der Diako gegen das in ihrem Zimmer in der Burgstraße eingetauscht. Und weil Ole Iwersens Einzige eine Vielleserin war, hatte ihr Vater sie gebeten, einen Blick auf die Papiere zu werfen, die die Polizei bei der Hausdurchsuchung der Vogelsangs sichergestellt hatte. Aber dieser Bitte hätte es eigentlich gar nicht mehr bedurft, denn der ratlose Vater hatte sein Anliegen mit der Frage verknüpft, ob Mathilde nicht vielleicht einen Einfall habe, um wen es sich bei einem gewissen Meierer handle.

Mathilde hatte, als dieser Name gefallen war, gestutzt, hatte kurz überlegt, weil sie sich sicher gewesen war, diesen Namen vor ein paar Tagen erst gehört zu haben, und hatte plötzlich die Erleuchtung! Na klar, die Vorlesung bei Eduscho! Der unlängst erschienene neue Roman des schweizerischen Autors und Enfant terribles, mit dessen gedanklichen Qualspiralen der Habeland die Besucher des Cafés nun seinerseits entweder in den Wahnsinn oder die Flucht getrieben hatte. Oder beides.

Und das hatte sie ihrem Vater dann auch gleich gesagt, der deswegen davon Abstand genommen hatte, der noch sichtlich Angeschlagenen diese nervenaufreibende Lektüre zuzumuten. Sollte sich doch der Holgerson durch dieses Erzählwerk quälen! Deswegen hatte er seinen Mitarbeiter telefonisch darum gebeten, sich bei der Buchhandlung Rüffer oder Westphalen diesen Schmöker zu besorgen, um herauszufinden, in welchem Kontext dieses Gewürge ..., also wie die genauen Zusammenhänge seien.

„Muss das sein, Ch...“, hatte der nach kurzem Zögern und einem hörbaren Seufzer geantwortet.

„Ja, das muss!“ hatte Iwersens lakonische Antwort gelautet. „Und übrigens“, hatte er zu ergänzen sich nicht enthalten können, „bei dieser Gelegenheit können Sie mal ein bisschen was für Ihre Bildung tun, mein Lieber. Und außerdem: Wer weiß, möglicherweise ist das Buch ja doch ein Leseerlebnis und Unterhaltung auf allerhöchstem Niveau. Das kann doch immerhin sein, nicht wahr?! Also, machen Sie sich an die Arbeit. Und Holgerson, es eilt!“

Die arme Sau, dachte er noch bei sich und hatte in dem Augenblick so etwas wie ein schlechtes Gewissen. Hoffentlich nimmt der Gute keinen Schaden und ist nach der Lektüre noch schräger drauf, als er es ohnehin schon ist. Eventuell war es doch ein Fehler, dass ich ausgerechnet ihn ... Aber der Oberinspektor wischte diesen moralisch begründeten Einwand mit einer flüchtigen Handbewegung zur Seite und machte sich auf den Weg zu seinem Termin mit dem Kriminalpsychologen, nachdem er seiner Tochter noch einen schönen Tag gewünscht hatte. Unterwegs kam ihm dann noch der Gedanke bei, dass es immerhin auffällig sei, dass nicht nur der Vogelsang, sondern, wie es schien, auch der Lehrkörper Habeland der Anziehungskraft dieses *Psycho-*

pathen Meierer mit seinem wirren Geschwätz erlegen war. Hatte das etwas zu bedeuten? Er durfte diese Querverbindung nicht aus den Augen verlieren. Und außerdem sollte er sich den Pauker mal etwas genauer anschauen. Der schien ja, nach dem, was seine Tochter vorhin angedeutet hatte, auch zumindest eine Delle beziehungsweise einen Riss im Oberstübchen zu haben. Entblödete sich nicht, in aller Öffentlichkeit aus diesem Roman vorzulesen. Das spricht, überlegte er, immerhin dafür, dass der Habeland ein ziemliches Interesse daran hat, stets zur Kenntnis genommen zu werden und aller Wahrscheinlichkeit nach keine Gelegenheit auslässt, sich in Szene zu setzen. Aber passte dieses geltungssüchtige Getue zu dem Psychogramm des Würgers?

Als er seine Wohnung verlassen hatte, hatte er allerdings ein mulmiges Gefühl gehabt. Denn für den frühen Nachmittag hatte sich Nicolai Sapara angekündigt, der sich mit Mathilde aussprechen wollte. Iwersens erste Reaktion war schlicht und ergreifend ein „Das kommt überhaupt nicht in die Tüte!“ gewesen. Er hatte sich dann aber doch bereden lassen und schließlich eingewilligt, weil seine Einzige, die ja nie wirklich geglaubt hatte, was der Fund der Halskette freilich nahezulegen schien, dass ihr Angebeteter allen Ernstes der Würger von Flensburg sei, ihn erbarmungslos bearbeitet und schließlich weichgeklopft hatte.

„Na gut“, hatte er schließlich eingelenkt, „für eine halbe Stunde ... Und keinen Deut länger, min Deern.“

Mathilde hatte gestrahlt und war ihrem Vater gleich anschließend um den Hals gefallen. Der aber hatte bei sich gedacht: Wenn das nur gutgeht.

21

„Fassen wir doch mal zusammen, was wir bislang wissen, lieber Kollege.“ Mit diesen Worten hatte Ole Iwersen am frühen Nachmittag des 11. November sein Büro betreten. Das Gespräch mit dem Psychologen hatte immerhin so viel an Einsichten erbracht, dass der Arzt ihm, sozusagen von Berufs wegen und deswegen vermutlich einigermaßen kompetent, darin recht gegeben hatte, dass ein derartiger

Hass auf die Mutter, wie er auf diesen im Übrigen hochinteressanten Seiten sich Bahn gebrochen habe, sehr wohl auch zur Folge haben könne, dass gleich das ganze weibliche Geschlecht als verabscheuungswürdig angesehen und entsprechend zur Rechenschaft gezogen werde.

„Sippenhaft nennt man so was, wie Sie vermutlich wissen, mein lieber Iwersen, nicht wahr?"

Ja, das sei durchaus möglich, und während er dies mit einem nachdenklichen Kopfnicken von sich gegeben hatte, hatte der Quasimediziner sich den Titel des Buches notiert, weil er sich nämlich, aus berufsbedingter Neugier, in dem Moment dazu entschlossen hatte, diesen ungewöhnlichen Roman mal in aller Ruhe durchzulesen.

Dass es sich um einen Auszug aus einem Roman handelte, hatte der Ermittler dem Seelenzergliederer auf dessen interessierte Nachfrage hin mitgeteilt.

„Denn sehen Sie, an dieser Stelle ist ganz ausdrücklich von *einer Heuchelei des Geschlechts* die Rede. Und das gibt wahrhaftig zu denken! Denn ..., das ist doch ein starkes Stück, weil es nämlich eine Totalabstraktion ist, wenn Sie verstehen, was ich meine?"

Und da der Inspektor nur leeren Blickes und sichtlich ratlos in die Richtung des Analytikers geschaut hatte, hatte der es auf eine andere, dem Laien ein wenig entgegenkommende Weise versucht.

„Der Meierer ..., oder der Autor ..., oder wer auch immer ...", hatte er mit seinen bemühten Erläuterungen erneut angesetzt, „spricht doch nicht von einer bestimmten Frau, oder meinetwegen auch einigen Frauen. Nein, er meint *alle* Frauen, verstehen Sie?! Da hasst einer, also ein Mann", fügte er überflüssigerweise hinzu, „das ganze weibliche Geschlecht, und wer solche Aversionen hegt ..., ja, der kann, auf welche Art auch immer, zur Tat schreiten. – Und dass die Tat der Grundeinstellung entsprechen wird", war der Analytiker nach einer kurzen Pause in seinen dankenswerten Erläuterungen fortgefahren, „also dass sie von genau derselben abstrakten Qualität wie die Gedanken sein wird ..., ja, das ist durchaus vorstellbar und keineswegs von der Hand zu weisen. – Und, mein lieber Iwersen, was ist schließlich abstrakter als der Tod, nicht wahr?"

Der derart Angesprochene hatte zwar, wie man es von ihm zu erwarten schien, während der letzten Sätze seines Gegenübers pflichtschuldigst mit dem Kopf genickt, aber das mit der Abstraktion war ihm denn doch zu hoch gewesen. Warum mussten diese Heinis alles immer so schwer machen? Warum konnten sie nicht in einfachen Worten sagen, was sie dachten? Warum immer dieses geschraubte Gefasel? Eventuell verhielt es sich ja doch so, dass die Psychoanalyse die Krankheit ist, deren Therapie sie zu sein vorgibt. Diesen Satz hatte der Oberinspektor irgendwann mal aufgeschnappt, und er konnte dieser Meinung in diesem Moment nur beipflichten!

Er spreche übrigens von Gewalt, hatte der Psychofritze in diesem Augenblick wieder das Wort ergriffen. Es war gerade so gewesen, als ob der seine Gedanken gelesen hatte. Eventuell hatte er ja doch was auf dem Kasten?! Ach so, aha, natürlich, war es Iwersen durch den Kopf gegangen, wovon auch sonst? Aber nachdem der Doktor der Seelenheilkunde ihm auch das noch ein wenig auseinanderklamüsert hatte, hatte er die Zusammenhänge irgendwann verstanden, hatte sich pflichtschuldigst bedankt und hatte mit der Gewissheit den Raum verlassen, dass er so falsch mit seinen laienhaften Überlegungen nicht gelegen hatte. Und so gesehen hätte er sich den ganzen Quatsch mit diesem Quacksalber auch gleich schenken können. Die reine Zeitverschwendung! Und dennoch und jetzt erst recht: Bei dem Vogelsang war mindestens eine Schraube locker, und folglich kam er bei *den* Vorlieben und *den* Ansichten als Täter in Frage, so viel stand fest.

Holgerson saß, die Einsamkeit in Person, über den Tisch gebeugt und las. Er schaute, nachdem er wie in Zeitlupe seinen Kopf erhoben hatte, desorientiert und irgendwie abwesend in die Richtung seines Vorgesetzten. So sah jemand aus, in dessen Kopf ein absolutes Vakuum herrschte! Die Lektüre schien ihn angestrengt zu haben.

„Holgerson, machen Sie mal ne Pause. Sie sehen ja schrecklich aus. Ist es so schlimm?“ schob Iwersen nach, worauf der Befragte nur wie in Trance zu nicken begann.

Es war die Hölle! Ja, die Hölle. Er hätte heulen mögen, ihm war danach, wie selten. Er musste sein Herz erleichtern, denn das war ja nicht zum Aushalten! Etwas so Schreckliches hatte er noch nie zuvor gelesen, und dabei hatte er erst pinnige zwanzig Seiten geschafft und also noch bummelige dreihundert vor sich ..., und das, wo er alles andere als ein Schnelleser war. Nein, das war er wirklich nicht. Der Wahrheit die Ehre musste sogar konstatiert werden, dass er, vorsichtig gesagt, ohnehin nicht gerade ein Vielleser war. Gegebenenfalls hin und wieder und wenn es die Zeit zuließ zum Morgenkaffee das Tageblatt, mehr war im Grunde genommen nicht drin. Und das reichte ihm auch! Und jetzt das hier ... Es war zum Kotzen!

„Nun hören Sie mal auf damit, es reicht."

Oh Gott, hatte er sich auch nicht verhört? Sollte die Quälerei wirklich ein Ende gefunden haben?! Er konnte es nicht glauben. Es wäre zu schön gewesen! Die Erlösung!!

„Aber wieso, Chef ...? Ich sollte doch ..."

„Ja, Holgerson, ich weiß. Aber die Marter ist nun Geschichte. Denn ich weiß jetzt, also nach der Unterredung mit dem Kollegen Schmidt, was ich wissen wollte. Und ich sage Ihnen nur so viel: Der Vogelsang kommt als Täter mehr als bloß in Frage. Und das heißt, dass wir sein Alibi noch einmal überprüfen müssen. – Aber zuvor sollten wir uns, wie gesagt, mal vergegenwärtigen, welche Verdächtigen wir eigentlich haben, ob ihre Alibis wasserdicht sind, wo sie sich jeweils zu den diversen Tatzeiten aufgehalten haben etc pp. Und vor allem die möglichen Motive, über die sollten wir auch noch ein paar Worte verlieren. Das volle Programm eben. Kommen Sie, Holgerson, wir erstellen jetzt mal ein paar Schaubilder. Veranschaulichung auf Brainstorm-Basis, das hilft."

22

Am 13. November zog der Winter mit aller Macht in diesen Landstrich an der deutsch-dänischen Grenze ein. Aus einem fahlen grauen Himmel hatte es in den frühen Morgenstunden ganz sacht zu schneien begonnen. Der Anfang war unscheinbar gewesen. Man hätte die mittelgroßen, regelmäßig gebauten kristallenen Gebilde zunächst durchaus noch zählen können, wie sie da, es war nahezu windstill an diesem Tag, zu Boden fielen. Aber dann hatte, innerhalb kürzester

Zeit, der Himmel eigentlich nur noch aus Flocken bestanden, die keine halbe Stunde, nachdem das Spektakel so richtig eingesetzt hatte, bereits alles mit einer zentimeterdicken Schicht zugedeckt hatten. Und ein Ende dieses Treibens war nicht nur nicht in Sicht gewesen, sondern es sollte tatsächlich noch den ganzen Tag und die kommende Nacht durchschneien, so dass am nächsten Morgen, für diese Breiten sowieso ungewöhnlich und zu dieser Jahreszeit zumal, es war immerhin erst Spätherbst, sage und schreibe eine ungefähr dreißig Zentimeter dicke Pulverschneeschicht das Angeliter Land und die Dächer, Straßen, Autos, Vorgärten und Parkanlagen Flensburgs bedeckte.

Nach Schulschluss hatten die Kinder und die Jugendlichen der Stadt schleunigst mit ihren aus den Kellern, Ställen oder Dachböden herbeigeschafften Schlitten die ortsteilspezifischen Rodelgebiete aufgesucht, um beispielsweise an den Hängen des auf der östlichen Höhe gelegenen Volksparks, wo die Abfahrten, für die moderaten Verhältnisse dieses Städtchens jedenfalls, besonders steil und deswegen rasant waren, sich bis in den späten Nachmittag hinein zu vergnügen. Aber auch schon in den vormittäglichen Schulpausen ging es auf den Innenhöfen der diversen Lehranstalten ziemlich hektisch zu, weil, entgegen aller Verbote, die die Lehrer ihren Schutzbefohlenen noch einmal vor dem ersten Pausenklingeln in Erinnerung gerufen hatten, selbstredend dann doch an allen Ecken und Enden unkontrollierte und vollkommen chaotische Schneeballschlachten im Gange waren.

An diesem, was die Witterung betraf, denkwürdigen 13. November des Jahres 1975 saßen Mathilde Iwersen, Nicolai Sapara und Holger Feddersen im vorderen Raum des Löwenbräu. Denn sie hatten etwas zu besprechen, und ihr Klärungsbedarf war groß. Nachdem die erste Trauer über den Tod ihrer Freundin sich ein wenig gelegt hatte – Andrea Reinke war vor gut einer Woche auf dem Friedhof des Friedenshügels unter großer Anteilnahme der Schüler- und Lehrerschaft zu Grabe getragen worden, und nur Mathilde war diesem nervenaufreibenden Ereignis auf Grund ihrer extrem instabilen Gemütslage und da sie ohnehin noch im Krankenhaus gelegen hatte ferngeblieben –, hatten die drei Freunde ohnehin das Bedürfnis, mal wieder ungestört zu sein. Aber darüber hinaus wollten sie versuchen, Licht in das Dunkel der Ereignisse der letzten Wochen zu bringen und also im privaten Kreis exakt das zu tun, was keine dreihundert Meter entfernt zwei Tage zuvor im Revier Mathildes Vater und sein Untergebener ihrerseits versucht hatten: Aus den Tatsachen etwas herauszufiltern, was einen Hinweis auf den Täter geben konnte. Die Überlegungen beider Gruppen zeitigten übrigens, was den reinen Tathergang betraf, im Grunde genommen die gleichen Ergebnisse. In Hinsicht auf die möglichen Motive allerdings waren die Kriminalbeamten natürlich im Vorteil, denn was die den Schüler Vogelsang betreffenden Ermittlungen anging, so waren die drei über den momentanen Stand der Dinge nicht informiert. Das Einzige, was Mathilde zufällig aufgeschnappt hatte, weil sich ihr Papa nämlich doch verplappert hatte, war die Tatsache, dass Günter wohl, warum auch immer, zu den Verdächtigen zählte. Ausgerechnet Günter, der doch nun wirklich keiner Fliege ein Haar krümmen konnte, wie sie fand. Lachhaft! Ihr Paps war mal wieder auf dem ganz falschen Dampfer und jagte irgendwelchen Phantomen hinterher! Aber diese Einschätzung war nun doch ungerecht und entsprach im Übrigen auch in keiner Weise den Tatsachen.

Die drei Hobbyermittler und Amateurdetektive rauchten, sei es ihre jeweils besonderen Zigaretten – Mathilde hatte sich dazu durchgerungen, in Zukunft nur noch Prince Denmark zu schmöken, die Marke ihrer verstorbenen Freundin –, sei es die geschwungene Petersons Pfeife und schwiegen aus gegebenem Anlass gerade. Denn keine fünf Minuten, nachdem sie sich an den Ecktisch direkt unterhalb des Fensters gesetzt hatten, war der Kunstlehrer aufgetaucht. Ausgerechnet und immer wieder der ... Aber er hatte, entgegen seiner sonstigen Gewohnheit, von den dreien keinerlei Notiz genommen und sie noch nicht einmal gegrüßt, sondern sich stattdessen betont gleichgültig und relaxed an den Tresen gesetzt, sich ein Bier bestellt und fortan mit dem Kellner über die für den nächsten Tag angemeldete Schülerdemo gesprochen, beziehungsweise auf den Armen, wie es seine Art war, eingeredet.

„Mensch Alter eh“, hatte er den Wirt in Beschlag genommen, „da musst du unbedingt und auf jeeden Fall hingehen! Die wollen schon wieder was am Schulrecht drehen, und da muss beizeiten ein Riegel vorgeschoben werden, damit das Leben des Nachwuchses (und meines zumal, vergaß er hinzuzufügen) nicht irgendwann nur noch aus Schule und nichts weiter besteht! – Ich kann“, hatte er sein Gerede nach einer kurzen Pause fortgesetzt, „da ja leider nicht hin. Von wegen Beamtenrecht und so. Du verstehst, was ich meine?! Aber du, du musst da unbedingt hin! Denn die Masse, Alter, die macht's, und irgendwann kippt die Quantität in die Qualität um, und dann geht es nicht nur der Meinung der Herrschenden, sondern den Herrschenden selbst an den Kragen, also dem Großkapital, den Banken und ihren Erfüllungsgehilfen von der Politik! Weetst wat? Ick sech di, dat löppt! Kannst mir ruhig glauben. Seien wir realistisch, fordern wir das Unmögliche. Affengeil! Steht übrigens, wenn du's wissen willst, in der Pariser Metro. Straßenkämpfe, Barrikaden, das volle Programm! Außerdem", und bei diesen Worten hob der Schnösel seinen Zeigefinger demonstrativ in die Höhe, „es kommt darauf an, das Hoffen zu lernen. Seine Arbeit entsagt nicht, sie ist ins Gelingen verliebt statt ins Scheitern. Is, nebenbei, von dem ollen Bloch, dem Althippie mit den grauen Locken, der Hornbrille und der ewigen Pfeife im Mund, wenn du's genau wissen willst. Echt knorke, der Knabe, genauso wie Herbi Marcuse mit seinem Klassiker *Der eindimensionale Mensch*. Musst du unbedingt lesen, Alter eh. So was nennt man Histomat und ..."

Die drei Freunde hatten sich nach ein paar Minuten angeschaut, genickt, waren aufgestanden und hatten sich, vom Eingang aus gesehen, in den rechten kleinen Raum begeben, um hier in Ruhe ihr Gespräch fortzusetzen. Denn das Gelaber dieses Heinis war mal wieder nicht zum Aushalten, und so gesehen hatte es auch sein Gutes, dass es damals bei Eduscho zu diesem Eklat gekommen war. Denn der Selbstverliebte schien sich's gesagt sein zu lassen, und mehr hatten sie ja auch nicht gewollt, als endlich von ihm in Ruhe gelassen zu werden.

„Also", ergriff Mathilde als Erste wieder das Wort, „ich sehe das in etwa folgendermaßen: Was den Tod des ersten Opfers, also von ..., wie hieß sie noch mal?"

„Beate Asmussen", half ihr Nicolai auf die Sprünge.

„Ja, also was die Zusammenhänge dieses Mordes angeht, da weiß ich einfach zu wenig, und das ist ja auch schon etwas her. Und der dritte Mord, da verhält es sich ebenso, und ich kannte das Mädchen nicht einmal. Also konzentriere ich mich auf die Zusammenhänge mit ..."

Sie stockte, schaute betreten zu Boden und schwieg für ein paar Sekunden. Erst nachdem Nicolai sie umarmt hatte, fuhr sie mit ihren Überlegungen fort.

„Wisst ihr noch, an dem Abend, als es passierte, da waren wir doch im Port. Und wir haben die Kneipe so gegen 23.30 Uhr verlassen, stimmt's?“ Die beiden anderen nickten. „Und dann war es so, dass ... also dass Andrea und ich die Marienstraße hochgehastet sind, weil es doch so stark gegraupelt hat. Ihr beide seid am Nordermarkt vorbei Richtung Norderhofenden gegangen, oder?“ Die beiden Schüler nickten erneut. „Günter ist zu seiner am Heiligengeistgang abgestellten Ente gelaufen, und der Schleimer von der Theke da drüben hat sich in Richtung Toosbüystraße begeben, warum auch immer, und wo er doch im Konventgarten, also in der genau entgegengesetzten Richtung wohnt.“

„Vielleicht war er ja mit seinem Renault unterwegs und hatte den irgendwo an der Schiffbrücke oder in der Norderstraße abgestellt“, mischte sich jetzt Nicolai ein.

„Oder der geile alte Bock ist in den Puff gegangen, um Frust abzubauen, und wo ihr ihn doch nicht rangelassen habt“, ergänzte – wer auch sonst – Holger.

„Aber warum beschäftigt dich die Frage eigentlich, wo wir und die anderen sich in der fraglichen halben Stunde aufgehalten haben? Denkst du etwa ...?“ Der Klassenprimus stutzte und schaute seine Liebste irritiert an. „Denkst du etwa, dass einer von uns ...?!“

„Mensch Mathilde, tickst du noch richtig? Weißt du, was du da andeutest?“ Auch der Schüler Feddersen war sichtlich irritiert und mental angeschlagen.

„Quatsch, natürlich nicht. Aber so geht – das weiß ich von meinem Alten, und insofern ist es doch zu etwas gut, dass er Bulle ist –, genau so geht die Polizei bei ihren Ermittlungen vor. Erst einmal das nähere Umfeld des Opfers abchecken und dann, falls das nichts erbracht hat, die entfernteren Freunde und Bekannten in die Überlegungen miteinbeziehen. Ganz zum Schluss kommt dann der große Unbekannte.“

„Gut, also ich war's nicht. Und du ja wohl auch nicht, Nico, oder? Obwohl, das mit der Kette in deiner Manteltasche, das ist auf jeden Fall mysteriös!“

„Da hab ich auch noch mal drüber nachgedacht. Das Einzige, was mir dazu einfällt, ist, dass Andrea sie versehentlich dorthin verstaut hat, als sie an dem Vormittag zum Sportunterricht sich ihres Schmuckes ..."

„Wie jetzt? Das versteh ich nicht! Du meinst, sie hat deinen Mantel mit ihrem verwechselt? Ich weiß nicht." Mathilde sah ihren Freund ungläubig an.

„Ich weiß ja auch, dass das nicht gerade überzeugend klingt. Aber mit einer anderen Erklärung kann ich nicht dienen."

Eine kurze Pause trat ein, während derer Holger sich nachdenklich eine Zigarette drehte und Nicolai seine ausgegangene Pfeife erneut anzündete.

„Also", ergriff Mathilde wieder die Initiative, „überlegen wir mal folgendermaßen: Ihr beide müsst, als Andrea und ich uns oben an der Kreuzung Knuthstraße, Nordergraben trennten, irgendwo zwischen Fördebrücke und Rathausstraße gewesen sein." Beide nickten. „Gut. Und Günter, ja, der hatte sich ja extrem schnell vom Acker gemacht. Der befand sich also vermutlich schon am Heiligengeistgang zu dem Zeitpunkt."

„Und der Vorzeigesofti war irgendwo zwischen Toosbüystraße, Neuer Straße und Puff", ergänzte Holger.

„Genau. Und das heißt?" fragte Mathilde mit einem schelmischen Lächeln in die Runde.

„Das heißt ...?" kam dieselbe Frage von Holger zurück.

„Das heißt, dass keiner von uns, beziehungsweise von euch der Täter sein kann."

Nicolai zog sichtlich nervös und aufgeregt an seinem Knösel, so dass Qualm aus dem rußgeschwärzten Loch emporstieg.

„Aber das war doch ohnehin klar", ergriff Holger wieder das Wort. „Glaubt ihr etwa allen Ernstes, dass ich nicht nur ..., also, dass ich nicht bloß unsere beste Freundin, sondern auch die anderen Mädels um die Ecke bringe? Glaubt ihr das etwa?!" Er war ernsthaft sauer und empört, das sah man.

„Nein, natürlich nicht! Aber wir müssen, wie gesagt, erst einmal das nähere Umfeld abklären, Holgi. Schon vergessen?"

„Also, mal angenommen, der Täter hat Andrea irgendwo auf der Höhe des Stadtparks oder der Roonstraße eingeholt ...“ Nicolai hielt inne und war von einem Moment zum nächsten noch aufgeregter, als er es eben bereits gewesen war. „Das hieße doch ...“

„Genau, das hieße, dass der Täter uns gefolgt ist!“ Mathilde strahlte die beiden Freunde an. „Genau darauf wollte ich die ganze Zeit hinaus. Und deswegen auch ist es unmöglich, dass einer von uns oder der Habeland sie ... getötet hat. Unser Vorsprung war einfach zu groß!“

„Halt! Stopp Leute! Aber was heißt denn das nun?“ Holger war vollkommen überfordert.

„Das heißt“, kam es gleichzeitig aus dem Mund der beiden anderen, „dass der Täter aller Wahrscheinlichkeit nach im Porticus gewesen ist, das heißt es!“

„Ihr meint, der hat uns den ganzen Abend oder jedenfalls einen Teil davon beobachtet? Und hat dann kurz nach uns den Schuppen verlassen? Wahnsinn eh! So könnte es gewesen sein, keine Frage. Aber halt ...“ Holger stand kurz vor seinem ganz großen Auftritt. „Da war doch dieser verdrogte Typ, den du so klasse hast auflaufen lassen, Nico. Möglicherweise ...“

„Nee“, entgegnete der, „das kann ich mir beim besten Willen nicht vorstellen. So wie der drauf war. Der brauchte keine Frau, der brauchte verschärft ne Dröhnung und nichts weiter.“

„Ja, das sehe ich genauso“, mischte sich jetzt wieder Mathilde in das Gespräch ein. „Nein, das muss jemand aus der Kneipe gewesen sein. Das Problem ist nur, dass ausgerechnet an diesem Abend das Port aus allen Nähten platzte. Das ist ja das Blöde. Und wisst *ihr* etwa noch, wer an dem Abend alles dagewesen ist? – Eben!“

„Und wisst ihr, was genau so Kacke ist?!“ Holger schaute von einem zum anderen. „Dass auch das dritte Opfer ...“

„Ja?!“ Mathilde fixierte ihn mit einem derart konzentrierten Blick, dass Holger nervös auf seinem Stuhl hin und her zu rutschen begann. Zumal ihm ohnehin peinlich war, was er im Begriffe war zu erzählen.

„Na ja, dass auch das dritte Opfer ausgerechnet im Speicher gewesen ist an dem speziellen Abend. Und das war, dummerweise, ein Samstag.“

„Wie jetzt? Woher weißt du das denn so genau? Ich meine, dass die in der Disko war?“

„Weil Holgi und ich an dem Abend auch da gewesen sind, deswegen“, antwortete Nicolai und half damit seinem Freund ein wenig aus der Patsche.

„Was? Wirklich?“ Mathilde war sichtlich irritiert. „Aber woher wisst ihr, dass sie ... – ich meine, wo ihr sie doch gar nicht kanntet?“

„Das ist schon richtig. Allerdings ... Also Alter, was soll’s, und es kommt ja sowieso raus.“

„Ja? Was kommt raus?“

„Na ja, das war eben so ne Klassefrau ... blond, unendlich lange Beine, süßes Gesicht and so on. Und da hat Holgi ... na ja, da hat er halt versucht, sie ein bisschen anzubaggern.“

„Ja, und leider hat sie mich abblitzen lassen, denn sonst wäre sie jetzt vielleicht noch am Leben“, vollendete der den begonnenen Satz seines Freundes.

Sie schwiegen wieder und gingen der Beschäftigung nach, die wie keine andere die Nerven beruhigt: Sie rauchten.

„Aber da ist noch etwas, was wir bisher gar nicht bedacht haben.“ Holger und Nicolai schauten Mathilde neugierig an. „Die Opfer sind nicht dort ermordet worden, wo man sie gefunden hat. Und das macht den Vorfall mit ... Andrea ja so besonders. Da wissen wir, und auch die Polizei weiß es, wo der Mord geschehen ist. Und das ist von Bedeutung!“

„Inwiefern? Das verstehe ich nicht.“

„Na Holgi, denk doch mal nach. Wie hat der Täter seine Opfer denn an die Förde geschafft? Was hat er dazu benötigt?“

„Ein Auto! Logo, einen fahrbaren Untersatz. Mensch, dass ich da nicht selbst drauf gekommen bin.“

„Genau. Und daraus folgt, dass sowohl Günter als auch Habeland, also dass die, was das angeht, die Voraussetzungen gehabt hätten ...“

„Und natürlich auch ich und Holgi, denn wir haben beide einen Führerschein, wie du weißt. Und unsere Eltern haben einen Wagen“, unterbrach ihr Freund sie.

„Ja, ja, aber du vergisst dabei das, was wir vorhin rausgefunden haben. Ihr alle, also auch der Günter und der Habeland, ihr wart zu weit weg vom Tatort, das hättet ihr nie ...“

„Halt! Stopp! Pause!“ Jetzt war es wieder an Holger, aufgeregt zu sein. „Das heißt doch, dass der Mörder die Leichen nach dem Mord irgendwo deponiert haben muss, um sie dann anschließend mit Hilfe seiner Karre zu entsorgen. Er wird sich ja wohl kaum ein Taxi genommen haben oder mit den öffentlichen Verkehrsmitteln durch die Stadt kajolt sein. Und das bedeutet ...“

„Ja?“ Das Pärchen fixierte den heute zum zweiten Mal unverhofft in die Rolle des Schlaumeiers Gerutschten.

„Das heißt, dass die Morde jeweils in Ecken dieser Stadt verübt worden sein müssen, wo es finster ist ... Nein, Stopp!“ Holger fuchtelte wild mit seinen Armen, weil Nicolai ihn unterbrechen wollte. „Nein, nicht bloß finster, sondern an Örtlichkeiten, die so viel Schutz bieten, dass nicht die Gefahr besteht, dass die Leichen sofort und an Ort und Stelle entdeckt werden. Und das können“, formulierte er jetzt mit großer Geste, „nur Parks oder Friedhöfe sein. Und was liegt am Marienhölzungsweg? Genau: der Stadtpark.“

„Mensch Holgi, mein Freund, genial! Aber halt ... Wo wohnte das Girl aus dem Speicher noch mal?“

„In der Angelburger Straße, soweit ich weiß“, kam Mathilde ihrem Freund zur Hilfe.

„Das könnte ja bedeuten, dass sie ... Mein Gott, quasi um die Ecke ..., ich meine, gleich bei der Wohnung meiner Eltern umgebracht worden, und dann auf dem Johanniskirchhof abgelegt worden ist. Wahnsinn!“

„Und das dritte ..., also genau genommen das vierte potentielle Opfer, die, die dem Würger mit knapper Not am Museumsberg“ – auch das hatte sich inzwischen rumgesprochen, weil nämlich die Presse davon auf der ersten Seite berichtet hatte – „entkommen ist, die hätte der Mistkerl vermutlich am Alten Friedhof an der Reepschlägerbahn zwischengelagert.“ Holger hatte in den letzten Sekunden seine Drum heißgeraucht.

„Bleibt nur eine Frage offen: Warum hat er seine Opfer nicht einfach dort liegen lassen, wo er sie gekillt hat?“

„Na, das ist doch so was von klar: weil er befürchten musste, dass er aufgrund des Tatorts identifiziert werden könnte.“

„Du meinst ...?“

„Mensch Nico, du bist doch sonst nich so schwer von Kapee!" grinste Holger seinen Freund an. „Ich meine, dass, was wir vorhin schon einmal hatten, der Killer seinen Opfern gefolgt ist und sich folglich genau dort aufgehalten haben muss, wo seine Opfer an dem jeweiligen Abend zuvor gewesen sind. In den Kneipen, in der Disko and so on."

„Und weil er befürchten musste, dort jeweils gesehen worden zu sein, hätte somit der Verdacht sehr bald schon auf ihn fallen können. Denn so einen Zufall gibt es ja wohl nicht, dass sich einer ausnahmslos an all den Orten aufgehalten hat, an denen auch die Schülerinnen jeweils gewesen sind. Deswegen mussten die Mädchen weggeschafft werden. Weggeschafft an eine Stelle der Stadt, die sich nach Möglichkeit ..."

„... auf der jeweils anderen Seite der Förde befinden musste", vollendete Holger den Satz der Tochter des Oberinspektors.

„Moin, moin."

Die drei Jugendlichen hoben verwirrt die Köpfe. Sie waren so in ihre Kombinationen involviert gewesen, dass sie gar nicht bemerkt hatten, dass schon seit ein paar Minuten ein Exschüler der AVS neben ihrem Tisch Position bezogen hatte. Der stand da, hielt in der Rechten eine still vor sich hin glimmende HB und in der Linken ein Alsterwasser.

Nicolai erholte sich als Erster von dem Schreck, indem er den Gruß des Sohnes des Mathelehrers gelangweilt erwiderte: „Moin Michael. Wie geht's denn so? Alles im grünen Bereich?"

Die Antwort wartete er allerdings nicht mehr ab, sondern schlug vor, indem er sich wieder demonstrativ an seine Liebe und seinen besten Freund wandte, die Rechnung vorne am Tresen zu begleichen und zu gehen.

„Kann ich mal mit dir reden, Nico? Es ist wichtig und dauert auch nicht lange", fasste Michael nach. „Mein Alter ... Also dass du ihm damals ..."

„Nee, Maiki, geht leider nicht. Lass stecken. Hab noch was Dringendes zu erledigen. Vielleicht ein anderes Mal. Heute passt es mir überhaupt nicht."

Sprach's, stand auf und schob sich an dem hilflos lächelnden Sohn des Schülerschinders vorbei. Nur Mathilde, der der mal wieder absolut

Chancenlose wirklich leid tat, sah ihn mit einem Lächeln an und sagte, wie um sich für ihren abweisenden Freund zu entschuldigen, „Man sieht sich, du", um dann ihrem Liebsten in den Tresenbereich des Lö zu folgen. Holger hatte, was ihm ähnlich sah, während der ganzen Zeit so getan, als ob er gar nicht anwesend wäre. Er mochte den aufdringlichen Barthold Junior nicht und wusste sich darin, wie in vielem anderen auch, mit seinem Freund eins. Der war, wie er fand, fast genauso unerträglich wie der andere, der vermutlich immer noch nebenan die Tresenkraft mit seinem Geschnacke in den Wahnsinn trieb, sofern die ihn nicht inzwischen rausgeschmissen hatte.

Mathilde aber beschloss, ihren Vater umgehend über die Ergebnisse dieses nachmittäglichen Gesprächs unter sechs Augen in Kenntnis zu setzen. Und vor allem die letzte Erleuchtung schien ihr besonders wichtig zu sein. Das sollte im Übrigen auch ihr Vater so sehen, als sie ihm am selben Abend noch in der Wohnung in der Burgstraße alles aus ihrer Sicht Wissenswerte unterbreitet hatte. Und namentlich der letzte Punkt hatte ihn aufhorchen lassen. Denn was diese Frage anging, die er und sein Mitarbeiter sich vor zwei Tagen auch bereits gestellt hatten, hatten die Kriminalbeamten, im Unterschied zu den drei Amateurdetektiven, keine plausible und sie irgendwie zufriedenstellende Antwort finden können.

23

Es war alles andere als einfach gewesen, mit dem VW Käfer, seines Heckantriebs zum Trotz, die Friesische Straße hochzukommen. Der auf dem Kopfsteinpflaster festgepappte Schnee machte den Untergrund besonders rutschig, so dass der Oberinspektor erleichtert aufgeatmet hatte, als sie den Dienstwagen direkt vor der AVS abgestellt hatten. Auf der Höhe des Reutergangs waren sie sogar leicht ins Schlingern geraten, weil dort die relativ steil ansteigende Straße eine sanfte Rechtskurve beschrieb. Die rechterhand gelegene, leicht geschwungene und etwa zwei Meter hohe Steinmauer mit ihrem Schutzgitter, die den parallel zur Straße etwas erhöht angelegten Bürgersteig begrenzte, kam dem Gefährt der beiden Ermittler für einen kurzen Moment bedenklich nah. Und daran, dass es vermutlich auch kein Vergnügen sein würde, nachher den Südergraben hinunterzuschlittern, hatte er in dem Moment noch nicht gedacht. Er hatte andere Sorgen.

Auf der Fahrt in das ehemalige reine Mädchengymnasium hatte er sich den Kopf darüber zerbrochen, wie er dem Schüler Vogelsang am besten beikommen und aus der Reserve locken konnte. Mit irgendeiner Fangfrage, so hatte er überlegt, müsste es ihm gelingen, den mutmaßlichen Würger derart zu verunsichern, dass er aus dem seelischen Gleichgewicht geraten würde, sofern bei einem Menschen, der derart grauenhafte Taten vollbringt, überhaupt noch von einem seelischen Gleichgewicht die Rede sein kann. Eine List musste her, und zwar schleunigst, denn Iwersen und sein schwerfälliger Begleiter hatten jetzt bereits zusammen mit der Sekretärin der Direktorin den Weg in Richtung Klassenraum angetreten. Etwas von der Art, wie damals in der mütterlichen Wohnung mit dem vermeintlichen Zeugen. Und plötzlich hatte der Ermittler gewusst, wie er bei dem Verhör mit Günter Vogelsang vorzugehen haben würde. Er hatte unwillkürlich zu schmunzeln begonnen. Obwohl, war es ihm schlagartig durch den Kopf geschossen, alles würde gleich davon abhängen, ob der Serientäter auf anwaltlichem Beistand bestehen würde. Und dieses Bedenken dämpfte seine Laune augenblicklich, so dass das Lächeln auf seinem Gesicht schlagartig erstarb. Denn der Rechtsverdreher hätte seinem Mandanten zweifelsohne dazu geraten, von seinem Recht Gebrauch zu machen, die Aussage zu verweigern.

Nachdem der verdächtige Schüler gebeten worden war, sich den beiden Ermittlern anzuschließen – es war Iwersen im Übrigen so vorgekommen, in dessen Gesicht bei ihrem Betreten des Klassenraums eine Mischung von Überraschung und Furcht erkannt zu haben, was ihn, wie sich denken lässt, hoffnungsfroh gestimmt hatte –, hatte die Sekretärin die beiden Männer und den jungen Menschen in einen leeren Klassenraum geleitet.

Die freundliche Dame hatte sich gleich darauf entfernt, und Ole Iwersen hatte Günter Vogelsang von seinem Recht in Kenntnis gesetzt, sich nicht selbst belasten zu müssen, und dass er, wenn ihm danach sei und er es für notwendige halte, durchaus einen Anwalt seiner Wahl und vermutlich den von damals heranziehen könne. Als Beistand sozusagen ... Obwohl es sich bei diesem informellen Gespräch ja eigentlich nicht um ein Verhör in *dem* Sinne handle, für das er ihn dann ohnehin vielmehr ins Revier hätte zitieren müssen, sondern viel eher um so etwas wie einen ..., „nennen wir es einen unverbindlichen Meinungsaustausch, mein Lieber. Und bei so etwas stört erfahrungsgemäß ein Verteidiger nur, weil allein seine Anwesenheit den Verdacht nahelegt“, es könne sich eben doch um eine Verhörsituation handeln ... Alles werde dann plötzlich so kompliziert und ... verkrampft. Keiner traue dem anderen mehr über den Weg, was, so viel stehe fest, der Wahrheitsfindung, an der uns doch allen gelegen sei, nicht wahr?!, eher hinderlich und abträglich sei ...

Mein Gott, war es dem Oberinspektor während seiner Ausführungen, die doch viel eher zu dem Holgerson gepasst hätten, durch den Kopf gegangen, was fasele ich mir hier nur für einen ausgemachten Stuss zusammen?! Das ist doch in jederlei Hinsicht verräterisch, was ich hier treibe, und die Mutter von dem Vogelsang hätte schon längst durchschaut und begriffen, dass ich vor der Gegenwart eines Rechtsverdrehers Angst habe ..., ja Angst, das ist das richtige Wort! Und dass ich das auf jeden Fall verhindern will. Die Alte, also der Drache, die ihren Sohn doch erst zu dem gemacht hat, was der aller Wahrscheinlichkeit und unwiderruflich inzwischen ist, hätte mich jetzt, wäre sie denn anwesend, nur freundlich angelächelt und den Weg zum nächstbesten Telefon angetreten, um ...

Aber während er so grübelte, hatte er mit einem flüchtigen Blick auf den Verdächtigen Nummer eins die ihn wirklich überraschende Beobachtung gemacht, dass der Schüler ihm überhaupt nicht zuzuhören schien, wie er da, abwesenden Blickes, aus dem Fenster auf den tiefverschneiten Schulhof hinaussah. Und das ließ ihn wieder etwas optimistischer in die nahe Zukunft schauen, zumal er Holgerson noch vor seinem genialen Einfall auf dem rutschigen Weg hierher eingeschärft hatte, sich heute definitiv rezeptiv zu verhalten und ihn, seinen Chef, machen zu lassen.

„Eh ..., Chef ... Könnten wir dann also ... Ich meine, vielleicht wäre es jetzt doch angebracht, das *Gespräch* ... Ich meine ..., deswegen sind wir doch schließlich hier ... Oder habe ich da etwas falsch ...?“

Iwersen fuhr aus seinen Gedanken auf und sah seinen Untergebenen feindselig an. Jetzt fing der schon wieder mit seinem Gestottere an und hielt sich, was schwerer wog, nicht an die Direktive von vorhin. Er musste, das nahm sich der Oberinspektor in diesem Moment vor, nachher noch mal mit der Nervensäge ein ernstes Wörtchen reden. Obwohl, irgendwo hatte er ja auch wieder recht mit seiner Aufforderung. Sie waren schließlich hierhergekommen, um den Mädchenquäler und verhinderten Machtmenschen nach allen Regeln der Kunst auseinanderzunehmen. Also nahm der erste unter den beiden Gleichen Haltung an, straffte seinen Rücken, fixierte den Verdächtigen und stellte die Fragen, die zu stellen waren.

Er konfrontierte ihn in der Folge mit der Tatsache, dass er, Günter Vogelsang, an dem fraglichen Abend im Porticus zu der Gruppe der jungen Leute gehört und sich also in der Nähe des zweiten Opfers nachweislich aufgehalten habe. Das hatte allerdings den Befragten vor keine allzu großen Schwierigkeiten gestellt, denn er hatte, ohne zu zögern, darauf hingewiesen, dass das ja wohl auch für noch einige andere gelte, so für seine eigene Tochter Mathilde, nicht wahr? Und ob er die inzwischen eigentlich auch schon interviewt habe?

Dieser freche und selbstgefällige Unterton, der mitgeschwungen hatte, als der Vogelsang seine provokativ gemeinte Frage formuliert hatte, hatte den Adrenalinpegel des Ermittlers für einen Moment spürbar in die Höhe und entsprechend eine gewisse hektische Röte in sein Gesicht getrieben. Aber es half ja nichts, und es war das gute Recht des Verdächtigen, so zurückzufragen. Und außerdem: Es stimmte ja, es gab, unter dem reinen Gesichtspunkt der Anwesenheit, auch noch ein paar andere Figuren, die nicht über jeden Verdacht erhaben waren, beispielsweise den neuen Festen seiner Tochter Nicolai Sapara mit der Halskette des zweiten Opfers in seiner Manteltasche.

Der Oberinspektor war im Verlauf der weiteren Befragung noch einmal wie nebenbei – denn darauf würde in einem anderen Zusammenhang erneut die Sprache zu bringen sein – auf das Alibi für die Nacht des dritten Mordes zu sprechen gekommen, hatte sich auch danach erkundigt, wo sein Gegenüber sich eigentlich an dem Abend des missglückten Mordanschlags auf der Westlichen Höhe aufgehalten habe, wobei er freilich nichts über den Ort des dramatischen Geschehens von vor ein paar Tagen hatte verlauten lassen, in der vagen Hoffnung, der Wicht würde sich eventuell dadurch verraten, dass er beteuerte, an diesem Abend um 22.30 Uhr ganz bestimmt nicht Am alten Friedhof gewesen zu sein ... Und ob er, das hatte der Oberinspektor ihn irgendwann eher beiläufig auch gefragt, einen Lodenmantel mit Kapuze besitze. Diesen Mantel, der sich, wie er zuvor behauptet hatte, nicht unter seinen Klamotten befinde, habe er in dieser Nacht ganz sicher nicht ... Oh ...!

Aber, wie nicht anders zu erwarten gewesen war, nichts dergleichen war geschehen, sondern das Ende vom Lied war immer gewesen, dass der Pflegeleichte und seine um das Wohlergehen ihres sensiblen Sohnes besorgte Mutter an diesen Abenden stets ferngesehen hatten. Was auch sonst?

Schließlich, Holgerson hatte bereits damit begonnen, demonstrativ auf seine Uhr zu schauen und nervös zu hüsteln, was Ole Iwersen nun doch verbitterte, war er auf sein eigentliches Ziel losgesteuert, also auf die Frage, die ihm vorhin, als sie ihm beigekommen war, für ein paar Sekunden ein zufriedenes Lächeln auf sein vom wenigen Schlafen inzwischen aschfahles Gesicht gezaubert hatte.

„Sagen Sie, Herr Vogelsang, und klären Sie uns doch bitte darüber auf, was es eigentlich mit Ihren Notizen auf sich hat. Der Text dieses schweizerischen Autors ist doch, vorsichtig gesagt, ein wenig sperrig, nicht wahr?“ Bei diesen Worten hatte sein Adlatus heftig mit dem Kopf zu nicken begonnen und einen Stoßseufzer von sich gegeben. „Also, ich will Ihnen ja wirklich nicht zu nahe treten, aber das Verhältnis zu Ihrer verehrten Frau Mutter, und, wenn man es genau nimmt, zum gesamten weiblichen Geschlecht scheint mir eher, wie soll ich sagen, problematisch zu sein. Da ist beispielsweise und wenn mich mein Gedächtnis nicht trügt, wörtlich von *Geschlechtsheuchelei* die Rede. Das ist doch, verzeihen Sie, wenn ich so deutlich werde, eine durch nichts zu rechtfertigende Totalabstraktion, wenn Sie verstehen, was ich meine? Und das legt doch immerhin den Gedanken nahe, das werden Sie nicht bestreiten können, dass Sie nicht nur Ihrer Mutter nicht gerade gewogen sind, was ich vielleicht noch verstehen könnte, sondern das ganze weibliche Geschlecht als ein eher Problematisches einschätzen, und dass Sie also, na ja, sagen wir mal so ...“

Iwersen hielt inne, weil er nämlich während seines engagierten und hochdifferenzierten Redens plötzlich darauf aufmerksam geworden war, dass der Schüler zu grinsen begonnen hatte. Ja, ein freches, überhebliches Grinsen verzerrte die Visage dieser Nullnummer, und das brachte den Ermittler ganz und gar aus der Fassung, so dass er den begonnenen Satz unvollendet gelassen hatte.

„Herr Inspektor, ich glaube, Sie verwechseln hier etwas. Bei diesen Seiten handelt es sich, wie Sie ganz richtig festgestellt haben, um Literatur. Und folglich, ich bitte das zu bedenken, geht es in diesem, wenn man so will, dreihundertseitigen zugespitzten Monolog nicht um mich und genau genommen auch nicht um den Autor. Begreifen Sie, das ist Fiktion, ein Gebilde der Einbildungskraft, wenn Sie verstehen, was ich meine. Und das bedeutet, dass Sie von der vollkommen falschen und geradezu abwegigen Voraussetzung ausgehen, ich hätte mir diese Seiten deswegen abgeschrieben, weil sie ein Spiegel meines Gemütslebens oder eben das eines Serienkillers sind. Weil der oder ich sich nämlich, wie Sie zweifelsohne glauben, damit in der doppelten Bedeutung des Wortes getroffen fühlt. Stimmt's oder habe ich recht? Aber ich versichere Ihnen", fuhr der Schlaumeier nach einer kurzen Pause fort, und weil der Ermittler keine Anstalten machte, die an ihn gerichtete Frage zu beantworten, „das einzige Motiv, das ich hatte, diese Stelle abzukupfern oder, besser gesagt, zu übertragen, war, dass es sich einerseits um große Literatur und andererseits um ein unglaublich gescheites Psychogramm einer gestörten Mutter-Sohn-Beziehung handelt. Und um nichts weiter!"

Wie die zwischen Ihnen und der weiblichen Nervensäge der Familie Vogelsang, dachte Iwersen in diesem Moment. Aber es hatte keinen Zweck, darauf länger rumzureiten, und das war ja ohnehin nur ein Zwischenstopp auf dem Weg zu der eigentlichen Falle gewesen, die er dem eingebildeten Schwätzer jetzt stellen würde. Denn dass es sich bei dem Buch um Literatur handelte, wenngleich um eine dann doch ein wenig abwegige und halsbrecherische und folglich extrem anstrengende Variante, das brauchte man ihm, Ole Iwersen, nun auch nicht unbedingt und so von oben herab unter die Nase zu reiben. Das wusste er auch so, ohne Germanistik studiert zu haben. – Aber in gewisser Hinsicht kam ihm die Überheblichkeit des Schülers im Augenblick sogar zupass, denn der fühlte sich gerade jetzt sichtlich wohl und schien sich seiner Sache sicher zu sein. Also würde ihn das, womit er ihn gleich konfrontieren würde, eventuell dermaßen aus der Bahn werfen, dass man dem Würger von Flensburg gleich an Ort und Stelle die Handschellen würde anlegen und ihn in die Untersuchungshaft dort unten, keine zweihundert Meter weiter den Berg runter, würde überführen können. Und dann würde endlich wieder Ruhe einkehren, sowohl bei ihm als auch bei den besorgten und nervösen Bewohnern dieses so extrem hübschen, malerischen Städtchens an der Förde.

„Man hat Sie gesehen!"

„Bitte?"

„Man hat Sie gesehen!"

Holgerson verzog keine Miene, sondern starrte in die Leere des Raumes. Jetzt war es also so weit, sein Chef zog sein Ass aus dem Ärmel. Augen zu und durch, dachte er noch und hielt für einen Moment den Atem an.

„Wer hat mich wann wo gesehen?"

Nicht schlecht gekontert, Donnerwetter, der Knabe hat Nerven! Iwersen empfand so etwas wie Hochachtung für sein Gegenüber.

„Man hat Sie an dem fraglichen Abend in der Diskothek, also im Speicher gesehen, und Sie haben das dritte Mordopfer angesprochen ..."

Hätte Ole Iwersen in diesem Augenblick gewusst, wie recht er mit seiner Behauptung hatte, er hätte wohl nicht so verunsichert gewirkt, wie er es bei genauerem Hinsehen gerade tat. Denn tatsächlich, der junge Vogelsang hatte an besagtem Abend all seinen Mut zusammengenommen und das blonde Mädchen, auf das er schon seit einiger Zeit verschärft aufmerksam geworden war, auf eine derart unbeholfene Weise angesprochen, indem er sie gefragt hatte, ob sie ihn, bei *dem* Wetter, nach draußen begleiten würde ..., weil er sie nämlich etwas fragen wolle ... Dass, wer so dümmlich fragt, nichts anderes als eine totale Bruchlandung erleiden kann, hatte er selbstredend gewusst. Aber was sollte er machen? In der Gegenwart des anderen Geschlechts war er eben alles andere als ein Held und im Grunde genommen nichts als ein jämmerlicher Versager, wie er fand. Aber er hatte gleich nach der Blamage den Speicher verlassen, extrem gefrustet, wie sich denken lässt, und war mit seiner hinter dem Mauseloch in der Wilhelmstraße abgestellten Ente nach Hause gefahren und hatte sich unter die Fittiche seiner Mutter begeben, die irgendwie die Einzige war, die ihn *wirklich* verstand! Und also war es ihm ein Leichtes, zwar nicht ganz der Wahrheit entsprechend gleich darauf zu behaupten, dass das nicht sein könne, weil er auch an diesem Abend zu Hause im Oscar-Struve-Weg zusammen mit seiner Mutter vor dem Fernseher gesessen und Kuli gesehen habe.

Kurz und gut, auch dieses Gespräch mit dem Hauptverdächtigen war wieder einmal ganz anders verlaufen, als es sich der Oberinspektor erhofft und ein ganz klein wenig erwartet hatte. Und vielleicht hatte Kollege Holgerson ja recht mit seiner Bemerkung, die er beim Verlassen der AVS resigniert geäußert hatte: „Also ich weiß nich, ich finde, man kann diesem Vogelsang ja alles Mögliche zutrauen ... Aber einen brutalen Vielfachmord? Nein, Chef, beim besten Willen nicht! Oder wie sehen Sie das?" sicherte er sich dann doch lieber noch einmal bei seinem Vorgesetzten ab.

Und weil auch er das so sah, und weil es, so gesehen, keinen Zweck und keinen Sinn gehabt hätte, den Vogelsang extra überwachen zu lassen, veranlasste der Oberinspektor noch an dem Nachmittag dieses frostklaren Tages, dass in den kommenden Nächten die Präsenz der Polizei erhöht und also die Anzahl der Streifenpolizisten auf den Straßen der Stadt annähernd verdoppelt werden sollte. Er hatte so ein Gefühl, dass der Würger in der kommenden Nacht wieder auf der Suche nach einem weiteren weiblichen Opfer sein würde. Und er sollte mit dieser Mutmaßung, wie sich keine acht Stunden später herausstellte, recht behalten ...

24

Das war knapp gewesen! Nicht viel hätte gefehlt, und er wäre den beiden Bullenschweinen direkt in die Arme gelaufen. Dabei hatte alles so vielversprechend begonnen! Er war am frühen Abend im Bunker, einer höhlenartigen Spielhalle in der Nähe des Südermarkts gewesen, weil er heute wieder diese Wut und diesen ohnmächtigen, unbändigen Hass verspürt hatte, der ihn immer wieder auf die Straße trieb ...

Zumal nach dem Reinfall von vorhin. Aber weil es, als er seine Wohnung verlassen hatte, noch relativ früh am Tag gewesen war, hatte er sich bei einsetzendem Schneefall in das Kellergewölbe begeben, um am Flipper Frust abzubauen und seine ganze Verachtung auf dieses grell leuchtende und angenehm blecherne Geräusche von sich gebende Spielgerät zu übertragen. Jedenfalls fürs Erste! Denn die Spannung, die er bereits nachmittags im Lö empfunden hatte, war unerträglich gewesen! Es musste heute unbedingt noch etwas geschehen!

Und da hatte er sie dann gesehen, diese blonde Braut mit den dicken Titten, der vielen Schminke in der Visage und den langen Beinen, deren Nacktheit und weiße Fleischlichkeit von dem halblangen dunklen Rock eher noch betont worden waren. Sie hatte ihm hübsche Augen gemacht, ihn ständig angelächelt und ihn auf die Dauer derart aufgegeilt, dass es nicht mehr zum Aushalten gewesen war! Er hatte einen ausgewachsenen Ständer gehabt, so dass er sich, um sich nicht zu verraten, besonders eng an den Flipper gedrückt und diesen gleich darauf mit einer hektischen Bewegung seiner beiden Hände getilt hatte. Scheiße, diese Frau machte ihn wahnsinnig! Es musste dringend etwas geschehen, und er wusste auch schon was.

Denn dass diese geile Alte ausgerechnet auf ihn abfahren sollte?! Obwohl alles dafür sprach ...! Jetzt winkelte sie auch noch ganz leicht ihr linkes Bein an, stemmte ihren in einem hellbraunen Stiefel steckenden Fuß mit einem leichten Druck gegen die Wand, an der gelehnt sie seit geraumer Zeit stand, während sie scheinbar gleichgültig in die Richtung der kreisenden Scheiben des Geldautomaten schaute, in den sie hin und wieder ein paar Münzen warf. Aber das war selbstredend alles nur Show. Denn in Wirklichkeit wollte sie die Männer nur anmachen und dann abblitzen lassen, so viel war mal sicher! Oder hatte sie es doch auf ihn abgesehen?

Er sah ihr jetzt direkt ins Gesicht und grinste schwerenöterhaft. Sie drehte sich abrupt um und schaute fortan demonstrativ in die andere Richtung, um nur hin und wieder ihre Aufmerksamkeit für einen Augenblick dem Automaten zu schenken.

Nein, diese Nutte wollte nichts von ihm, so viel schien klar zu sein. Und das glaubte er ohnehin schon längst nicht mehr, dass man mit Frauen so etwas wie eine halbwegs zufriedenstellende Beziehung haben konnte. Die wollten, wenn es hoch kam, dass man es ihnen so richtig besorgte und ansonsten in Ruhe gelassen werden. Sie waren ein einziger Ruin für einsame, alleingelassene Männer wie ihn! Vor allem aber wollten sich diese Schlampen doch nur lustig machen über ihn, wollten ihn aus der Reserve locken, ihn hochnehmen und dann über ihn und seine Lust triumphieren! – Aber das würde er der dort hinten noch an diesem Abend austreiben, ihn zu verhöhnen. Die würde sich noch wundern und ganz dumm aus ihrer Reizwäsche gucken, wenn er sie, mit seiner Kapuze über dem Kopf, nachher an irgendeiner dunklen Stelle dieser Stadt sich mal so richtig nach allen Regeln der Kunst, die er seit dem ersten Mal zusehends verfeinert hatte, vornehmen würde. Wie freute er sich schon auf den entsetzten Blick, mit dem sie ihn anstarren würde in dem Moment, in dem sie checken würde, dass es das jetzt ein für alle Mal war! Ihm fuhr ein Schauer gruseligen Entzückens und einer wahnsinnigen Vorfreude über den Rücken, und die Härchen an seinen Unterarmen richteten sich von einem Augenblick zum anderen auf. Es würde ein Fest sein, ihr den Rest zu geben, und dieses Mal *musste* es wieder gelingen!

Bei der Ersten damals im Sommer, die er an der Grenze bei Wassersleben abgelegt hatte, nachdem er sie, mehr aus Zufall und ein bisschen Panik heraus und auch für ihn ganz unerwartet im Christiansenpark erdrosselt hatte, hatte er noch so etwas wie ein schlechtes Gewissen gehabt und Reue verspürt. Zumal er es zunächst gar nicht vorgehabt hatte, dieser fast noch minderjährigen Mieze etwas anzutun. Er hatte bei schönem Wetter spätnachmittags auf einer Bank auf diesem malerischen, von einer mannshohen Mauer umgebenen hügeligen Gelände mit den von uralten Buchen umstandenen zwei kleinen Teichen gesessen und dabei einen Krimi gelesen. Irgendwann hatte sich das blonde Mädchen dann schüchtern lächelnd zu ihm gesetzt, und sie waren ins Gespräch gekommen. Über Literatur, soweit er sich erinnern konnte. Und dann, es war bereits fast dunkel und der Park mittlerweile menschenleer gewesen, hatte er aus einer Laune des Augenblicks heraus sie zu küssen versucht, einfach so. Aber das hatte das Biest nicht zugelassen, sondern im Gegenteil damit begonnen, sich zu wehren. Und da war ihm eben nichts anderes übrig geblieben, als zuzudrücken und sie gleich anschließend im Schutz der Dunkelheit mit seinem Wagen, den er glücklicherweise und – als ob er das alles vorausgesehen hatte – keine hundert Meter entfernt im Kanonenberg abgestellt hatte, an die Kobbermöllerbucht vor Wassersleben zu transportieren. Weshalb er die dämliche Tusse, die es nicht anders hatte haben wollen und folglich selbst schuld war, nicht ganz einfach an Ort und Stelle hatte liegenlassen, hatte er später nicht mehr zu sagen gewusst. Vielleicht war es Panik gewesen, die ihn derart kopflos und riskant hatte handeln lassen.

Inzwischen sah es freilich anders aus! Er wusste mittlerweile ganz genau, weshalb er die Nutten vom Tatort wegschaffte. Jede mögliche Verbindung zu seiner Person musste ausgelöscht werden! Und eins war ohnehin klar wie Kloßbrühe: Alles, was er damals eventuell an Scham und Reue verspürt haben mochte, war längst Vergangenheit und gehörte nicht mehr zu ihm, sondern zu dem, der er im Sommer und also in seinem früheren Leben einmal gewesen war. Ein erbärmliches Würstchen mit Skrupeln, das stets bloß redete und nie etwas tat. Der sich vorführen ließ, immer und bei jeder Gelegenheit auflief und über den alle Welt sich lustig machte. Vor allem aber die Frauen und die Mädchen seiner Schule, diese widerwärtigen Schlampen, denen er es auf seine besondere Art jetzt bereits dreimal so richtig gezeigt hatte. Was für eine Genugtuung und was für ein Triumph! Und weil er recht hatte, und weil sie es genau so haben wollten, hatte er weiter gemacht mit seinen Aufräumarbeiten und hatte sich daran gemacht, geeignetes Material ausfindig zu machen, das er dann auf seine spezifische und unverwechselbare Art bearbeitete ... Und die Bullen, die waren einfach zu blöd, die Zusammenhänge zu checken. Es war nur noch zum Lachen, wie der Oberinspektor und Vater von Mathilde und sein fetter Wurmfortsatz durch die Gegend tigerten und von nichts, schlechterdings gar nichts eine Ahnung hatten.

Er hatte Glück gehabt heute, denn das Girl hatte den Bunker tatsächlich Richtung Süderhofenden verlassen, war den schmalen, dunklen Gang hinuntergeschlendert, und er war ihr, nachdem er möglichst unauffällig gleich nach ihr die Spielhalle verlassen hatte, gefolgt, in der stillen Hoffnung, sie möge durch das Mauseloch ihren eventuell dort abgestellten Wagen ansteuern. Dann wäre er an exakt derselben Stelle, wo er die letzte Braut ins Jenseits befördert hatte, wieder zu seinem Treffer gekommen. Duplizität der Ereignisse nannte man so was, und was das Beste war, auch sein Wagen stand genau dort, wo die Frau jetzt tatsächlich, er konnte sein Glück kaum fassen, hinging. Der reine Wahnsinn!

Doch dann waren die beiden Bullen wie aus heiterem Himmel dazwischengekommen, gerade als er die eigentliche Verfolgung aufgenommen und diesem Miststück seine Gegenwart offenbart hatte. Er hatte seine Schritte beschleunigt und war nur noch wenige Meter von ihr kurz vor dem Eingang des Fußgängertunnels entfernt gewesen, als die geile Maus plötzlich stehengeblieben war und sich nach ihm umgedreht hatte. Sie hatte ihn also gespürt. Er war ebenfalls stehengeblieben und hatte mit einer langsamen Bewegung die Kapuze über seinen Kopf gestreift, wie er es bereits damals bei der Mieze dort oben auf der Westlichen Höhe getan hatte, die ihm mit knapper Not entkommen war. Er war der Scharfrichter und Vollstrecker des Urteils, und das sollte die Schlampe wissen, genau so, wie die andere es gewusst hatte.

Sie hatte, anders als die an der Johanniskirche gleich hier um die Ecke, abrupt zu laufen begonnen, und er war hinter ihr her gehastet. Sie war ganz nah gewesen, und dann war der Käfer mit den Bullen von Plankemai aus in die Karlstraße eingebogen. Und nun war es an ihm gewesen, um sein Leben zu rennen ... Der Jäger war unverhofft zum Gejagten geworden. Scheiße und noch mal Scheiße!

Er war über den Margarethenhof zur Kurzen Straße gesprintet und hatte aus dem Augenwinkel immerhin zu seiner großen Erleichterung festgestellt, dass die Bullen offenbar erst mal die Situation abklärten, bevor sie die Verfolgung aufnahmen. Die typischen Nullchecker eben! Und noch einer Sache war er sich einigermaßen sicher: Dass das Aas ihn nicht erkannt haben konnte, als sie sich zu ihm umgedreht hatte, weil er in diesem Augenblick gerade halb von einem Busch verdeckt gewesen war.

Sein Fluchtweg hatte ihm schlagartig und glasklar vor seinem geistigen Auge gestanden. Er musste zunächst die Jürgentreppe erreichen, um, oben angelangt, über den Erlenweg an der rückwärtigen Front der Goetheschule vorbei in die Mommsenstraße zu gelangen. Denn eines war klar: Auf keinen Fall durfte er die breite Bismarckstraße runterlaufen! Das war zu gefährlich, da war einfach zu viel Verkehr, da liefen zu viele Menschen rum, und auch Autos gab es dort jede Menge, selbst um diese Uhrzeit noch, es war so gegen 21 Uhr, wie er mit einem flüchtigen Blick auf die Uhr des Gymnasiums erkannte und trotz der widrigen Straßenverhältnisse. Nein, er musste die Hauptstraße da vorne schleunigst überqueren und dieses Mal höllisch aufpassen, dass er nicht wieder ins Rutschen und Schlittern kam. Denn auf der Treppe eben gerade hätte es ihn fast hingelegt, weil er nämlich immer zwei Stufen auf einmal genommen hatte. Und aufgrund des festgetretenen Schnees war er ungefähr auf halber Höhe ausgerutscht und ins Straucheln geraten, und hätte er nicht noch das Geländer zu fassen bekommen ...

In der Mommsenstraße verlangsamte er seinen Schritt. Kurzatmig, wie er mittlerweile war, hinterließ sein warmer Atem die typischen Spuren in der frostigen Atmosphäre, aber auch über seinem Haarschopf bildete sich beim Gehen ein sacht in die Dunkelheit aufsteigendes weißes Gekräusel. Er bog jetzt rechts in die Jürgensgaader Straße ein und nahm Kurs auf die Glücksburger Straße. Dahinter, da war er sich einigermaßen sicher, würden sie ihn nicht mehr kriegen, zumal sie ihn ja ohnehin nur ganz kurz bewusst wahrgenommen hatten. Nein, er war jetzt ein spätabendlicher Fußgänger wie jeder andere auch, dem es beispielsweise ein Bedürfnis war, durch die winterlichen Straßen der Stadt einen kurzen oder längeren Spaziergang zu machen und dabei die herb-klare Frostluft einzuatmen. Und also nahm er das Tempo nun endgültig heraus. Er schlenderte geradezu gemächlich durch den tiefverschneiten Schulgang in Richtung der Kappelner Straße und hatte wieder Zeit und Muße, sich seine speziellen Gedanken zu machen.

Nein, er würde nicht aufhören mit seiner Jagd! Jetzt erst recht nicht, auch und selbst wenn das schon der zweite Fehlschlag in Folge gewesen war. Denn das waren doch, bei Licht besehen, sowieso alles nichts als Vorspeisen gewesen. Die Erste war nicht einmal das gewesen. Die Zweite schon eher, und es war ihm eine Genugtuung gewesen, wie sie ihn damals im Schneesturm an der Diako ungläubig angestarrt und vermutlich ihren Ohren nicht getraut hatte, als er ihr diesen Klassesatz ins Ohr geflüstert und sie dann gleich danach ins Jenseits befördert hatte. Und die Dritte, die er auf der Landungsbrücke von Solitüde deponiert hatte, nachdem sie bei St. Johannis hatte dran glauben müssen. Und immer war ihm der Zufall zur Hilfe gekommen, was die jeweiligen Örtlichkeiten betraf. Nun gut, bei Andrea hatte er ungefähr gewusst, während er durch die Nacht in Richtung Westliche Höhe gelaufen war, wo er sie ungefähr abfangen musste, nicht zu früh und nicht zu spät, denn sie hatte sich ja in Begleitung Mathildes befunden. Mathilde ...! Und die andere, deren Namen er nicht einmal mehr wusste, war ausgerechnet in Richtung der Wohnung der Alten von diesem überheblichen Würstchen und Wichtigtuer Sapara gelaufen, so dass er sie, nachdem sie ihn zuvor im Speicher aufgegeilt hatte, quasi in Sichtweite seines Fensters hopps genommen hatte. Das hatte echt Klasse gehabt! Und Klasse hatte es auch gehabt, dass er bei der vom Museumsberg eben nicht wieder die Bornstedtterrasse hochgerannt war, sondern sich unter die Theaterbesucher gemischt hatte, um danach sogar noch ein Bierchen im Lö zu zischen. Wahnsinn! Und so was von cool!

Besonders erfreulich war es aber eben doch in all diesen Fällen gewesen, dass er die Leichen hatte an Ort und Stelle zunächst einmal verstecken können, die eine auf dem Gelände des Stadtparks in der Nähe des kleinen Teiches, die andere an einem der wenigen Gräber des Johanniskirchhofs, um sie kurze Zeit später und nachdem er seinen Wagen geholt hatte, an die Förde zu verfrachten. Das hatte den Bullen sicherlich in mehr als einer Hinsicht zu denken gegeben, und wahrscheinlich gingen die total verblödeten Dünnbrettbohrer davon aus, dass die Fundorte irgendetwas mit dem Mordmotiv zu tun haben mussten. Es war zum Schreien!

Aber das war ja alles Schnee von gestern, lachte er nach diesem Wortspiel in sich hinein. Denn die eigentliche Hauptspeise, das war ihm erstmals an dem Nachmittag im Lö klargeworden, war dieses ausnehmend hübsche blonde Mädchen, das, wie es der Zufall wollte, ausgerechnet die Tochter des Oberbullen war. Es war nicht zu fassen! Der reine Wahnsinn! Und diese Blume musste er schleunigst brechen, komme was da wolle, um seinen Triumph über die Pflaumen dieser Stadt, des Landes und der Welt und natürlich die ganze Bullerei perfekt zu machen! – Und um sich zu rächen, ja, zu rächen an diesem miesen kleinen Oberschlaumeier Sapara, der, das war der Gipfel des Abgefeimten, mit seinem nächsten Opfer zusammen war!

Wieder spürte der Würger von Flensburg, dass sich zwischen seinen Beinen etwas regte, und dass ihm ein Schauer, der nicht von der

Kälte herrührte, über den Rücken lief. Und als er, keine zehn Minuten später, seine Dreizimmerwohnung erreicht hatte, hatte er sich einigermaßen damit abgefunden, dass dieses mal wieder etwas dazwischengekommen war. So etwas würde ihm bei Mathilde nicht passieren, weil er das nämlich alles ganz geschickt einfädeln wollte ... Sie würde ihm nicht durch die Maschen schlüpfen und bald schon ihrer heiß und innig geliebten Andrea im Jenseits Gesellschaft leisten!

Seinen Wagen, das überlegte er, während er in der Dunkelheit seines Zimmers und vor dem Schlafengehen noch eine Cola trank, würde er morgen früh aus der Wilhelmstraße abholen. Die lag ja ohnehin auf dem Weg in die Innenstadt. Kurz vor Mitternacht war der Unhold eingeschlafen.

25

Das kalte Wetter hielt an, und ab und an kam ein Schneeschauer aus Nordost übers Land gezogen. Oberinspektor Iwersen merkte am nächsten Morgen gleich, dass wieder etwas vorgefallen sein musste. Denn Holgerson, der nachdenklich vor der Pinnwand mit den Notizen und den Bildern der Opfer gestanden hatte, schnellte herum, als sein Vorgesetzter den Raum betrat, schnappte kurz nach Luft und resümierte kurzatmig die Vorgänge des vorigen Abends.

„Die eigentliche Scheiße ..., also, Entschuldigung, ich meine natürlich, das Blöde ist doch, dass wir schon wieder eine Zeugin haben, dass die aber, genauso wie die davor vom Museumsberg, keine Personenbeschreibung des Angreifers geben kann. Und die Beamten ... Das war für die beiden so überraschend gekommen, dass sie im ersten Moment gar nicht begriffen haben, was da vor ihnen an der Ecke Wilhelm-, Augustastraße sich abzuspielen im Begriff war. Erst als das Mädchen wild fuchtelnd auf ihr Auto zugerannt kam, registrierten sie das Außerordentliche der Situation, und da war der Killer bereits über alle Berge."

„Lässt sich denn wenigstens etwas über seinen Fluchtweg sagen? Ich meine, in welche Richtung ist der Mann weggelaufen? Haben die Beamten das jedenfalls mitbekommen? Denn möglicherweise lässt sich aus der Richtung ja etwas über die Gegend sagen, in der er wohnt."

„Interessant, dass Sie das ansprechen, Ch..."

„Mein Gott, Holgerson, ist es denn so schwer, sich dieses lächerliche, absolut nervtötende kleine Wort abzugewöhnen? Mensch, reißen Sie sich mal zusammen, und ich beiße schließlich auch nicht!"

Dem penetrant Verunsicherten das Du anzubieten und ihm womöglich zu gestatten, ihn mit seinem Vornamen anzureden, das wäre dem Ermittler denn doch zu weit gegangen, also unterließ er es. Obwohl es manches leichter gemacht hätte.

„Ja ..., also ... Was wollte ich? Genau! Merkwürdigerweise ist die miese kleine Ratte die Wilhelmstraße in Richtung der Kieler Anlagen weggerannt – er hatte im Übrigen und wie nicht anders zu erwarten einen dunklen Lodenmantel an – und hat sich dann Richtung Margarethenhof verdünnisiert. Wir, also die beiden Streifenpolizisten und ich, gehen deswegen davon aus, dass er über die Kurze Straße die Jürgentreppe rauf ist, weil er nämlich unbedingt die verkehrsreichen Straßen meiden musste. Es hätte ja sein können ..., also aus seiner Sicht, dass er an der nächsten Ecke, also beispielsweise am Hafendamm oder Süderhofenden auf die nächste Streife trifft, und das wäre, wenn man sich mal in ihn hineinversetzt, nicht so gut gewesen ..."

Gar nicht schlecht, was der Korpulente sich da zusammengereimt hatte, das hatte alles durchaus Hand und Fuß, wie Iwersen fand.

„Warten Sie mal, Holgerson, und immer schön langsam mit den jungen Pferden." Sein Gegenüber sah ihn fragend an. „Sie haben da eine Alternative übersehen ... Es könnte doch auch sein, dass der Mistkerl über die Kieler Anlagen Richtung Hafen gelaufen ist, also am Kanalschuppen vorbei, und dann am rechten Ufer entlang der Gleise weiter, weil es da so schön einsam und unübersichtlich ist. Das wäre doch immerhin möglich ..."

„Nee, das ist es nicht."

„Und warum ist es das nicht, wenn ich fragen darf?"

„Na, weil er doch von der Wilhelmstraße aus rechts in den ..."

„Sie haben recht, Holgerson, das hatte ich im Eifer des Gefechts ganz vergessen. Aber ... warten Sie: Warum ist er nicht einfach die

Augustastraße hoch und dann links in die Johannisstraße rein? Das hätte doch viel nähergelegen", sinnierte der Oberinspektor.

„Interessant, dass Sie das ansprechen, Herr Iwersen, denn genau darüber habe ich mir auch bereits den Kopf zerbrochen. Deswegen sagte ich ja vorhin, dass es so merkwürdig ist, dass er zunächst in Richtung der Hauptverkehrsader gerannt ist. Heißt das nun, dass seine Wohnung irgendwo im Norden der Stadt liegt, oder heißt das gar nichts, sondern allenfalls, dass der Knabe einen derartigen Schreck bekommen hat, dass er kopflos irgendwohin gespurtet ist, bloß weg von den Bullen? Also von unseren Kollegen ..."

„Sagen Sie, Holgerson, wer war denn nun die Deern, die dem Tod von der Schippe gesprungen ist? Wo war sie vorher gewesen, wo geht sie zur Schule und vor allem: Ist sie blond?"

Es war schon interessant, dass man in diesem Fall alle möglichen Dinge schon wissen konnte, bevor man wirklich etwas wusste. Das Muster des Tathergangs war immer das gleiche, die Opfer glichen sich, wenn man so wollte, wie ein Ei dem anderen. Schülerinnen waren sie auch alle gewesen. Also überraschte es den Oberinspektor auch nicht wirklich, als er dann erzählt bekam, dass sie, sie hieß übrigens Ute Hansen, tatsächlich eine Schülerin der Goetheschule und dass sie selbstredend blond sei. Und sie sei aus dem Bunker, also der Spielhalle am Holm gekommen und habe fahrlässiger- und verrückterweise den schmalen Gang zum Süderhofenden auf ihrem Weg Richtung Mauseloch benutzt.

„Hätte sie Pech gehabt, hätte der Killer sie bereits dort angreifen können, und dann wäre es um die Deern schlecht bestellt gewesen, und aller Voraussicht nach wäre es das dann gewesen. Sense, aus, Feierabend!"

„Warten Sie mal, Holgerson. Sie sagten, das Mädchen sei im Bunker gewesen? Das ist interessant. Eventuell war der Würger ja auch in diesem Etablissement und ist ihr von da aus gefolgt? Wissen Sie was, wir beiden Hübschen begeben uns jetzt mal in die Spielhölle und klären das ab. Kann doch sein, dass dem Mann an der Kasse etwas aufgefallen ist, was uns weiterhilft."

Dass es sich nur um einen Mann handeln konnte, wusste Iwersen deswegen, weil er selbst sich hin und wieder in seiner knapp bemessenen Freizeit in diesem Kellergewölbe aufhielt, da er eine Schwäche für Pferdewetten hatte.

26

Tatsächlich hatte die Befragung des Kassierers etwas gebracht. Weil er nämlich seit wer weiß wie lange schon in diesem „Loch" seiner etwas stumpfsinnigen Tätigkeit eines Geldwechslers nachging, waren ihm im Grunde genommen, bis auf wenige Ausnahmen natürlich und vor allem in der Sommers- und Ferienzeit, wo sich hin und wieder auch mal ein Tourist in die Unterwelt verirrte, die meisten Gesichter vertraut, so dass er einige der Spieler unterschiedlichster Passion, die am Abend zuvor dagewesen waren, sogar bei ihrem Namen zu nennen gewusst hatte. Das Problem war freilich gewesen, dass in diesen Kreisen die meisten Figuren irgendwelche Spitznamen hatten. Der eine hieß interessanterweise kurz und bündig Tod, wie die beiden Ermittler an diesem späten Vormittag erfuhren, weil er ein wachsweißes Gesicht bei zurückgekämmten und mit Gel fixierten, rabenschwarzen Haaren hatte. Man könnte ihn, so hatte der Geldscheinzähler in diesem Moment sinniert, so gesehen auch gut und gern Dracula nennen ... Ein anderer hieß, seines fortgeschrittenen Alters wegen, Klappe, und noch ein anderer Lächler, weil er nämlich seit seinem Schlaganfall vor ein paar Jahren nicht anders könne als ständig penetrant zu lächeln, was etwas Entnervendes habe, obwohl die Krücke genau genommen dafür ja nun wirklich nichts könne ... Und eine Frau hieß, aus naheliegenden Gründen, Hüfte, weil sie seit ihrer Hüftoperation so komisch mit ihrem, er bitte um Entschuldigung, dicken Arsch hin und her schlenkere. Das sehe zu lächerlich aus!

Doch dann kam's. Iwersen und sein Begleiter erfuhren dann doch noch etwas, was mehr als bloß von Belang war! Dass da dieser blitzgescheite Schüler mit dem merkwürdigen Nachnamen irgendwann am späten Nachmittag aufgekreuzt sei. Masara ... Nee. Arasa ... Nee, das war es auch nicht ...

„Verdammich noch een, wie heet der Schlaukopp noch mol?"

„Sapara", half der Oberinspektor dem für den Moment Überforderten aus seiner Gedächtnisklemme.

„Jo, exaktement, so heißt der Junge!" fiel der Angestellte des Bunkers unverhofft wieder zurück ins Hochdeutsche. „Blitzgescheit ist der, das sag ich Ihnen! Einer von der ganz cleveren Sorte. Und alle, auch die Älteren, respektieren den, und manch einer der alten Hasen ist allen Ernstes stolz darauf, mit ihm bekannt zu sein. Dann ist da, warten Sie, noch dieser Althippie gewesen, der mit den langen Haaren und dem ewigen Lodenmantel ... Mensch, wie heißt *der* nun wieder ...?"

„Lehrer ..." Merkwürdigerweise hatte der Oberinspektor mit einer zwar nur kurzen, aber spürbaren zeitlichen Verzögerung auf diese interessante Neuigkeit reagiert.

„Halt! Stopp! Gleich hab ich's ..."

„Sie sprechen von dem Lehrer Habeland?"

„Ja, genau, so heißt der. Is immer so etepetete, tut immer so vornehm, und ist doch nichts weiter als ein geiler alter Bock. Immer auf der Pirsch, wenn Sie verstehen, was ich meine, Chef? Und dauernd labert der jeden voll, der ihm über den Weg läuft. Und traktiert die Spielautomaten wie ein Irrer. Der ist so was von zum Kotzen. Wie Sie unschwer erkennen können: Ich mag den nich!"

„Wissen Sie noch, wann der Lehrer und der Schüler Sapara hier raus sind? Und noch etwas: Können Sie sich eigentlich an eine junge Frau erinnern, die am gestrigen Abend auch hier gewesen ist?"

Der Kassierer sah den Oberinspektor neugierig an, weil er die plötzliche Nervosität in dessen Stimme bemerkt hatte.

„Sagen Sie, Herr Kommissar, geht es die ganze Zeit um ..., um den Würger von Flensburg? Glauben Sie, dass der gestern Abend hier bei mir gewesen ist? Ich fass es nich! Das is ja echt krass!"

„Moment, mein Lieber, nun mal schön langsam und ganz sachte. Davon kann im Augenblick noch gar keine Rede sein. Es handelt sich um eine reine Befragung und ob ..." Weiter kam Iwersen nicht, denn nun war der Kassenwart die Aufgeregtheit in Person und wollte es ganz genau wissen, beziehungsweise hatte extremen Redebedarf.

„Warten Sie ... Sie fragten nach einer blonden Deern? Da war nämlich tatsächlich so eine gaanz Hübsche, die war so was von ... Na ja, ansprechend eben, dass, wie soll ich sagen? Jedenfalls, der Hitzefaktor war beträchtlich, wenn Sie verstehen, was ich meine. Und Sie glauben, der geile alte Bock hat sie abgemurkst? Ich fass es nich! Obwohl ..., zuzutrauen wär's dem schon, diesem zu kurz gekommenen Adonis mit seiner lächerlichen Schmachtlocke! Dem lief der Geifer doch nur so runter, als er auf das Mädel aufmerksam wurde, richtig widerlich war das. Der hätte sich doch am liebsten gleich hier an seinem Flipper einen runtergeholt, oder, noch besser, dem Mädel gezeigt, dass er gut zu vögeln is, haha!"

„Hören Sie, guter Mann", meldete sich jetzt Holgerson zu Wort, dem das alles zu viel wurde. „Mein Kollege ..., also der Oberinspektor sagte doch bereits, dass wir nur mögliche Zeugen befragen, die uns ..."

„Gibt es eigentlich ... Ich meine, wie is es mit Lösegeld?" fiel der Kassierer dem Adlatus ins Wort.

„Bitte?!" Holgerson war perplex.

„Er meint eine Belohnung", half Iwersen seinem Begleiter aus der intellektuellen Klemme. „Nein, gibt es nicht! Und können wir uns jetzt wieder auf das Wesentliche konzentrieren? Wäre das, bit-teschön, möglich?" wandte er sich wieder dem Geldscheinzähler zu.

„Ich meinte ja bloß, und man wird ja wohl mal fragen dürfen." Der Befragte war beleidigt und zog sich für einen Moment in den Schmollwinkel zurück. – Aber dann erfuhren die beiden Kriminalbeamten doch noch, dass der Sapara als Erstes dagewesen war, die Lokalität aber kurz vor dem Erscheinen des anderen verlassen habe. Wann der andere, also der Möchtegerndonjuan gegangen sei, konnte der Kassierer nicht sagen, weil er von der blonden Schönheit derart fasziniert gewesen sei, dass er für einen gewissen Zeitraum sozusagen alles andere um sich herum vergessen habe. Aber eins wisse er dann doch ganz genau, dass nämlich der Laberheini ganz bestimmt die Lokalität vor der Deern verlassen habe, denn nach ihrem Abgang sei er nicht mehr dagewesen, da sei er sich absolut sicher. Jedenfalls annähernd, zu neunundneunzigkommaneunneun Prozent ...

Als die beiden Beamten kurz nach eins den Bunker verließen, verschlug es ihnen fast den Atem, weil während der letzten Minuten ein noch nie dagewesener Starkschneefall eingesetzt hatte, so dass man von einer Sichtweite in *dem* Sinne nicht mehr sprechen konnte. Ihr Gang Richtung Süderhofenden war wie ein blindes Herumtappen im

Nebel. Als sie ihren mit einer weißen Haube bedeckten Käfer erreicht hatten und eingestiegen waren, setzte der Vorgesetzte seinen Untergebenen davon in Kenntnis, dass sie nach dem Mittagessen dem Kunstlehrer der AVS unbedingt einen Besuch abstatten mussten. Denn es gab Klärungsbedarf, und zwar nicht zu knapp!

Obwohl, eines dämpfte die vergleichsweise gute Stimmung dann doch: Dass der Lehrkörper mit seinem Lodenmantel *vor* dem jungen Ding, die wahrscheinlich nicht nur in dem Bunker für so viel Aufregung gesorgt hatte, den Keller verlassen hatte. Sollte das nämlich stimmen, hätte das bedeutet, so überlegten sie auf der vorsichtigen Fahrt in die hauseigene Kantine, dass es immer unwahrscheinlicher wurde, dass es sich bei Habeland um den Täter handelte. Denn dann hätte der erstens hoffen müssen, dass die Schülerin sich durch den dunklen Gang Richtung Süderhofenden wagte und zweitens, und das wog schwerer, hätte er sie auch gleich an Ort und Stelle ins Jenseits befördern können. Weil es da nämlich, nach circa fünfzig Metern, so etwas wie einen Hohlraum oder eine Nische oder einen klitzekleinen Innenhof im Innenhof gab, wo er auf sie hätte warten können, um sich auf sie zu stürzen und sein grausiges Werk zu verrichten. Obwohl, das hätte dem Tathergangsschema widersprochen, und möglicherweise war Lehrer Habeland ja ein Pedant, der nicht so auf Variationen und Überraschungen stand? Es gab da einfach zu viele Wenns und Abers.

27

„Wo waren Sie gestern Abend zwischen zwanzig und einundzwanzig Uhr, Herr Habeland? Und besitzen Sie einen dunkelgrünen Lodenmantel mit Kapuze?“

Die beiden Ermittler hatten sich beim Mittagessen darauf verständigt, nicht lange Fisimatenten zu machen, sondern gleich mit der Tür ins Haus zu fallen. Frontalangriff, und dann mal sehen, wie der Künstler im Lehrer darauf reagierte ...

Der Schneefall hatte nach dem Essen endgültig aufgehört und, was die Extremvariante anging, eigentlich bereits in dem Augenblick nachgelassen, als die Kriminalbeamten an Süderhofenden ihren Wagen gestartet und sich mit ihrem Gefährt ganz langsam und vorsichtig in Bewegung gesetzt hatten. Sonst wäre das auch gar nicht gegangen, bei *den* Verhältnissen, die gerade eben noch in der Atmosphäre geherrscht hatten.

Den Konventgarten, in dem der Lehrer wohnte, mit ihrer Kiste zu erklimmen hatten sie bei diesen speziellen Straßenverhältnissen gar nicht erst versucht, sondern hatten sie am unteren Sandberg gleich hinter der Heinrichstaße abgestellt. Ein strahlend blauer Himmel lag jetzt über der Stadt, aus den Schloten der Häuser stieg der Qualm fast senkrecht in die Höhe. Ein Wintermärchen in Weiß, so strahlend, so schön, so rein, dass man kaum glauben konnte, dass in diesen Straßen seit Monaten schon ein Serienmörder umging.

Der Ästhet, dessen Wohnung, in der er, das sah man gleich, alleine lebte, die Gestalt gewordene Ordnung war, hatte ihnen kurz zuvor die Tür geöffnet und sie freundlich lächelnd hereingebeten. Er war ganz der Kosmopolit und die Souveränität in Person, für den auch der Rest der Welt ihn halten sollte. Aber kaum, dass man sich in seinem mit Büchern gut bestückten Wohnzimmer, durch dessen eines Fenster man auf die tiefverschneite Stadt hinunterblicken konnte, auf die bequemen Sessel niedergelassen hatte, nicht ohne selbstredend zuvor im Flur darum gebeten worden zu sein, man möge sich doch bitte seiner durchnässten Schuhe entledigen, waren die Ermittler zur Sache gekommen. Kein Vorspiel, keine Höflichkeitsfloskeln, sondern ohne jeden Umweg gerade drauf zu.

Der Schönling war sichtlich irritiert gewesen und hatte seine in Unordnung geratenen Gedanken zu sortieren gesucht.

„Sie meinen ...?“ hatten seine ersten zwei unsicheren Worte gelautet, mit denen er etwas Zeit gewinnen wollte. Aber den Gefallen hatte Iwersen ihm nicht getan, denn er hatte sofort nachgelegt.

„Sie sind gesehen worden, mein Lieber, und raten Sie mal wo und wann?“ ergänzte er vorsichtshalber den Satz, weil er nämlich der Gefahr vorbeugen wollte, schon wieder eine blöde Gegenfrage gestellt zu bekommen. Sie war dann selbstverständlich doch gestellt worden, aber der Oberinspektor hatte sich auf diesen Quatsch nicht eingelassen, sondern sich noch einmal nach dem Aufenthaltsort des Lehrers am letzten Abend und nach seinem ganz speziellen Zwirn erkundigt.

„Also warten Sie, und damit ich das Ganze auch recht verstehe ... Sie verdächtigen mich doch nicht etwa, Herr Kommissar?“ wich der Befragte erneut aus. Iwersen wurde langsam ärgerlich, und der Elan von eben ließ spürbar nach. Der Heini raubte ihm den letzten Nerv! Und jetzt fing er auch noch an, ihn blöd anzugrinsen. Das durfte ja wohl nicht wahr sein!

„Würden Sie bit-te die Fragen des Oberinspektors beantworten, Herr Habeland? Seien Sie doch so gut. Und“, fuhr Holgerson überraschenderweise fort, so dass Iwersen nicht anders konnte, als seinen Begleiter verdutzt und mit ein ganz klein wenig Bewunderung im Blick anzuschauen, „grinsen Sie doch bitte nicht so anmaßend. Denn die Lage ist ernst, dessen versichere ich Sie. Also noch einmal: Wo waren Sie gestern Abend zwischen zwanzig und einundzwanzig Uhr? Befinden Sie sich im Besitz eines dunkelgrünen Lodenmantels mit Kapuze ...“

„... und“, ergänzte sein Chef, „leugnen hilft Ihnen sowieso nichts, denn: Sie sind beobachtet worden, wie Sie ...“

„Wie ich was?“ unterbrach ihn jetzt der Lehrer. „Was wollen Sie hier eigentlich die ganze Zeit andeuten? Dass ich der Würger von Flensburg bin?! Ist es das? – Lachhaft!“ Habeland winkte mit seiner Linken kurz ab, so, als ob er ein lästiges Insekt vertreiben wollte.

Schweigen erfüllte für ein paar Sekunden den Raum.

„Also, jetzt hören Sie mir mal zu ...“

„Nein“, fuhr der Kunstlehrer dem Oberinspektor ins Wort, „jetzt hören Sie *mir* zu! Sie kommen hier reingeschneit, haha, und decken mich mit Ihren schwachsinnigen Fragen ein. Das muss ich mir nicht gefallen lassen, oder? Und überhaupt, ich denke, es ist besser, Sie gehen jetzt, und den Rest erledigt mein Anwalt. Ach, und übrigens, haben Sie mal bei Ihren ganz offenkundig ins Leere laufenden Ermittlungen in Erwägung gezogen, dass vielleicht der Sohnemann eines gewissen Lehrkörpers bereits seit ein paar Jährchen eine tickende Zeitbombe ist, die jetzt endgültig explodiert ist? Bei *dem* familiären Hintergrund ist das ja, weiß Gott, kein Wunder, nicht wahr?“

Habeland blitzte die beiden Ermittler aus feindseligen Augen triumphierend an. Iwersen musste erst einmal seine Gedanken sortieren, denn bei den letzten Worten des Pädagogen war es ihm wieder beigekommen, dass er ja unbedingt den Oberstudienrat und dessen Schutzbefohlenen hatte interviewen wollen. Das hatte er tatsächlich ganz und gar vergessen, und darauf hatte ihn ausgerechnet dieser Penner gebracht, der doch seinerseits vermutlich Dreck am Stecken hatte. Aber vielleicht war genau das ja seine Absicht: Kuddelmuddel zu stiften und falsche Spuren zu legen? Nichtsdestotrotz, der Oberinspektor hatte in diesem Augenblick den Entschluss gefasst, der dezimierten Familie Barthold noch an diesem Nachmittag und gleich im Anschluss einen Besuch abzustatten, und wo sie doch quasi, wie ihm jetzt einfiel, um die Ecke wohnte.

„Gut, wenn Sie es so haben wollen“, entgegnete er merkwürdig zusammenhangslos, „mir soll's recht sein. Dann kommen Sie eben morgen früh um neun Uhr in unser Büro in Norderhofenden 1, und dort setzen wir dann unser Gespräch fort. Und eh ich's vergesse: Das hier sollte kein Verhör werden, damit wir uns nicht falsch verstehen. Es handelte sich lediglich um eine Befragung, mein Herr. Und wieso Sie bei so etwas einen Rechtsverdreher dabeihaben wollen, das müssten Sie mir auch noch mal erklären. Haben Sie Beistand nötig, Herr Habeland? Haben Sie etwas zu verbergen?“

Mit diesen Worten hatten sich die Ermittler erhoben, hatten sich im Flur ihres Schuhwerks bemächtigt und waren in die Kälte des Nachmittags hinausgetreten.

„Ach ja“, hatte Iwersen sich noch einmal umgedreht, bevor der Lehrer die Tür geschlossen hatte, „das war eben keine Einladung zum Morgenkaffee, sondern eine Vorladung. Und der haben Sie Folge zu leisten, mit oder ohne Anwalt. Das steht Ihnen ganz frei. Haben wir uns verstanden?“

Eine Antwort hatte er nicht mehr abgewartet, sondern sich zusammen mit seinem Begleiter vorsichtig in den Jungfernstieg begeben, nachdem er den ratlos Schauenden davon in Kenntnis gesetzt hatte, dass dort, wie er sich vielleicht erinnere, der auch nicht gerade unverdächtige Exschüler der AVS Michael Barthold zusammen mit seinem Mathematik unterrichtenden Vater wohne, auf den der Charmeur, warum auch immer, gerade eben ihre Aufmerksamkeit gelenkt hatte.

28

Der Oberinspektor hätte sich auf dem Weg zur Wohnung des Oberstudienrats fast auf seinen Hosenboden gesetzt. Nur der Geistesgegenwart seines unförmigen Begleiters war es zu verdanken gewesen, dass er sich nicht sein Steißbein oder andere Körperteile gebrochen hatte. Der hatte nämlich derart geschwind seinem Vorgesetzten unter dessen unkoordiniert rudernde Arme gegriffen, wie man es sich von einem Mann seiner Körperfülle nie versehen hätte. Auf jeden Fall war das Schlimmste verhindert worden, und Iwersen war seinem Helfer, nachdem er den ersten Schreck überwunden hatte, wirklich für dessen zügiges Zupacken dankbar. Den Rest des Weges durch die mit Kopfsteinen gepflasterte, schneebedeckte enge Gasse hatten sie mit bedächtigen Trippelschritten hinter sich gebracht, so dass es relativ lange gedauert hatte, bis sie endlich ihr Ziel erreicht hatten.

„Guten Tag. Ich nehme an, dass Sie Herr Barthold sind. Michael Barthold?"

Der junge Mann, der ihnen die Tür geöffnet hatte, schaute die beiden Ermittler ratlos an. Er wusste, das sah man, mit der Situation überhaupt nichts anzufangen und schien restlos überfordert zu sein. Vermutlich hielt er die beiden Beamten für Staubsaugervertreter, Zeugen Jehovas, Mormonen oder Schlimmeres. Jedenfalls machte er keine Anstalten, die an ihn gerichtete Frage zu beantworten.

„Entschuldigen Sie unseren unangemeldeten Auftritt", ergriff Iwersen wieder die Initiative, „aber wir sind von der Kriminalpolizei und haben im Zusammenhang mit der Mordserie der letzten Wochen ein paar Fragen an Sie. Würden Sie mich und meinen Kollegen bitte eintreten lassen, damit wir, in etwas angenehmerer und nicht gar so frostiger Atmosphäre", schmunzelte er, „miteinander reden können?"

Indem er dies sagte, hatte er aus der Innentasche seines Mantels seinen Dienstausweis hervorgekramt und hielt ihn dem jungen Mann vor die Nase. Holgerson hatte es ihm, wie aufs Stichwort, gleichgetan. Der Überforderte warf einen flüchtigen Blick auf die Identitätsnachweise, trat dann einen Schritt zurück und gab so den Weg ins Innere der Wohnung frei.

„Sie befinden sich, wie uns zu Ohren gekommen ist, seit geraumer Zeit bei Frau Doktor Vogelsang in psychologischer Behandlung. Verhält es sich so?“

Mit dieser Frage hatte der Oberinspektor gehofft, den irgendwie von Anfang an eingeschüchtert wirkenden jungen Mann aus der Reserve zu locken. Aber der hatte nur bedeutungsvoll geschwiegen und sich mit fahrigen Bewegungen eine HB angesteckt, an der er jetzt nervös zog. Es hatte ganz den Anschein, als ob er sich mangels einer Alternative an dem Glimmstängel festhalten wollte. Denn sein Vater war an diesem späten Nachmittag nicht anwesend, was den beiden Ermittlern durchaus recht war. So konnten sie ihre ungeteilte Aufmerksamkeit dem Filius des Mathelehrers schenken, der namentlich Iwersen von seiner ganzen Anlage her verteufelt an den jungen Vogelsang erinnerte. Irgendwie schienen Pädagogen und Psychologen eine ganz eigentümliche Wirkung auf den Nachwuchs zu haben und auf jeden Fall dafür Sorge tragen zu wollen, dass aus Kindern keine Erwachsenen wurden. Oder allenfalls solche, die den Verantwortlichen genehm waren.

„Wer hat Ihnen das erzählt? Ich meine, dass ich bei Frau Doktor Vogelsang ...“

Wieder zog der Hänfling heftig an seiner Zigarette, an der er, bevor er sie in einem auf dem Tisch stehenden Aschenbecher flüchtig ausdrückte, gleich die nächste entzündete. Unverkennbar war seine Nervosität noch im Zunehmen begriffen, worüber auch die Tatsache nicht hinwegtäuschen konnte, dass er gleich darauf den beiden Polizisten mit einem fragenden Blick die angebrochene Zigarettenpackung hinhielt. Damit wollte er vermutlich ohnehin bloß Zeit gewinnen. Iwersen und sein Begleiter, die beide, vollkommen unzeitgemäß, schon immer passionierte Nichtraucher waren, winkten dankend ab.

„Das tut jetzt nichts zur Sache“, ergriff nun der Untergebene die Initiative. „Stimmen unsere Informationen, Herr Barthold?“

Der junge Mann schaute betreten zu Boden und nickte stumm. Er schien sich für diese spezifische Art ärztlicher Fürsorge zu schämen, was Ole Iwersen, er wusste selbst nicht warum und hätte es in diesem Moment nicht genau zu benennen gewusst, irgendwie verständlich fand. Eventuell lag es an den Erfahrungen, die er selbst in der letzten

Zeit vor allem mit dieser speziellen Analytikerin der Seele gemacht hatte. Sonderlich erquicklich war das alles nicht gewesen.

„Was fehlt Ihnen denn? Ich meine, inwiefern sind Sie der Hilfe bedürftig?“

Holgerson war, ganz und gar untypisch, im Begriff, die Gesprächsführung endgültig an sich zu reißen, was Iwersen aber ganz lieb war. Sollte er doch mal zeigen, was in ihm steckte, und womöglich würden er und sein Selbstwertgefühl, mit dem es auch nicht zum Besten bestellt war, davon profitieren.

„Das ist schwer zu sagen“, versuchte der junge Barthold der Frage des Ermittlers auszuweichen. „Manchmal verlässt mich eben der Mut, alles scheint so vergeblich und ohne jede Perspektive zu sein, und dann benötige ich eben jemanden, der mir das Gefühl gibt, für irgendetwas gut zu sein, also nicht umsonst zu leben ... Aber das verstehen Sie sicherlich nicht.“

Der plötzliche Stimmungswechsel seines Gegenübers ließ Iwersen aufhorchen. Der letzte Satz hatte spitz und aggressiv geklungen, und das gab immerhin zu denken. Ganz offensichtlich hatte der junge Mann seinen Gefühlshaushalt nicht im Griff, und das war, in Hinblick auf die Vorkommnisse der vergangenen Wochen, auf jeden Fall von Bedeutung. Denn das konnte heißen, dass die Toleranzschwelle dieses Menschen relativ niedrig war, und dass er folglich einigermaßen schnell die Nerven verlor.

„Wovon leben Sie, wenn ich fragen darf? Ich meine, gehen Sie irgendeiner beruflichen Tätigkeit nach? Oder studieren Sie?“

Holgerson stellte genau die Fragen, die auch Iwersen gestellt hätte, und zwar in genau derselben Reihenfolge. Alle Achtung, und warum nicht immer so? Der Oberinspektor war schwer beeindruckt.

„Nein. Weder das eine noch das andere. Ich bin noch dabei, mich zu orientieren und habe das Richtige, also das, was mich auf lange Sicht zufriedenstellen könnte, leider noch nicht gefunden.“

„Und lassen sich bei dieser Suche von Ihrem Vater seit wer weiß wie lange schon aushalten ... Ist es so?“

Das saß und zeigte sichtlich Wirkung. Der Glimmstängel des jungen Barthold, dessen Kopf von einer Sekunde zur nächsten rot angelaufen war, glühte. Sie kamen dem Kern der Sache unverkennbar näher und entscheidend würde sein, ob Holgerson dazu in der Lage sein würde, mit seinen nächsten Fragen den Druck peu à peu zu erhöhen. Oder sollte er sich wieder in die Befragung einmischen? Iwersen beschloss, es darauf ankommen zu lassen und vorerst zu schweigen.

„Was wissen Sie denn schon!“ fauchte der in die Enge Getriebene den korpulenten Ermittler an. „Sie mit Ihrer kleinen Beamtenseele! Pünktlichkeit, Pflicht, Ordnung und Disziplin, das sind doch die einzigen Parameter, die Ihr lächerliches Leben bestimmen! Sie ...“

„Reißen Sie sich zusammen, Mann. Und passen Sie auf, was Sie sagen. Beamtenbeleidigung ist alles andere als ein Kavaliersdelikt, Herr Barthold.“

Barthold, der eben noch dabei gewesen war, sich in einen Wutanfall hineinzusteigern, sackte förmlich in sich zusammen, nachdem er Holgerson noch kurz mit einem feindseligen Blick angestarrt hatte.

„Also, noch einmal und andersherum: Wovon leben Sie? Wie bestreiten Sie Ihren Lebensunterhalt?“

„Mein Vater unterstützt mich solange, bis ich auf eigenen Beinen stehen kann ...“, flüsterte der Abgestrafte.

„Herr Barthold, sagen Sie, haben Sie einen Führerschein, und besitzen Sie eigentlich einen Wagen?“

Stummes Nicken.

„Und den finanziert Ihnen vermutlich auch Ihr alter Herr, nicht wahr?“

Wieder wurde nur genickt.

„Kannten Sie die Schülerin Beate Asmussen? Oder Andrea Reinke? Sagt Ihnen der Name Renate Petersen etwas?“

Man sah, wie es in dem Verdächtigen arbeitete. Überlegte er ganz einfach nur, ob ihm die Namen etwas sagten, oder wog er die Alternativen und die möglichen Folgen ab, die eine Lüge für ihn haben könnte? Die Befragung, das spürte Iwersen instinktiv, war an einem entscheidenden Punkt angekommen.

„Sie spielen ein Instrument, Herr Barthold?“

Das kam jetzt doch überraschend, und sein fülliger Begleiter fuhr abrupt mit dem Kopf herum und schaute ihn verdutzt an. Wäre er in der Position gewesen, seinem Unmut freien Lauf zu lassen, er hätte es getan. Denn was ritt seinen Vorgesetzten bloß, ausgerechnet jetzt derart abwegige, überflüssige und absolut nicht zur Sache gehörige Fragen zu stellen. Er konnte es nicht fassen. Und auch Barthold schien seinen Ohren nicht zu trauen. Er blickte den drahtigen der beiden irritiert an.

Dabei hatte Iwersen nur den Entschluss gefasst, das Spiel guter Bulle, böser Bulle zu spielen, und zwar vor allem aus drei Gründen: Einerseits wollte er dem Hilflosen einen scheinbaren Halt geben, den er offensichtlich bitter nötig hatte. Andererseits war, wie die Erfahrung zeigte, die Taktik, den Verdächtigen zu verwirren, immer noch die erfolgversprechendste. Und drittens musste er unbedingt verhindern, dass das Jüngelchen zu lange über die an ihn gerade eben gerichtete Frage nachdenken konnte.

„Wieso?“

„Weil dort am Fenster ein Cello steht, wenn ich mich nicht täusche.“

Die Blicke der beiden anderen wanderten in die angegebene Richtung. Dort lehnte das angesprochene Instrument, und daneben stand ein Notenständer.

„Nein. Mein Vater, ja, der liebt dieses Instrument und bearbeitet es in jeder freien Minute. Er spielt sogar im Schulorchester der AVS. Aber ich? Nein, Herr Kommissar, das denn doch nicht.“

„Also noch einmal“, ergriff Holgerson wieder die Initiative, nachdem auch das geklärt war, „sagen Ihnen diese Namen etwas, und kennen beziehungsweise kannten Sie ihre Trägerinnen persönlich?“

Dieses Mal kam die Antwort prompt, was in gewisser Hinsicht natürlich auch und erst recht verräterisch war, denn dadurch wurde das Innehalten von vorhin ad absurdum geführt.

Ja, er habe zwei der drei Mädchen gekannt, aber die dritte sei ihm vollkommen unbekannt, und er habe ihren Namen noch nie zuvor gehört. Mit Beate Asmussen allerdings sei er bloß flüchtig bekannt gewesen, während Andrea Reinke zu der Gruppe gehört habe, mit der auch er sich ab und an treffe.

„Auch an dem Abend vor ihrer Ermordung? Sind Sie am 27. Oktober diesen Jahres abends im Porticus gewesen, Herr Barthold?“

„Bitte? Ist das Ihr Ernst? Wie soll ich jetzt noch wissen, was ich vor ungefähr drei Wochen getan habe?“

„Es war ein Sonntagabend, und in dieser Nacht fiel der erste Schnee dieses Winters. Vielleicht hilft Ihnen das ja auf die Sprünge.“

„Warten Sie ...“ Der Junge legte seine Stirn in Falten und grübelte, allerdings ergebnislos, wie sich gleich darauf herausstellte. „Nein, ich kann mich nicht daran erinnern, wo ich an diesem Abend gewesen bin. Vermutlich hier zu Hause zusammen mit meinem Vater“, was natürlich nicht der Wahrheit entsprach, denn er konnte sich selbstredend an den verkorksten Abend erinnern, als ihm der Habeland mit seinem gewohnt forschen Auftreten alles vermasselt hatte.

Was den Tag Ende September betraf, an dem Beate Asmussen, das erste Opfer, ermordet worden war, hatte er natürlich auch den totalen Blackout. Und auch hinsichtlich des Samstagabends, als Renate Petersen sich gegen ihren Willen aus dieser Welt verabschiedet hatte, konnte oder wollte er nichts Sachdienliches beitragen. Auf die beiden anderen missglückten Mordanschläge die Sprache zu bringen, hatte so gesehen keinen Zweck gehabt und war deswegen auch an diesem späten Nachmittag unterblieben. Lediglich danach hatte sich Holgerson noch erkundigt, ob er sich im Besitz eines dunkelgrünen Lodenmantels befinde. Aber auch was diesen speziellen Aspekt anging, hatte sich nichts Brauchbares ergeben, denn der Befragte hatte nur müde lächelnd abgewinkt und es sich sogar in diesem Zusammenhang nicht nehmen lassen, die Beamten einen Blick in seinen Kleiderschrank und in die im Flur angebrachte Garderobe werfen zu lassen. Dass sich weder dort noch hier der entsprechende Zwirn befunden hatte, war zwar nicht wirklich aussagekräftig gewesen, denn immerhin hätte Michael Barthold das Kleidungsstück auch woanders versteckt haben können.

Das Ende vom Lied war jedenfalls gewesen, dass Holgerson und Iwersen fürs Erste unverrichteter Dinge das Feld geräumt hatten, selbstverständlich nicht ohne zuvor die obligatorische Schlusssequenz jeder Befragung eines Verdächtigen an den Mann gebracht zu haben.

„Bitte“, hatten des Voluminösen Worte gelautet, „halten Sie sich zu unserer Verfügung und verlassen Sie nicht die Stadt, Herr Barthold.“

Als die beiden Ermittler auf die idyllische Straße hinaustraten, war es bereits dunkel, so dass ihr Weg zurück an den Fuß des Sandbergs, der zu einem guten Teil bergab führte, noch beschwerlicher war als der Weg in die umgekehrte Richtung, den sie vor gut zwei Stunden stark verunsichert genommen hatten. Unter diesen speziellen Bedingungen, die ihre ganze Aufmerksamkeit erforderten, wäre ein vom Wesentlichen, nämlich dem bewussten und äußerst sorgfältig und bedacht zu praktizierenden Trippeln ablenkendes Gespräch kontraproduktiv und geradezu fahrlässig gewesen und hätte böse Folgen haben können. Und also war es unterblieben. Als sie in den Dienstwagen einstiegen, sahen sie sich mit einem bedeutungsvollen Blick an, nickten beide gleichzeitig, schlossen dann die Türen und fuhren in mäßigem Tempo zurück in ihre Dienststelle.

Eins stand für beide seit dem Gespräch von eben fest: Der junge Barthold war auf gar keinen Fall außer Acht zu lassen und kam als Täter unbedingt in Frage. Denn er verfügte ganz eindeutig über die psychische Disposition. Daran bestand kein Zweifel. Ein aggressiver Duckmäuser passte ins Täterprofil. Man würde ihn noch einmal ins Revier bestellen und gegebenenfalls auch noch ein Wörtchen mit seinem Erzeuger sprechen müssen. Denn dass er ihnen in einigen Punkten nicht die Wahrheit gesagt hatte, das stand für beide unumstößlich fest. Und also bestand verschärfter Klärungsbedarf, genauso wie bei dem anderen, den sie für morgen früh in ihr Büro bestellt hatten.

29

Die Nerven der beiden Streifenpolizisten lagen blank. Dabei hatten sie lediglich ihre Arbeit getan, als sie vor gut drei Stunden das aus ihrer Sicht Schlimmste zu verhüten versucht hatten. Es war schließlich nicht allein darum gegangen, ein Menschenleben zu retten, sondern zusätzlich und vor allem darum, den Würger auf frischer Tat zu ertappen. Denn dass es sich bei demjenigen, auf den sie bei ihrer Kontrollfahrt durch die abendlichen Flensburger Straßen aufmerksam geworden waren, um den Serientäter handeln musste, war ihnen für keinen Moment zweifelhaft erschienen. Schließlich war der Mann mit den schulterlangen Haaren hinter einer Frau hergelaufen, die sich, das war der Eindruck der beiden gewesen, vor ihrem Verfolger auf der Flucht befand.

Also hatten sie schleunigst einschreiten müssen und hatten dies dann auch gleich darauf auf eine allerdings grenzwertige und eventuell ein ganz klein wenig übertriebene Art getan. Doch was war ihnen anderes übrig geblieben? Erstens galt es die Scharte vom letzten Mal auszuwetzen, als sie in der Wilhelmstraße am Mauscloch nicht schnell genug geschaltet und den Mädchenmörder hatten entkommen lassen. So gesehen war dies ihre Chance gewesen, bei ihren sie seitdem mitleidig belächelnden und/oder herablassende Witze über sie reißenden Kollegen wieder Pluspunkte zu sammeln. Zweitens stand, so wie die Dinge lagen, ein Menschenleben auf dem Spiel. Und drittens hatte das Schwein oder den, den sie, wie sie inzwischen wussten und hinterher war man immer schlauer, fälschlicherweise dafür gehalten hatten, doch nun wirklich nichts Besseres verdient, als mit ein wenig Gegengewalt die passende Antwort auf seine Gewaltorgien zu erhalten.

Dabei, so war es ihnen wenig später und als die Ambulanz am Ort des Geschehens eingetroffen war durch den Kopf gegangen, hatte der Knabe ja gar keinen Lodenmantel, sondern eine schäbige Lederjacke getragen, und der weibliche Teilnehmer an der Hatz entsprach auch nicht wirklich dem Opferprofil, wo es sich doch um eine etwa dreißigjährige Frau handelte, die noch dazu von brünettem Typus war. Das hatten sie im Eifer des Gefechts übersehen, und wo es ja auch bereits dunkel gewesen war ...

Aber was würde das die Kollegen interessieren, die, so viel stand fest, wieder ihre Witzchen reißen würden. Das freilich war das geringere Problem der beiden Beamten, die mit verschärften Disziplinarmaßnahmen zu rechnen hatten, von der zu erwartenden Anzeige wegen schwerer Körperverletzung mal ganz abgesehen.

„Wir waren von Süderhofenden her in die untere Angelburger Straße eingebogen und befanden uns auf der Höhe der Todsen Straße, als wir auf eine junge Frau aufmerksam wurden, die vom Südermarkt her auf den Klostergang zueilte.“

„Ja, und die hat sich permanent umgedreht, das ist uns gleich aufgefallen, Chef. Deswegen fiel sie uns ja überhaupt nur ins Auge. Die wirkte so hektisch und so ... ängstlich. Ja, das ist genau das richtige Wort.“

Streifenpolizist Hergerth nickte bestätigend. „Genau! Die war vollkommen durch den Wind, richtig panisch, sag ich Ihnen. Das Mädel hatte vor irgendetwas höllische Angst, keine Frage."

„Exakt", sekundierte ihm sein Kollege Peters, „da war ganz eindeutig etwas entschieden oberfaul. Und was das war, das erkannten wir, also meine Wenigkeit und der Paul in dem Moment, als die Deern aus unserem Blickfeld und also in den Klostergang Richtung Altes Franziskanerkloster entschwunden war."

„Exaktement, das kann ich bestätigen. Denn da kam, wir hatten inzwischen angehalten, dieser Althippie über den Südermarkt aus der Richtung des Holm gerannt. Und wissen Sie was?"

Der Leiter der Bezirkskriminalinspektion, der die beiden Streifenpolizisten zu den Vorkommnissen dieses Abends befragen wollte und sie deswegen in sein Zimmer zitiert hatte, schien nicht sonderlich an der Antwort auf die Frage interessiert zu sein, die der jüngere der beiden Beamten ihm gerade gestellt hatte, und zwar mit der eindeutigen Absicht, ihn neugierig zu machen und damit vom Wesentlichen abzulenken. Denn Doktor Gustav Kallweit kannte sie bereits. Und vor allem: Dieses ganze Vorgeplänkel war so was von nebensächlich, wenn man nämlich das desolate Ergebnis dieser aus dem Ruder gelaufenen Aktion in Betracht zog, die gleich mehrere Konsequenzen nach sich ziehen würde. Welche, darüber versuchte der Leiter der Dienststelle sich gerade klarzuwerden. Aber eins stand sowieso jetzt bereits fest: Der ohnehin angekratzte Ruf seines Ladens würde noch mehr unter den unverantwortlichen Aktivitäten dieser beiden blinden Grenzgänger leiden, als er es in den letzten Wochen schon getan hatte. Denn die Presse würde sich natürlich händereibend auf die skandalöse Gewaltorgie der Ordnungshüter stürzen, die einen vollkommen unschuldigen, unbescholtenen Mitbürger auf offener Straße ganz einfach krankenhausreif geschlagen hatten ... Doktor Kallweit sah bereits die Schlagzeilen der morgigen Ausgabe des Tageblatts vor seinem geistigen Auge und schüttelte missbilligend seinen Kopf. Denn hätten die beiden Knilche vor ihm tatsächlich den Würger gestellt und dingfest gemacht, wovon, bei *den* intellektuellen Voraussetzungen, allerdings ohnehin nicht auszugehen war, sie wären nicht bloß von der ortseigenen Presse als Helden gefeiert worden, trotz der ein wenig überzogenen und robusten Art der Handgreiflichkeit, die sie sich hatten zuschulden kommen lassen, was aber, so wie die Dinge lagen, beziehungsweise gelegen hätten, menschlich auch irgendwie verständlich war oder gewesen wäre ... Es kommt eben immer auf den Erfolg oder Misserfolg an, ging es Kallweit durch den Kopf. Und das blutige Spektakel des heutigen Abends war mehr als bloß ein möglichst schnell zu den Akten zu legender Fauxpas. Es war ein Desaster, eine Katastrophe und ein einziger Offenbarungseid, weil es nämlich ein Schlaglicht warf auf die Unfähigkeit seiner Mitarbeiter, der aus dem Ruder gelaufenen Lage endlich Herr zu werden. Stattdessen drangsalierten seine Untergebenen irgendwelche Passanten, die nichts Böses im Schilde führten und allenfalls ihre privaten Probleme auf die Straße trugen. Aber das war schließlich nicht verboten. So gesehen müssten alle Männer, die es aus Gott weiß welchen Gründen eilig hatten und dabei zufällig so wirkten, als ob sie bei dieser Gelegenheit eine Frau verfolgten, sofort hopps genommen werden. Und dann wäre der Knast bald überfüllt ...

„Eh, Chef?! Hören Sie mir eigentlich zu? Ich meine ..." Streifenpolizist Hergerth wirkte extrem verunsichert, weil sein Vorgesetzter auf seine schon etwas länger im Raum stehende Frage nicht antworten zu wollen schien.

„Der folgte ihr."

„Bitte?" Hergerth verstand die Welt nicht mehr. Was wollte der Kallweit ihm jetzt damit sagen? Hatte er irgendetwas Wichtiges verpasst? Er konnte sich nicht erinnern, denn sein Boss hatte doch während der letzten Minuten penetrant geschwiegen und ihn und seinen Partner lediglich vielsagend angeschaut.

„Unser Chef meint, dass der Knilch ihr ..., also der Fliehenden, in den Klostergang gefolgt ist", sprang seinem für den Moment überforderten Kollegen Jan Peters zur Seite.

„Ja genau!"

Streifenpolizist Hergerth hatte wieder Anschluss gefunden und fuhr in seinem aufgeregten Bericht fort. Und also erfuhr Doktor Kallweit, was er ohnehin bereits wusste: Dass die beiden Deppen dem kurzfristig entzweiten Pärchen mit ihrem Käfer in den extrem engen Klostergang gefolgt waren und die Verfolgung des aus ihrer beschränkten Sicht Verdächtigen durch die Töpferstraße in Richtung der Friedrich-Ebert-

Straße fortgesetzt hatten. Dabei hätte schon ein flüchtiger Blick auf die Klamotten des Eiligen berechtigte Zweifel aufkommen lassen müssen. Denn der hatte nun einmal, anders als der Würger, eine dunkelbraune Lederjacke getragen, und so duster hatte es gar nicht sein können, um das zu übersehen! Darüber hinaus: Wie hatten die beiden Trottel sich das eigentlich vorgestellt? Dass der Typ auf offener Straße zu einer Uhrzeit, als noch allerhand los war auf Flensburgs Straßen, eine junge Frau mal einfach so abmurkst vor hunderten von Zeugen? Es war nicht zu fassen! Es hatte ganz den Anschein, als hätten seine Mitarbeiter in diesen Minuten der Verfolgung ihr Gehirn vollständig ausgeschaltet, sofern es da überhaupt etwas auszuschalten gab. Oder waren sie nur überfordert gewesen, weil sie bei dem Mal davor so kläglich versagt hatten? Oder beides? Das Beste würde sein, so überlegte Kallweit jetzt, sie erst einmal aus der Schusslinie zu nehmen und in einen vorgezogenen Weihnachtsurlaub zu schicken, bis sich die Fronten etwas geklärt haben würden und das erste Gras über die Sache gewachsen war. Wenn da nicht die Presse und die zu erwartende Anzeige wegen schwerer Körperverletzung seitens des Geschädigten gewesen wäre ...

„Und auf dem Parkplatz des Deutschen Hauses haben wir die Kanaille dann gestellt."

Hergerth sah seinen Kollegen irritiert an, weil er es nicht gewohnt war, aus dessen Mund derartige Vokabeln zu hören. Konnte es sein, dass er den Jan immer unterschätzt hatte?

„Und dann haben Sie, also, wie Sie sich belieben auszudrücken, die Kanaille, unkontrolliert zusammengeschlagen ... Ist es nicht so?" Kallweit fixierte seine Untergebenen mit einem Blick, der nur noch Verachtung ausdrückte.

„So kann man das nicht sagen, Chef. Wo er doch Widerstand geleistet hat. Und das konnten wir uns schließlich nicht gefallen lassen, oder wie sehen Sie das?"

Peters hatte sich als Erstes von der Attacke seines Vorgesetzten erholt und begann mit der Vorneverteidigung. „Da lag ganz eindeutig Widerstand gegen die Staatsgewalt vor, oder was meinst du, Paul? Sag doch auch mal was!"

„Genau, Herr Doktor Kallweit, der Jan, also Kollege Peters, hat da unbedingt recht, und ich sehe das ganz genauso."

„Ach, hat er das? – Und selbst wenn. Was hat Sie eigentlich geritten, den Mann dann noch weiter mit Ihren Schlagstöcken und mit Fußtritten zu traktieren, als er längst in seinem Blute auf dem Boden lag? Können Sie mir das bitte mal auseinanderklamüsern, meine Herren?" Kallweit blitzte das Fußvolk böse an. „Ich höre ..."

„Also, das ist jetzt ungerecht, Chef. Ich meine, so schlimm ist es ja nun auch nicht ... Die paar Schubser ..."

„Genau. Das Weichei soll sich mal nicht so anstellen", pflichtete Hergerth seinem in die Defensive geratenen Kollegen bei.

„Es reicht! Genug! So geht das nicht. Begreifen Sie denn nicht, dass Sie den Mann krankenhausreif geschlagen haben? Der hat, soweit ich weiß und wie mir von einer Ärztin aus der Diako mitgeteilt worden ist, mehrere gebrochene Rippen, ein paar Zähne sind bei Ihren Attacken auf der Strecke geblieben, das Nasenbein ist gebrochen, von den über den ganzen Körper verteilten Blutergüssen ganz zu schweigen. Habe ich etwas vergessen? Ach ja: Eine schwere Gehirnerschütterung haben Sie dem Weichei auch noch zugefügt. Meine Herren, Sie sehen mich fassungslos. Das wird noch Folgen für Sie haben, verlassen Sie sich darauf. Eine Dienstaufsichtsbeschwerde ist noch das Wenigste, und möglicherweise werden Sie sogar vom Dienst suspendiert. Und da können Sie sogar noch von Glück sagen. Denn was wäre gewesen, wenn Sie den Mann totgeschlagen hätten? Na? Wo sind wir hier eigentlich? In Chicago oder im Wilden Westen?"

„Also totgeschlagen, Chef, ich weiß nich. Das geht jetzt doch ein wenig zu weit ... Oder was sagst du, Paul ...?"

„Halt! Stopp! Ich glaub, ich muss hier mal was richtigstellen. Wäre nicht die Frau eingeschritten, also die Freundin des Opfers, der Knabe wäre jetzt vermutlich mausetot. So ist das, und keinen Deut anders! Und so gesehen können Sie sich bei der Brünetten bedanken, dass es nicht zum Äußersten gekommen ist. Und jetzt", erhob Kallweit seine Stimme, weil der Vorlaute der beiden seine letzten Ausführungen nicht so stehen lassen wollte, „gehen Sie mir aus den Augen! Ich kann Ihre Gegenwart nicht länger ertragen. Sie sind eine Schande für unseren Beruf, ja, eine Schande, und, ich wiederhole mich: Da kommt noch was nach, da können Sie sich drauf verlassen, und so viel ist mal sicher."

Die letzten Worte erreichten ihren Adressaten nicht mehr, weil die beiden Streifenpolizisten mittlerweile wortlos und mit gesenkten Köpfen das Büro ihres Vorgesetzten verlassen hatten.

Pogromstimmung in Flensburg selbst bei der Polizei, deren Hauptaufgabe doch darin bestand, für Ruhe und Ordnung zu sorgen und also kühlen Kopf zu bewahren. Und das Niederknüppeln hatte ausgerechnet am Deutschen Haus stattgefunden, das den Bewohnern Flensburgs als Dank für die sogenannte deutsche Treue passenderweise von den Nazis dafür spendiert worden war, dass sie sich in einer 1920 durchgeführten Volksabstimmung mehrheitlich für die Zugehörigkeit zum Deutschen Reich und folglich umgekehrt gegen den vergleichsweise winzigen und also politisch relativ unbedeutenden nördlichen Nachbarn entschieden hatten. Oder hatte sich bereits die Vorgängerregierung um die Errichtung dieses ambitionierten Kollossalbaus, der, unter dem rein architektonischen Gesichtspunkt, irgendwo zwischen Backsteinexpressionismus und Neuer Sachlichkeit angesiedelt war, verdient gemacht? Egal, und vor allem: Das konnte ja noch heiter werden, besonders dann, wenn es Oberinspektor Iwersen nicht möglichst bald gelingen sollte, den wahren Täter zur Strecke zu bringen. Grenzgänger wo man hinschaute. Doktor Gustav Kallweit erschauerte.

Er griff zum Hörer seines Telefons und wählte die Privatnummer des leitenden Ermittlers, um ihn von den Vorkommnissen des Abends in Kenntnis zu setzen. Und außerdem, ging es ihm nach dem Telefonat durch den Kopf, werde ich ihn und den Holgerson morgen mal zum Rapport bitten, damit sie mich auf den neuesten Stand bringen, über den ich allein deswegen schon Bescheid wissen muss, um den Heinis von der Presse irgendetwas Plausibles auftischen zu können.

Mit diesen sorgenschweren Gedanken machte sich dann auch zu später Stunde der Leiter der Bezirkskriminalinspektion Doktor Gustav Kallweit auf den Heimweg. Er würde wieder einmal eine schlaflose Nacht hinter sich bringen müssen. Die wievielte eigentlich schon? Und genau genommen konnte er sich überhaupt nicht mehr daran erinnern, wann er das letzte Mal so richtig tief und fest geschlafen hatte. Es musste irgendwann im Spätsommer gewesen sein, als die Welt in Flensburg und damit auch seine eigene noch halbwegs in Ordnung gewesen war.

30

Der vorgeladene Lehrer hatte am nächsten Morgen pünktlich um neun auf der Matte gestanden und hatte wieder diese weltmännische Atmosphäre verstrahlt. Es war zum Aus-der-Haut-fahren! Und er war alleine angetreten, hatte also seinen Rechtsbeistand zu Hause oder wo auch immer gelassen, hatte beim Eintreten freundlich, aufgeräumt und betont höflich gegrüßt, sich auf den Stuhl gesetzt, den Holgerson ihm an den Tisch gezogen hatte, und hatte sich als Erstes eine Roth-Händle ohne Filter angesteckt.

Iwersen hatte sich etwas Ähnliches schon gedacht. Denn als er am Abend vor der Glotze gesessen und sich irgendwelchen tendenziösen Quatsch über einen Bergarbeiterprotest in irgendeiner Provinz Chinas angesehen hatte, war es ihm plötzlich durch den Kopf gegangen, dass der Kunstlehrer wahrscheinlich sowieso nur Zeit hatte schinden wollen, um sich nämlich sein Vorgehen bei der am nächsten Morgen anstehenden Befragung zurechtzulegen. Ganz schön clever, der Knabe, wie er den Empörten gemimt hatte! Man würde auf der Hut sein müssen.

Und dann war da noch zu später Stunde und als er bereits im Bett gelegen hatte der Anruf seines extrem aufgeregt wirkenden Vorgesetzten Doktor Kallweit gewesen, der ihn atemlos davon in Kenntnis gesetzt hatte, dass die beiden Streifenpolizisten, die schon das Mal zuvor kläglich versagt hatten, einen vollkommen Unschuldigen krankenhausreif geschlagen hatten, weil sie nämlich der ganz und gar abwegigen Überzeugung gewesen waren, den Serientäter im ausplätschernden Feierabendverkehr an exponierter Stelle gestellt zu haben. Und an dem Verdatterten hätten die beiden Spaßvögel dann ihr Mütchen gekühlt ...

„Begreifen Sie, was das heißt?" hatte der Leiter der Bezirkskriminalinspektion fassungslos geflüstert. „Das heißt, dass jetzt nicht mehr bloß die Normalsterblichen dieser Stadt, und was ja noch zu verstehen wäre, peu à peu die Nerven verlieren, sondern dass auch wir, also ich meine einige von uns dazu neigen, sich unentschuldbar gehen zu lassen und Taten zu begehen, die selbst kriminell sind. Dem muss, so schnell es eben geht, Einhalt geboten werden, und da kann, so wie die Dinge liegen, eigentlich nur eins weiterhelfen: Sie, lieber Kollege Iwersen, müssen unbedingt baldmöglichst den Killer zur Strecke bringen, nicht wahr?“

Das sah Iwersen ganz genauso, und zu diesem Zweck hatte er ja den neuen Hauptverdächtigen am nächsten Morgen ins Kommissariat bestellt.

„So, so, man hat mich also gesehen. Wahrscheinlich mit Lodenmantel in einer dunklen Gasse um ... Nein, warten Sie“, kam er dem Einwand des Oberinspektors zuvor, der ihn gerade hatte auffordern wollen, sich doch zunächst einmal rezeptiv zu verhalten, „um einundzwanzig Uhr an der Exe, wo ich im Begriff war, ein junges, hübsches Mädchen ins Jenseits zu expedieren. Meinten Sie's so, Herr Kommissar?“ Klang auswendig gelernt und einstudiert, und das war es ja wohl auch.

„Woher wissen Sie, dass Sie an der Exe gesehen worden sind? Waren Sie etwa dort?“

Das saß und zeigte Wirkung, denn das Würstchen war gerade dabei, seine Fassung zu verlieren. Darauf war er eben doch nicht vorbereitet gewesen.

„Sie meinen ...?“ So sah Rat- und Hilflosigkeit aus.

„Reingelegt, mein Bester, haha!! Fassen Sie sich und nur die Ruhe. Geit gliex los.“

Das Ganze fing an, Iwersen Spaß zu machen, und er kramte weiter in irgendwelchen Papieren, wobei er so tat, als ob er etwas Bestimmtes suchte. Sein Mitarbeiter tat es ihm an seinem Schreibtisch gleich, so dass innerhalb der nächsten Minuten ein nervenaufreibendes Geraschel den kleinen Raum erfüllte. Und so war es ja auch gemeint. Dem Verdächtigen sollte die Zeit lang werden bei all dieser gespielten Gleichgültigkeit.

Die in Unordnung geratenen Gesichtszüge von Habeland hatten sich langsam wieder geglättet, und er hatte seine Haltung bald wiedergefunden. So hatte er sich das nicht vorgestellt, derart ins Bockshorn gejagt zu werden. Und wo er es diesen Scheißbullen doch mal so richtig zeigen wollte.

Vor allem natürlich, weil sie ihm vorgestern Abend die Tour vermasselt und ihm in die Suppe gespuckt hatten! Und irgendwie ja auch das Mal davor, wenn man es genau betrachtete. Denn als er damals, an diesem verregneten Abend nach dem Elterntreffen an der AVS noch ein Bierchen im Porticus hatte zischen wollen, war ja auch alles schiefgelaufen, was nur hatte schieflaufen können! Und das nur, weil diese Tusse es geschafft hatte, den Fuß des Museumsbergs vor ihm zu erreichen, von wo aus der Weg zur Bullerei frei gewesen war, weil nämlich ausgerechnet zu diesem Zeitpunkt diese idiotischen Theatergänger ...

Es war alles so unverhofft gekommen. Wie hatte dieses aus gegebenem Anlass kurzfristig anberaumte Zusammensitzen mit den Eltern der Schüler seiner Klasse ihn angekotzt! Diese abgrundtief verblödeten und wehleidigen Mütter und Väter waren ihm tierisch auf den Sack gegangen, und er war froh gewesen, als dann endlich ziemlich spät schon Schluss gewesen war mit der öden und tristen Quälerei. Als er dann missmutig und extrem angefressen in die Reepschlägerbahn eingebogen war, um mit sich allein zu sein, und als er sich dem Kanonenberg genähert hatte, hatte da urplötzlich in einiger Entfernung vor ihm dieses Mädchen gestanden und in seine Richtung gestarrt. Ein Wink des Zufalls, hatte er noch gedacht, sich nicht lange besonnen, sondern, ein finales Signal, seine Kapuze über den Kopf gezogen, um sich, hastigen Schrittes, der sichtlich Erschrockenen zu nähern, die dann gleich darauf in heller Panik in Richtung des Museums losgerannt war. Ein Fest hätte es werden sollen ...

Nein, er hatte in der letzten Zeit einfach kein Glück gehabt. Alles ging schief! Das musste ein Ende haben, so viel stand fest! Damals, ja damals, bei seinem zweiten Opfer, war alles so leicht gewesen, spielerisch leicht bei ungleich ungünstigeren Voraussetzungen! Denn das Timing hatte stimmen müssen. Davon hatte alles abgehangen. Weder zu früh noch zu spät hatte er die schöne Andrea auf der Westlichen Höhe einholen gedurft. Obwohl die Gefahr, dass Mathilde, die wunderschöne Mathilde, die mittlerweile die Freundin von diesem Scheiß Sapara war, noch bei ihrer besten Freundin hätte gewesen sein können, hatte Richtung Null tendiert. Es sei denn, sie hätten sich an der Knuthstraße noch festgequatscht gehabt, was bei *dem* Wetter äußerst unwahrscheinlich gewesen war. Denn während er sich, scheinbar gleichgültig, von den anderen vor dem Port verabschiedet hatte und in Richtung Toosbüystraße davongetrottet war, hatte er sich innerlich längst auf den Spurt vorbereitet, zu dem er keine zwanzig Sekunden später angesetzt hatte. Er war in Windeseile die Toosbüystraße hochgehastet, war links in die Enge des von roten Backsteinbauten gebildeten, malerischen Burghofs eingebogen und hatte gleich darauf seinen Homerun die Marienstraße hinauf fortgesetzt. Und als er dann oben angekommen war, total außer Atem, hatte er sofort zweierlei registriert: Dass Mathilde sich bereits auf der Höhe des Eingangs der Diakonissenanstalt in der Knuthstraße befunden hatte – ihre Silhouette war ganz deutlich zu erkennen gewesen, trotz des Unwetters, das inzwischen tobte –, und dass sein Target gerade die Roonstraße in immer dichter werdendem Schneetreiben passierte. Sie hatte sofort gewusst, dass er sie hopps nehmen wollte und hatte sich, zu seiner großen Verwunderung und Trauer, irgendwie sofort in ihr Schicksal gefügt. Sein Triumphgefühl war danach unbeschreiblich gewesen!

Er hatte den Kadaver dann ungefähr eine halbe Stunde später in seinem an der Schiffbrücke geparkten Renault zum Industriehafen gekarrt, nachdem er ihn zunächst an Ort und Stelle am kleinen Teich des Stadtparks versteckt hatte und dann zu seiner Kiste zurückgehastet war, mit der er dann an den Ort des Verbrechens zurückgekehrt war. Was für ein Klischee! Doch bevor er die Leiche auf der Brücke abgelegt hatte, hatte er die Kette, die sie immer um ihren schlanken Hals trug an sich genommen, für den Fall, dass er der Polizei einen Täter präsentieren musste. Man wusste ja nie ... Dass das ausgerechnet sein Freund Nicolai sein würde, hatte er zu dem Zeitpunkt natürlich nicht wissen können. Das hübsche, blonde Fräulein Reinke, die ihm, zu ihrem großen Pech, an diesem Abend einen Korb gegeben hatte, um stattdessen mit diesem Blödmann Feddersen rumzuknutschen.

Ein Kuss, mehr als ein versuchter Kuss war es doch nicht gewesen, damals im Christiansenpark. Wäre alles anders gekommen, wenn die Schlampe es zugelassen hätte? Aber sie hatte sich zu wehren angefangen ... Da war ihm eben nichts anderes übrig geblieben ... Sie hatte selbst Schuld gehabt, das Miststück! Obwohl ..., als er etwas später dann erfahren hatte, dass es sich bei der Asmussen um eine Verflossene seines Freundes Nicolai gehandelt hatte, hatte es ihm doch leid getan, dass er ihm unwissentlich diesen Schmerz zugefügt hatte.

Doch dann, bei Eduscho, hatte sein Freund ihn verraten. Er hatte ihn vor allen bloßgestellt, ihn, seinen besten Freund ... Diese miese kleine Ratte! Und das schrie nach Vergeltung! Alles war die Vergeltung eines einsamen, auf sich gestellten, heldenhaften Grenzgängers, nichts weiter!

Er hatte, als er wie ein begossener Pudel das Feld geräumt hatte, diesem widerwärtigen kleinen, kiebigen Wichtigtuer die Halskette Andreas im Hinausgehen in die Manteltasche gleiten lassen. An der sollte dieses Nichts von den Bullen aufgehängt werden. Aber er hatte es gleich darauf bereut. Denn das war sein erster Fehler gewesen. Der Neunmalkluge hätte ihm nunmehr auf die Schliche kommen können. Denn wer sonst als er hätte einen nachvollziehbaren Grund und die Gelegenheit gehabt, das Schmuckstück des Schmuckstücks dort zu deponieren? Es war eine Kurzschlussreaktion gewesen, die Gott sei Dank keine unliebsamen Folgen für ihn gehabt hatte. Der Sapara war eben doch nicht so ein cleveres Bürschchen, wie alle Welt dachte!

An dem Nachmittag hatte sich ... Seit damals wusste er, dass er seine Rache unbedingt *einen* Menschen spüren lassen musste, und dieser Mensch war niemand anderes als ...

„Herr Habeland! Herr Habeland, hören Sie mich?!“

Irgendjemand berührte seinen Unterarm. Der Kunstlehrer hob ganz langsam, wie in Trance, seinen Kopf und schaute fragend in das merkwürdig verzerrt wirkende Gesicht von Mathildes Vater.

„Herr Habeland, geht es Ihnen nicht gut? Möchten Sie vielleicht ein Glas Wasser?!“

„Wie bitte ...? Nein danke, das ist nicht nötig.“

Was war nur los mit ihm? Er musste sich jetzt unbedingt zusammenreißen, um ungeschoren aus diesem Verhör hervorzugehen. Denn er hatte noch etwas vor ... Und das duldete keinen Aufschub!

Wie lange hatte er sich schon in diesem traumartigen Zustand befunden? Alles war so ... real gewesen. Vor allem aber, welche Frage hatten die Ermittler ihm vor wer weiß wie langer Zeit schon gestellt? Denn dass sie ganz offenbar mit dem Kramen an ein Ende gekommen waren, lag auf der flachen Hand. Und dass das eine Falle gewesen war ebenso. Er musste sofort wieder die Initiative ergreifen, das war jetzt das Allerwichtigste!

„Könnten Sie Ihre Frage noch einmal wiederholen, Herr Kommissar? Ich war mit meinen Gedanken woanders, und wo Sie scheinbar ohnehin Besseres zu tun haben, als mit mir zu reden ..." Kein schlechter Einstieg, wie Lehrer Habeland fand.

„Ich habe Sie – zum wievielten Male eigentlich? – danach gefragt, wo Sie vorgestern Abend zwischen acht und neun Uhr gewesen sind. Ist das denn so schwierig, Teufel noch eins? Und ob Sie sich im Besitz eines dunkelgrünen Lodenmantels mit Kapuze befinden?"

„Und dass man Sie gesehen hat", ergänzte der Breite am Nachbartisch.

„Ja, ich besitze einen dunkelgrünen Lodenmantel, und ja, er hat eine Kapuze. Und da Sie mich so, so ..., egal, da Sie mich also danach fragen, gehe ich mal davon aus, dass der Würger mit ähnlichen Klamotten die Straßen Flensburgs unsicher macht. Stimmt's oder habe ich recht, meine Herren?" Aber weil er darauf keine Antwort erhielt, konzentrierte sich Habeland wieder auf das Abarbeiten des Fragenkatalogs. „Aber davon, also von solchen Lodenmänteln, wird es ja wohl noch ein paar mehr geben, nicht wahr? Und Mann oder Frau werden sie vermutlich auch tragen, schon gleich in dieser Jahreszeit und bei diesem Sauwetter. – Was Ihre zweite Frage betrifft", fuhr er nach einer kurzen Pause fort, „so muss ich vorgestern Abend um diese Zeit im Bunker gewesen sein. Ich habe, was ich hin und wieder tue, und Sie ja wohl auch, mein Guter", zwinkerte er in Richtung des Oberinspektors, „ein wenig den Flipper bearbeitet und bin dann irgendwann nach Hause gegangen."

Er hatte sich in der letzten Nacht, und weil er ohnehin nicht hatte schlafen können, überlegt, dass es das Beste sein würde, den Bunkerbesuch nicht abzustreiten, da sich der Kassierer vermutlich an ihn erinnern würde, oder dies bereits getan hatte.

„Also, was den vorgestrigen Abend angeht", hatte er leise vor sich hingemurmelt, „immer ganz nah bei der Wahrheit bleiben, und wo die Bullen doch vermutlich darauf hinauswollen, dass ihre Kollegen oder die Alte mich erkannt haben. Aber nicht mit mir, meine Herren", hatte er in der Dunkelheit gegrinst, „nicht mit mir." Denn wenn das tatsächlich stimmen sollte, dann wären sie viel früher und gleich am nächsten Morgen bei ihm aufgekreuzt, hätten ihn kurz über seine Rechte aufgeklärt, ihm Handschellen angelegt und ihn auf dem kürzesten Weg in die Justizvollzugsanstalt am Südergraben überführen lassen. Aber weil genau das nicht geschehen war, war das alles nur ein einziger Bluff. Weil der Alte von dem Häschen ihm eine Falle stellen wollte. So war das, und keinen Deut anders!

„In Richtung des Mauselochs und dann in die Wilhelmstraße hinein, nicht wahr? Dort sind Sie nämlich von zwei unserer Beamten dabei beobachtet worden, wie Sie eine junge Frau verfolgt haben. Verhält es sich nicht so?“

Der Oberinspektor starrte Habeland mit seinen blauen Augen – den Augen Mathildes, wie es seinem Gegenüber gerade durch den Sinn ging – an.

„Das kann nicht sein. Und von welcher Frau reden Sie, guter Mann? Mir ist niemand aufgefallen, weder im Bunker noch auf dem Nachhauseweg, der mich im Übrigen, und falls es Sie interessiert, über den Holm und die Angelburger Straße Richtung Heinrichstraße geführt hat. Und wo man doch gerade in diesen unsicheren Zeiten gar nicht vorsichtig genug sein kann“, schob er nach, wobei er den Oberinspektor frech angrinste.

Es war genau so gekommen, wie Iwersen es befürchtet hatte. Dem Knilch war extrem schwer beizukommen. Aber aufgeben und ihn einfach gehen lassen, nein, das wollte er auch nicht.

„Also gut, Herr Habeland. Mal angenommen, Sie haben recht mit Ihren Behauptungen, und unsere Beamten haben sich getäuscht, und wo es ja auch dunkel war ... Nein, nein, nun lassen Sie mich mal ausreden! Wie steht es dann aber mit Ihren anderen Alibis? Wo waren Sie beispielsweise an dem Abend, als Fräulein Reinke ermordet wurde?“

„Sie sind gut, Herr Kommissar. Das wissen Sie doch genauso gut wie ich. Da war ich im Porticus. Unter anderem zusammen mit Ihrer Tochter und noch zwei, drei anderen Jugendlichen. Der Schüler Sapara und der Vogelsang waren, wenn mich mein Gedächtnis nicht täuscht, auch dabei. Außerdem habe ich ... Ja, ich habe auch den jungen Barthold am Tresen rumlungern sehen. Ob da noch jemand war? Keine Ahnung. Und wo es ja auch schon ein bisschen her ist.“

„Ja und ...“ Wer viel redet, hat viel zu verbergen, ging es Iwersen durch den Kopf, denn nach anderen Gästen hatte er sich ja gar nicht erkundigt. Wollte der Typ ihn schon wieder an der Nase herumführen?

„Bitte?“

„Na, was haben Sie danach gemacht? Ich meine, nachdem Sie sich so gegen 23.30 Uhr vor dem Porticus von den Schülern getrennt hatten? Wo sind Sie dann hingegangen?“

„Nach Hause vermutlich, und wo doch am nächsten Tag Schule war. Genau ...“, überlegte Habeland kurz, „ich bin auf dem kürzesten Weg zu meinem an der Schiffbrücke abgestellten Renault gegangen und bin dann in den Konventgarten gefahren. Bei absolutem Sauwetter übrigens. Es war, als ich bei meinem Auto angekommen war, gerade ein unglaublicher Schneesturm vom Hafen her aufgezogen. Ja, das weiß ich noch ganz genau, und wo es doch erst Ende Oktober war. – Und mal im Ernst, Herr Kommissar, wie stellen Sie sich das eigentlich vor? Wie soll ich die Mädels, also vor allem die Andrea denn eingeholt haben bei *dem* Vorsprung? Und wo sie ja auch nicht alleine war. Nein, nein, mein Bester, das können Sie vergessen, keine Chance ...“

„Sie könnten den Weg durch den Burghof genommen haben.“

Der Kopf des Verdächtigen und der des Oberinspektors schnellten gleichzeitig herum. Der Holgerson war ja auch noch da! Den hatten beide in den letzten Minuten vollkommen vergessen.

Donnerwetter, dachten der eine wie der andere, nicht schlecht, gar nicht schlecht! Vor dem unscheinbaren Dicken muss man ja höllisch auf der Hut sein!

„Also wirklich, Herr ... Wie soll das denn gehen bei meinem Tabakkonsum? Trauen Sie mir da nicht ein wenig viel zu?“

Und wie um zu beweisen, dass das ja nun wirklich der abwegigste Gedanke von der Welt war, steckte sich der Lehrer mal so nebenbei eine Zigarette an. Denn rauchen, das war wichtig, und jetzt besonders.

„Und wie steht es mit den anderen Alibis?“

„Also bitte, Herr Kommissar, das ist jetzt nicht Ihr Ernst?! Woher soll ich, bitteschön, wissen, wo ich vor wer weiß wie vielen Wochen wann gewesen bin?“

Dieses ewige „Herr Kommissar“ ging Iwersen so was von gegen den Strich! Damit hatte ihn, invers, schon damals die Psychomutter von dem Vogelsang auf die Palme getrieben. Aber der Schönling hatte ja recht. Er selbst wusste im Moment nicht mehr, an welchem Tag genau Beate Asmussen getötet worden war. Und auch den Wochentag des zweiten und des ersten missglückten Anschlags hätte er in diesem Augenblick nicht anzugeben gewusst. Er fühlte sich plötzlich so unglaublich müde!

Hätte er gewusst, dass der Würger an dem Abend des Museumsbergattentats, wie Holgerson diesen abgewehrten Angriff etwas großkotzig zu benennen beliebt hatte, seinen Elternabend an der AVS zu absolvieren gehabt hatte, und dass der etwa zeitgleich mit dem Nachhauseweg von Helga Güntersen zu Ende gegangen war, vielleicht und möglicherweise hätte das Gespräch mit Klaus Habeland an diesem Morgen noch eine andere und, aus der Sicht der Ermittler, erfreulichere Wendung genommen. Vor allem aber hatte Iwersen dem Verdächtigen noch gar nicht sein Motiv für die Mordserie unter die Nase gerieben, was dieser ausgerechnet selbst jetzt nachholte.

„Außerdem, Herr Kommissar ..."

„Nun hören Sie doch endlich mit diesem saudummen Herr Kommissar auf, Sie ..."

„Ja?"

„Ach nichts."

„Na dann ist ja gut. Also, Sie haben mir noch gar nicht gesagt, welches Motiv ich haben soll, etwas derart Grauenhaftes zu tun."

„Geltungssucht, Frust, dass es mit der Frauenwelt nicht so klappt. Dass die Mädels Sie einfach nicht ranlassen und Sie immer bloß auslachen, Sie Möchtegerndonjuan. Irgend so was vermutlich ..."

Es war für heute der letzte Versuch Iwersens, den Unsympathling aus der Reserve zu locken. Aber auch das misslang.

„Das ist jetzt nicht Ihr Ernst, oder?" Habelands dreckige Lache erfüllte den Raum. Nachdem er sich beruhigt hatte, konnte man ihn zweierlei sagen hören: „Erstens, mein Bester, das soll ein Mordmotiv sein? Lachhaft! Zweitens, wenn Sie auch nur einen ungefähren Überblick hätten, mit wem ich schon alles ... Na ja, lassen wir das. Ein wahrer Gentleman genießt und schweigt. Und im Übrigen, war's das jetzt, oder ist noch etwas? Nicht? Na, dann kann ich ja wieder meinem Beruf nachgehen und die Jugend lehren, wie man möglichst effektiv Menschen um die Ecke bringt, haha! – Wünsche noch einen schönen Tag, die Herren. Geltungssucht, ha! Frust, ha!“ hörte man ihn noch im Hinausgehen frohgemut vor sich hin sagen.

Und so kam es, dass der Lehrkörper tatsächlich noch für den Rest des Vormittags und den frühen Nachmittag seinen Hauptberuf ausüben konnte. Für seinen Nebenberuf hatte er sich auf dem Weg in die AVS, und nachdem er sich die Visage des Alten seines nächsten Opfers noch einmal vergegenwärtigt hatte, bereits einen Fahrplan zurechtgelegt ...

Später sollten sich der Oberinspektor und sein Gehilfe noch darüber ärgern, dass sie dem kiebigen Schwätzer nicht aufs Gesicht zugesagt hatten, dass es ihm um nichts anderes als Macht ginge, weil er es nämlich nötig habe, und weil er ohne dieses Dominierenwollen um jeden Preis vermutlich keinen mehr hochkriege, dieser erbärmliche, geltungssüchtige Jammerlappen! Eventuell hätte das dem Gespräch ja doch noch die gewünschte Richtung gegeben.

„Man hätte ihn so richtig provozieren und bei seiner Ehre packen müssen. Dann hätte der Schleimer vielleicht doch die Nerven verloren und wäre ausgerastet. Kann doch sein, oder nicht?“ hatten Holgersons bedenkenswerte Worte gelautet. Dass er im entscheidenden Moment nicht selbst auf das Naheliegendste gekommen war! Und wo es ihm doch damals wie Schuppen von den Augen gefallen war, als er begriffen hatte, dass der Dreh mit der Kapuze eben nichts anderes war als der Ausdruck des Willens des Würgers, dass seine Opfer wissen sollten, was gleich mit ihnen geschehen würde.

31

Als Mathilde den am Südermarkt, Ecke Friesische Straße gelegenen Klamottenladen verließ, fielen von Nässe schwere Schneeflocken zu Boden. Ein Wetterumschwung hatte sich bereits in der Mittagszeit angekündigt, als im Laufe von nur zwei Stunden der rapide zunehmende Wind von Nordost auf Südwest gedreht war. Am frühen Nachmittag hatte die Temperatur spürbar zu steigen begonnen und hatte die Nullgradgrenze inzwischen längst überschritten, als der zunächst leichte Schneefall bei beginnender Dämmerung eingesetzt hatte.

Von St. Nikolai schlugen die Glocken gerade zweimal an. Mathilde schaute auf ihre Armbanduhr. Es war 17.30 Uhr. Sie würde sich beeilen müssen, denn sie hatte sich mit Nicolai in der Wohnung seiner Eltern verabredet. Um genau diese Uhrzeit hätte sie bei ihm sein sollen.

Aber es war ihr bei Heesch wie immer schwergefallen, sich für eine Jeans zu entscheiden. Die Auswahl war so groß, und irgendwann hatte sie sogar nicht mehr gewusst, ob sie sich nicht lieber doch eine Cordhose kaufen sollte. Vor allem eine dunkelbraune Hose aus diesem sich angenehm weich anfühlenden Material war ihr ins Auge gesprungen, so dass sie, nachdem sie bereits diverse Jeans anprobiert hatte, kurz innehielt, die Vor- und Nachteile bei sich abwog, um dann einen der immer ein wenig zu aufdringlichen Verkäufer zu bitten, im Lager nachzuschauen, ob dort nicht eventuell ein um eine Nummer kleineres Exemplar zu finden sei. Denn die im oberen Verkaufsraum befindliche Hose hatte sich beim Anprobieren als in der Taille ein wenig zu weit herausgestellt.

Sie hatte einige Minuten warten müssen, bis der Verkäufer tatsächlich mit einer kleineren Nummer in der Hand freundlich lächelnd auf sie zugetreten war. Sie hatte sich in der Zwischenzeit auf einen Stuhl, der an einem winzig kleinen Fenster platziert war, hingesetzt und versonnen auf das Treiben unter sich in der Friesischen Straße hinabgeblickt.

Denn es hatte etwas Besonderes auf sich mit diesem weißgekalkten Eckgebäude in Fachwerkbauweise. Dieses Haus, das ein Geschäft für Herrenmode beherbergte, wirkte schon von außen so, als ob es sich aus der Fantasie- und Märchenwelt der Brüder Grimm in die Realität verirrt hätte. Irgendwie war alles krumm und schief oder wirkte zumindest so. Mit den Proportionen stimmte auch etwas nicht, die Höhe passte nicht zu der Breite, die genau genommen eine Schmale war, wenn man es so ausdrücken konnte. Und dass der erste Eindruck nicht täuschte, stellte man spätestens dann fest, wenn man die Treppe in das obere Stockwerk hinaufstieg. Kaum nämlich, dass man die schmale Stiege erklommen hatte, fühlte man sich wie in einer Zauberwelt.

Unten war alles auf Nobel und Vornehm getrimmt mit den an den Wänden verteilten und an den unzähligen im Raum stehenden Ständern aufgehängten teuren Herrenanzügen. Dabei bildeten diese auf

Rollen montierten und folglich verschiebbaren Ständer eine Art Gasse, die gleich vom wuchtigen und mit einer Doppeltür versehenen Eingang her vorbei an dem linkerhand gelegenen länglichen Tresen in Richtung Stiege führte, wobei man kurz vor Erreichen noch zwei Stufen passierte, die den hinteren, etwas erhöhten von dem vorderen Verkaufsraum trennten. Man hatte, wenn man den Laden von dieser Seite, also von der des Südermarktes aus, betrat, immer den Eindruck, als ob die teuren Klamotten rechterhand und der Tresen linkerhand ein Spalier bildeten, um den potentiellen betuchten Käufer willkommen zu heißen.

Oben aber, und kaum, dass man nach der letzten Stufe der Stiege seinen Weg um hundertachtzig Grad rechtsherum fortsetzen musste, war Vorsicht geboten. Denn die Decken waren hier dermaßen niedrig, dass man, selbst bei mittlerer Körpergröße von einem Meter siebzig, sich an einigen Stellen leicht ducken musste. Und dann gab es zu allem Überfluss, und weil es sich um ein Fachwerkhaus ausgerechnet hier oben im hohen Norden handelte, all diese Balken und Querverstrebungen. Aber diese Besonderheit war noch gar nichts gegen den Sachverhalt, dass der Fußboden nicht eben, sondern leicht abschüssig war. Ja er fiel, wenn man seinen Weg in umgekehrte Richtung in den Raum hinein fortsetzte, nach links hin ab, so dass man, wollte man sich in die rechterhand gelegene Hosenabteilung begeben, bergauf gehen musste.

Dieses Auf und Ab, verbunden mit der Beengtheit der Räumlichkeit, rief bei Mathilde, wenn sie sich ab und an hier oben aufhielt, das Gefühl hervor, sich nicht in einem Geschäft für Klamotten, sondern im Innern eines Schiffes zu befinden. Und dieses Gefühl wurde dadurch noch verstärkt, dass der Boden sozusagen unter den Füßen wankte und schwankte, was schon mehr als nur einmal dazu geführt hatte, dass sie ein leichter Schwindel befallen hatte und ihr deswegen ein ganz klein wenig übel geworden war. Dennoch und vielleicht gerade deswegen, weil hier nämlich alles so außergewöhnlich und sonderbar war, hielt sie sich gerne bei Heesch auf, auch wenn in diesem Geschäft genau genommen nur Herrenmode feilgeboten wurde. Aber was hieß das schon bei Hosen? Und da sie sich denn doch nicht hatte entscheiden können, hatte sie es sich anders überlegt und hatte unverrichteter Dinge den Laden verlassen. Sie wollte irgendwann in den nächsten Tagen in

Begleitung ihres Freundes Nicolai einen erneuten Versuch unternehmen. Er sollte sie beraten.

Sie wollte gerade ihren Schritt beschleunigen, nachdem sie die paar Stufen, die vom Eingang des Traditionsgeschäfts hinunter auf den Platz führten, hinabgestiegen war, als sie den Kunstlehrer erblickte, der sich schnellen Schrittes auf sie zu bewegte. Ausgerechnet der und ausgerechnet jetzt, hatte sie noch Zeit zu denken, bevor die Nervensäge sie erreicht hatte. Denn dass er etwas von ihr wollte, das hatte sie gleich erkannt. Er hatte unverkennbar nur ein Ziel, und das war sie. Es wirkte gerade so, als ob er auf sie gewartet und sie abgepasst hatte. Und das war, vorsichtig gesagt, äußerst merkwürdig, wo er doch sie und die Gruppe um ihren Freund Nicolai, seit dem peinlichen Vorkommnis bei Eduscho damals, demonstrativ ignorierte. Und jetzt kam der Depp auf sie zugestiefelt, grinste sie an, verbeugte sich leicht und würde sie gleich auf seine bemühte und so überaus anstrengende affektierte Art dichtquasseln. Wo sie doch keine Zeit hatte, da ihr Freund auf sie wartete, den sie so schnell wie möglich in ihre Arme schließen wollte!

Sie musste die Knalltüte so schnell wie möglich abwimmeln, so viel war mal klar. Bloß wie? Wo sie doch ein liebenswürdiger junger Mensch war, der nur äußerst ungern anderen zu nahe trat und sie kränkte. Mathilde fühlte sich extrem unwohl und wusste für den Moment nicht mehr weiter. Also blieb sie stehen, musterte den Möchtegernschwarm aller Frauen demonstrativ gleichgültig fast ein wenig von oben herab und überließ zunächst einmal ihm die Initiative.

Aber an diesem Nachmittag war der Pauker, wie sich gleich darauf herausstellen sollte, irgendwie anders ... Er scharwenzelte nicht wie sonst um sie herum mit seinem Mathilde hier, Mathilde da, sondern schien aufgeregt zu sein und kam zügig auf den Punkt.

„Mathilde, schön dass ich dich hier treffe. Denn ich muss mit dir etwas ganz Dringendes besprechen. Ich benötige deinen Rat, denn, ehrlich gesagt, ich weiß nicht, wie ich mit meinem Wissen ...“

Sie schaute ihn fragend an, weil sie mit diesen merkwürdigen Andeutungen nichts anzufangen wusste. Er schien ihre Ratlosigkeit bemerkt zu haben, denn jetzt näherte sich sein Gesicht mit Verschwörermiene dem ihren, und er begann, ihr mit gedämpfter Stimme etwas ins Ohr zu flüstern.

Als sie endlich verstanden hatte, was er von ihr wollte, fuhr sie abrupt zurück und ging sichtlich auf Distanz.

„Warum erzählen Sie ausgerechnet mir das?“

Sie hatte schon ein paar Sekunden zuvor den Entschluss gefasst, bei dem förmlichen Sie zu bleiben, um ihn auf diese etwas hilflose Art ihre Aversion spüren zu lassen.

„Sie sollten darüber mit Nicolai sprechen oder, besser noch, mit der Polizei ... Also“, fuhr sie nach einem kurzen Zögern fort, „am besten mit meinem Vater.“

Der Lehrkörper hob seine vornehmen Hände wie zur Abwehr.

„Nein, meine Liebe, das geht leider nicht! Mit den Bullen ... Also, Entschuldigung, ich will deinem Vater wirklich nicht ...“

Mathilde winkte müde ab.

„Also“, beendete er den begonnenen Satz, „mit der Polizei kann ich zum jetzigen Zeitpunkt auf gar keinen Fall reden. Ich bin mir meiner Sache doch nicht wirklich sicher. Es könnte immerhin sein, dass ich mich täusche ... und den Falschen verdächtige. Das könnte doch immerhin sein. Welche Folgen könnte es nach sich ziehen, wenn ich der Polizei sagte, dass ich glaube beweisen zu können, dass“, und bei diesen Worten näherte sich sein Gesicht wieder dem des Mädchens, „Günter Vogelsang der Würger von Flensburg ist?!“

Mathilde war bei den letzten, wiederum mit Verschwörermiene in ihr Ohr geflüsterten Worten vor Schreck erstarrt. Wie jetzt, ausgerechnet die Unscheinbarkeit in Person soll all die Morde begangen haben? Nein, unmöglich! Das kann nicht sein!

Der Unsympath schien ihre Gedanken gelesen zu haben, denn er legte nach: „Doch, Mathilde, glaube mir, es ist so, auch wenn es ganz und gar ausgeschlossen erscheint. Stille Wasser sind tief, wie der Volksmund sagt.“

„Aber wieso erzählen Sie ausgerechnet *mir* das? Was erwarten Sie von mir? Soll etwa ich ... Wollen Sie, dass ich meinen Vater davon in Kenntnis setze?“

Nun war es an Lehrer Habeland, müde abzuwinken. Nein, sie habe ihn noch immer nicht verstanden. Es gehe ihm darum, die Zusammenhänge mit einem Menschen zu besprechen, dem er vertrauen könne. Und da sei ihm zuerst und vor allem sie eingefallen, denn seit dem Malheur bei Eduscho verhalte es sich ja leider so, dass sein Freund Nicolai dummerweise nichts mehr mit ihm zu tun haben wolle. Und da habe er sich in seiner Not und Gewissensqual an sie gewandt, damit sie ihn bei der Entscheidungsfindung unterstütze. Und danach dann könne er immer noch zur Polizei gehen.

„Und was wollen Sie nun genau von mir?“

„Ich möchte dir etwas zeigen, was ich gefunden und in meiner Wohnung versteckt habe. Beweismaterial, sozusagen, das, so wie ich die Lage einschätze, den Schüler“, er formte mit seinen Lippen die Buchstabenfolge des betreffenden Namens, ohne ihn auszusprechen, wobei er vorsichtig nach links und rechts schaute, wie um sich zu vergewissern, dass Günter sich nicht gerade dieser konspirativen Zweiergruppe näherte, „überführt. Und ich bitte dich darum, ja, ich flehe dich an, mir ein Viertelstündchen deiner kostbaren Zeit zu schenken, mit mir in den Konventgarten zu kommen und dir den Gegenstand anzuschauen und mir dann zu raten, was ich deiner Meinung nach tun soll. Voilà, c'est tout!“

Er lächelte sie verlegen an und wirkte dabei ganz und gar hilflos. Mathilde, das sah man, war hin und her gerissen. Einerseits war sie doch mit Nicolai verabredet, der inzwischen bestimmt schon unruhig war, weil sie sich bereits verspätet hatte. Der große Zeiger der Uhr von St. Nikolai zeigte bereits auf die VIII des Ziffernblattes. Andererseits war sie, vorsichtig gesagt, neugierig, um was es sich bei dem ominösen Gegenstand handelte, von dem der Kunstlehrer da gerade gesprochen hatte. Eine Entscheidung musste her, bloß welche?!

„Also gut, ich komme kurz mit Ihnen mit in Ihre Wohnung. Aber ich muss zuvor Nicolai anrufen. Wir sind nämlich verabredet, und ich bin ohnehin schon zu spät.“

Mit diesen Worten wollte sie die rechterhand an der Bushaltestelle gelegenen Telefonzellen ansteuern, was der Würger von Flensburg allerdings zu verhindern wusste. Er ergriff Mathildes linken Arm und hielt sie daran fest. Das Mädchen schaute ihn verblüfft an und riss sich dann los.

„Was soll denn das nun schon wieder?“ fragte sie ihn mit spürbarem Ärger in der Stimme, wobei sie ihn feindselig anschaute.

„Nicht“, flüsterte er mit einer unverhofft weinerlichen Stimme. „Verstehst du denn nicht? Dein Freund wird dir doch bestimmt davon abraten, mit mir zu gehen. So wie die Dinge liegen. Und“, fügte er nach einem kurzen Moment des Bedenkens hinzu, „du gehst doch danach ohnehin zu ihm und kannst ihm dann alles ganz genau erzählen. Möglicherweise ist es ja sogar so, dass Nicolai zu der ganzen Sache noch etwas einfällt, was wir übersehen haben. Könnte doch sein, bei *den* intellektuellen Voraussetzungen. Und das könntet ihr beziehungsweise das könntest du mir dann eventuell telefonisch mitteilen, bevor ich dann zur Polizei gehe. Bitte, Mathilde, lass es uns so machen! Es ist wirklich wichtig! Es wäre doch toll, wenn es uns gelänge, diesem miesen Schwein das Handwerk zu legen, findest du nicht auch? Und was ist im Vergleich zu dieser Aussicht die halbe Stunde, die dein Freund auf dich warten muss?“

Ihre Zweifel hatten sich in diesem Moment in Luft aufgelöst. Mathilde hatte einen Entschluss gefasst, nickte kurz und trat, bei zusehends heftiger werdendem Schneeregen, an der Seite Habelands den Weg Richtung Sandberg an.

32

Oberinspektor Iwersen stand in seinem Büro in Norderhofenden vor der Pinnwand mit den Bildern der Ermordeten und hing seinen Gedanken nach. Er war nach dem Interview mit dem Möchtegerndonjuan unruhig und verärgert gewesen, weil er im entscheidenden Moment versagt und nicht die nötige Geistesgegenwart an den Tag gelegt hatte. Er musste diesem Wichtigtuer unbedingt noch einmal auf den Zahn fühlen, so viel stand fest. Da war das letzte Wort noch nicht gesprochen.

Er schaute auf seine Armbanduhr. Es war kurz vor 17 Uhr. Das Wetter schien umzuschlagen, denn der Südwestwind trieb seit ein paar Stunden schon regenträchtige, tiefhängende Wolken übers Land. Noch heute Abend würde das vom Deutschen Wetterdienst angekündigte

Tauwetter einsetzen und den Schnee der vergangenen Tage in kürzester Zeit in unansehnlichen Matsch verwandeln, was Iwersen schade fand. Aber was sollte man machen? Die Unbeständigkeit des Wetters war hier oben im hohen Norden der Republik sprichwörtlich, und darauf hatte er sich auch längst eingestellt, zumal daran ja ohnehin nichts zu ändern war.

Apropos ändern ... Was der Holgerson nach dem Gespräch mit dem Steißtrommler gesagt hatte, hatte ihn für den Rest des Tages nicht mehr losgelassen. Sie fahndeten, das stand seit dem missglückten Mordanschlag am Museumsberg unumstößlich fest, nach einem Machtmenschen, der die Todesangst seiner Opfer spüren und auskosten wollte. Das und nicht die Sexualität trieb ihn an. Oder, genauer gesagt, Macht und uneingeschränkte Dominanz war für ihn der Ersatz für seine wahrscheinlich allenthalben zu kurz kommende Libido. Und das legte den Gedanken ... Der Oberinspektor stutzte. Halt! schoss es ihm durch den Kopf. Konnte das sein? War es möglich, dass ...

Er griff sich an den Kopf und versuchte, sich auf den Einfall von eben, der wie ein Schatten vorbeigehuscht war, zu konzentrieren. Wie war das noch mal gewesen? Seine Stirn legte sich in Falten, und sein Mund formte die Worte: „Komm, Iwersen, komm! Konzentrier dich, das war wichtig!"

„Chef ...!"

Er fuhr herum. Im Türrahmen stand Holgerson. Das durfte doch nicht wahr sein, dass ausgerechnet jetzt, wo er für den Bruchteil einer Sekunde der Wahrheit so nah gewesen war, dieser Blödmann alles wieder zunichtemachte. Er hätte heulen mögen, so elend fühlte er sich plötzlich.

„Nicht jetzt, Holgerson, nicht jetzt. Setzen Sie sich und halten Sie Ihren Mund. Mir ist da gerade etwas eingefallen ..."

„Aber Chef, das ist wichtig ..."

„Was hier wichtig ist, entscheide ganz allein ich, Holgerson! Haben Sie das verstanden? Also, setzen Sie sich und lassen Sie mich, verdammt noch mal, nachdenken. Oder besser noch, verlassen Sie den Raum."

„Aber ..." Weiter kam der Beleibte nicht.

„Raus, sage ich! Verlassen Sie auf der Stelle den Raum!"

Er war wieder allein mit sich und seinen hilf- und orientierungslosen Gedanken. Sein Ausbruch tat ihm bereits leid. Denn was konnte der Arme dafür, dass er zum falschen Zeitpunkt am falschen Ort gewesen war? Nichts! Eben.

Das Grübeln ging von Neuem los, nahm allerdings reichlich absonderliche Formen an. Es stand außer Zweifel: Ein Serientäter war dabei, sein Profil zu schärfen. Wollte er an der renitenten Jugend ein Exempel statuieren? Missfiel ihm der Sittenverfall unter den Matten- und Parkaträgern? Nahm er Anstoß an den Auswüchsen der sexuellen Revolution und ihrer Liederlichkeit? War er ein ewig Gestriger, der Verhältnisse zurückwünschte, in denen noch Zucht und Ordnung geherrscht hatten? Führte er den Notstand eigenhändig herbei, um ihm für immer das Wasser abzugraben? Lockte im weiblichen Geschlecht das ewig Böse? Oder war er ganz einfach nur frustriert, weil er nicht auf seine Kosten kam? Obwohl ihm, wie keinem anderen, der Erfolg bei wem und was auch immer zustünde?!

„Schwachsinn!" entfuhr es dem Ermittler. „Das ist doch alles ausgemachter Schwachsinn!" Mensch Ole, konzentrier dich auf das Wesentliche und auf den Einfall von vorhin! Also, wie war das, Deibel noch eens, gewesen? Er musste sich sammeln, und also wandte er sich wieder der Pinnwand zu, um für dieselben Umstände zu sorgen wie vor ein paar Minuten.

Halt! Da war er wieder, der Schatten eines Gedankens, eines Einfalls ... Dieses Mal musste er ihn, komme was da wolle, festhalten. Und da war er! Er stand wie eine Eins vor ihm. Dass er darauf nicht früher gekommen war. Nicht zu fassen!

Der Oberinspektor eilte zur Tür, riss sie auf und rief in den Gang hinaus: „Holgerson, können Sie mal kommen! Es ist dringend!"

Der vor ein paar Minuten Abgestrafte stand gleich darauf im Türrahmen und schaute seinen Vorgesetzten unsicher an. Wollte der ihn etwa schon wieder zusammenfalten? Wo er doch gar nichts getan hatte und ihm nur hatte mitteilen wollen, dass der Leiter der Dienststelle, also der Doktor Kallweit, aus gegebenem Anlass darum gebeten hatte, die beiden Herren möchten doch mal für ein Viertelstündchen bei ihm vorbeischauen, um ihn über den Stand der Ermittlungen in Kenntnis zu setzen.

„Hören Sie, mein Lieber, es tut mir leid, dass ich Sie eben so angefahren habe. Aber Sie waren dummerweise in einem Augenblick hereingeschneit, als ich einen enorm wichtigen Einfall hatte. So etwas wie eine Idee, und da konnte ich Ablenkung nun überhaupt nicht gebrauchen, wenn Sie verstehen, was ich meine?“

Sein Untergebener nickte ehrerbietig.

„Also, passen Sie auf, mein Bester, es geht um Folgendes ...“

Nachdem er seinem Gegenüber seinen Gedankenblitz mitgeteilt hatte, schaute der ihn womöglich noch eine Spur bewundernder an.

„Aber das heißt doch, dass ...“

„Genau, das heißt, dass unser Mörder höchstwahrscheinlich auf die ganz jungen Dinger steht, Holgerson. Er kommt nicht auf seine Kosten, weil er nämlich ...“

„... zu alt für das Frischgemüse ist“, ergänzte der Adlatus. „Wahnsinn, Chef, dass wir ..., ich meine selbstverständlich, dass Sie nicht vorher darauf gekommen sind.“

„Ja, schon gut, und nun beruhigen Sie sich mal wieder. Denn was folgt daraus?“

Der Korpulente sah ihn ratlos an. Keine Antwort war auch eine Antwort.

„Daraus folgt, dass der Würger von Flensburg aller Wahrscheinlichkeit nach ein älterer Herr ist, den die Mädels nicht ranlassen. Und das treibt ihn auf die Straße, nachdem ihn die Wut darüber in die wüsteste Verzweiflung gestürzt hat.“

Holgerson nickte bei diesen Ausführungen wie in Trance.

„Und auf wen trifft das alles zu wie die Faust aufs Auge? Na, Holgerson, was fällt Ihnen dazu ein?“ Der Oberinspektor strahlte seinen Mitarbeiter an.

„Auf den Vogelsang ja wohl eher nicht ... Denn der ist zu jung für diese vertrackte Konstellation. Und auf den Barthold, so gesehen, auch nicht.“

„Richtig. Also ...“

„Also ...?“

„Mensch Holgerson, nun enttäuschen Sie mich doch nicht wieder! Und wo sich alles so gut angelassen hat.“

„Habeland! Natürlich, der Ästhet und in die Jahre gekommene Althippie. Das ist doch so was von klar!"

„Sehn Sie, Holgerson, es geht doch."

„Aber Chef, das ist ... Ich meine, bewiesen haben wir damit genau genommen noch gar nichts."

„Da haben Sie natürlich recht. Und überführen können wir ihn damit selbstredend auch nicht. Aber wir können jetzt mit an Sicherheit grenzender Wahrscheinlichkeit sagen, dass wir wissen, wer ..."

„Warten Sie mal, Chef ..." Holgerson hatte während der letzten Worte vor der Pinnwand Position bezogen. „Wenn ich mir die Bilder der Opfer ..., also wenn ich mir das hier so anschaue, wie die Mädels da abgelegt worden sind ... Da passt etwas nicht zusammen ... Ich weiß nicht, wie ich es sagen soll ..."

Iwersen hatte sich jetzt auch in Richtung ihrer Gedächtnisstütze gedreht und musterte nachdenklich die Fotos.

„Wie meinen Sie das, Holgerson? Könnten Sie das mal ein bisschen genauer ..."

„Ich hab's!" Jetzt war es an dem Umfangreichen, aufgeregt zu sein. „Wir sprechen doch hier die ganze Zeit von den Taten eines durchgeknallten Gewaltmenschen. Und dazu passt ja auch, wie er die jungen Dinger entsorgt hat. Weggeschmissen hat er sie, wie auf den Müll! Bloß- und zur Schau gestellt, ja, das ist der erste Eindruck, den man gewinnt. Aber, Chef, wenn man genauer hinschaut, dann ..."

„Ja?"

Die Erregung seines Mitarbeiters hatte begonnen, sich auf ihn zu übertragen. Eine Erinnerung war bei den letzten Sätzen Holgersons in dem Ermittler aufgestiegen. Zunächst nur ganz schwach und von Fern. Aber je länger der da neben ihm redete, desto klarer war sie geworden. Damals, am Industriehafen, an diesem verregneten Morgen kurz vor dem Wetterumschwung, da hatte sein Helfer etwas gesagt, das ihm sofort wieder entfallen war ... Und es war wichtig gewesen, immens wichtig, und ... Halt! Stopp! Pause! Jetzt sah er es selbst.

„Die Mädels ... Das wirkt auf mich alles so künstlich, so absichtsvoll und wie drapiert. Und vor allem ..."

Weiter kam er nicht, denn jetzt fiel ihm der Oberinspektor ins Wort: „So pingelig und etepetete ... Wie von einem Künstler, der ein Kunstobjekt ...“

Keine zwei Minuten später saßen die beiden Kriminalbeamten in ihrem VW Käfer und steuerten die Wohnung des Kunstlehrers Habeland im Konventgarten an. Aus dem Gesprächsbedarf von heute Vormittag war unversehens einer nach einem nach allen Regeln der Kunst zu führenden Verhör geworden. Mit Rauch- und Schlafentzug und was einem noch alles bei einer solch zugespitzten Gelegenheit einfallen konnte. Als sie die Dienststelle an Norderhofenden mit überhöhter Geschwindigkeit verließen, zeigte der Zeiger der Uhr von St. Nikolai auf zehn vor VI, und der Graupel wurde von einem böigen Südwestwind gegen die Scheibe des Wagens getrieben. Aus dem Schnee der letzten Tage war ein einziger unansehnlicher Matsch geworden, was immerhin den Vorteil hatte, dass sie endlich mal wieder unbedenklich Gas geben konnten. Das konnte alles entscheiden.

33

Das Telefon klingelte. Sein erster Gedanke war, dass seine Freundin ihn anrief, um ihre Verabredung von heute Nachmittag abzusagen. Aber es war bloß Holger, der irgendwie aufgeregt wirkte. Vollkommen überdreht! Mehr noch als sonst.

„Immer schön relaxen, Alter, und komm mal wieder runter“, versuchte er seinen Freund am anderen Ende der Leitung zu beruhigen. Aber der wollte sich nicht beruhigen lassen. Denn ihm war gerade eben, er hatte über den Hausaufgaben gesessen, wie aus heiterem Himmel etwas eingefallen, das entscheidend war. Er hatte nämlich plötzlich eine Erklärung für die Halskette von Andrea gehabt, also dafür, warum Mathilde sie an dem Nachmittag damals ausgerechnet in der Manteltasche seines besten Freundes gefunden hatte. Dass er nicht früher darauf gekommen war! Oder Nicolai, der doch sonst immer sofort wusste, woher der Wind wehte, wenn alle anderen noch wie blöd auf der Lichtung standen und den Wald um sich herum nicht bemerkten. Dabei war alles doch so einfach.

Also hatte er zum Hörer gegriffen, um diese Jahrhunderteinsicht sofort seinem Kumpel zu unterbreiten. Das Ei des Kolumbus, ja, das war es! Und dass er ausgerechnet auf das Ei gestoßen war, als er mit einem heißen Kopf über einem Physikbuch gebrütet hatte, konnte irgendwie auch kein Zufall sein.

„Hast du dich eigentlich schon mal gefragt, wie die Halskette in deine Manteltasche gekommen ist?"

Blöde Frage! Natürlich hatte er das, allerdings ohne jedes brauchbare Ergebnis. Das Nachdenken hatte nie zu etwas wirklich Überzeugendem geführt, sondern war stets in ein trübes Nichts versickert.

„Doch, wieso?" lautete seine lakonische Gegenfrage.

„Na, weil ich jetzt weiß, wie sie dahin gekommen ist, Alter. Und weil ich das weiß, weiß ich auch, wer ..." – kleine Kunstpause zum Mundwässrigmachen – „der" – den Augenblick des totalen Triumphes noch ein wenig hinauszögern und den besonderen Moment genießen und auskosten – „Würger ist!"

Für einen Moment war es ganz still, sowohl in der Leitung als auch in seinem Zimmer. Nur die Nassschneeflocken batschten gegen das Richtung Südwest gelegene Fenster.

„Erzähl ..." Mehr konnte er nicht sagen. Die Spannung war unerträglich.

„Na, überleg doch mal, Alter. Damals bei Eduscho, als du die Nervensäge mir seinem Irrsinnstext zusammengefaltet hast ... Was bedeutete das?"

„Wie? Was bedeutete das für wen oder was?" Er blickte nicht mehr durch. Normalerweise war dieser Part für seinen besten Freund reserviert, und nicht ausgerechnet für ihn, den Oberschlaumeier und schlechtesten Klassenbesten, den die AVS je gesehen hatte.

„Na, was bedeutete das für unser aller Freund, den hübschen Kunstlehrer Habeland? Na?"

„Dass er sich vermutlich geärgert hat, beleidigt war, und dann bald gegangen ist ..."

„Mensch Alter, du bist doch sonst nicht so schwer von Kapee. Das gibt's doch nicht. Nun konzentrier dich doch mal!"

Holger lachte am anderen Ende der Leitung.

„Weißt du was, Nico? Es ist im Augenblick gerade so, als ob ich du und du ich wäre. Unverhoffter Rollentausch, haha! Jetzt weiß ich, wie du dich immer fühlen musst. Ist ein echt geiles Gefühl, Alter! Man könnte glatt neidisch werden."

„Holgi, nun lass doch mal dieses Gedöns und sage mir endlich, worauf du hinaus willst!"

„Also gut. Was du nämlich noch immer nicht gecheckt hast, das ist, dass der Habeland in dich ... verliebt gewesen ist."

„Bitte?"

„Ja, verliebt", insistierte Holger. „Wie er immer um dich herumscharwenzelt ist mit seinem Nicolai hier, Nicolai dort."

„Stimmt, jetzt wo du's sagst."

„Klar stimmt es, und ich habe sogar eine Erklärung dafür, warum du nicht selbst auf das Naheliegendste gekommen bist."

„Ja?"

„Weil du es nämlich gewöhnt bist und es für das Selbstverständlichste hältst, dass du das Zentrum bist. Nicolai Sapara, der Fixstern mit seinen Trabanten ... So ist das Alter! Nimm's leicht. Und es ist ja auch nicht böse gemeint, und wo du ja wirklich was Besonderes bist. Und hätte ich mir dich sonst zum Freund ausgesucht? Wie soll ich denn, bitteschön, ohne dich durchs Abitur kommen?"

„Ja und ...", drängte Nicolai seinen Freund, den ernstgemeinten Gedanken endlich zu Ende zu bringen.

„Ist doch klar wie Kloßbrühe, Alter. Wenn deine Liebe dich so behandeln würde, wie du die Knalltüte damals behandelt hast, was passiert dann? Na?"

Immer diese Fragen, auf die er im Moment keine Antworten hatte. Das Gespräch begann ihn zu nerven.

„Holgi, bitte, komm auf den Punkt!"

„Okay, okay, okay. Dann wird man stinksauer, wenn man kein Weichei ist. Und das ist der Habeland, der verdeckte Gewaltmensch und Dominator, nun wirklich nicht. Dann sieht man rot und will sich rächen, komme was da wolle! Und weil man das will, deponiert man im Vorbeigehen die Kette in deiner Manteltasche. Weil man nämlich Vergeltung und dich ganz blöd dastehen lassen will, deswegen!"

„Mensch Alter, dass ich nicht selbst darauf gekommen ..."

„Ja, ja, schon gut. Aber das ist noch nicht mal das Wichtigste!“

„Nein?“

„Nein. Du kommst wohl wirklich nicht drauf, oder? Mensch Nico, nun überleg doch mal!“

In diesem Moment fiel es dem Schüler Sapara wie Schuppen von den Augen. Mein Gott! Natürlich! Wieso war er nicht selbst und vor allem viel früher darauf gekommen?

„Das kann nur heißen, dass der Schleimer und Frauenheld der Mörder ist. Denn woher hatte er denn die Kette? Doch wohl von Andrea höchstpersönlich. Und die hätte sie dem Wichser auf keinen Fall freiwillig ausgehändigt, nicht wahr?“

„Mensch Holgi, das ist es!! Das ist genial! Nein, *du* bist genial!! Und weißt du was, ich erinnere mich noch ganz genau daran, dass Andrea die Halskette an dem Abend damals im Port getragen hat. Und danach hat sie sich dann im Besitz des Killers befunden, der sie mir ... Oh Gott ...!!“

„Was is los, Alter eh?“

„Mathilde ...“

„Was is mit Mathilde?“

„Sie ist nicht da!“

„Hä?“

Da war sie wieder, die alte, ihm auf den Leib geschneiderte Ratlosigkeit.

„Mathilde ist nicht bei mir, obwohl sie schon vor einer Viertelstunde hätte hier sein wollen.“

„Ja, und?“

„Verstehst du denn nicht? Jetzt will der Mistkerl sich womöglich an ihr rächen, weil es bei mir nicht geklappt hat. Holgi, ich muss schleunigst los!“

„Und wohin?“

„In den Konventgarten zu der Ratte. Denn möglicherweise ...“

Aber diesen grauenhaften Gedanken mochte der Schüler Sapara nicht zu Ende denken.

„Ich ruf dich wieder an ...“ Mit diesen Worten knallte er den Hörer auf die Gabel, schmierte noch kurz auf ein Blatt Papier die Nachricht, dass er bald wieder zurück sein würde, für den Fall, dass er sich, hoffentlich, täuschte und Mathilde sich aus einem anderen, harmlosen Grund verspätet hatte, pinnte es an die Haustür und lief in den Abend hinaus. Der große Zeiger der Uhr von St. Johannis stand auf der IX, als er durch die Süderfischerstraße, bei immer stärker werdendem Regen, in Richtung der Viktoriastraße hastete. Er musste, so schnell wie möglich, den Konventgarten erreichen, um das Schwein zur Rede zu stellen, oder um das Allerschlimmste zu verhindern!

34

Mathilde und ihr Begleiter hatten die Heinrichstraße erreicht. Es ging leicht bergauf, und bald würden sie sein eigentliches Ziel, den am Jungfernstieg gelegenen Spielplatz erklommen haben, wo es dann zum Showdown kommen und er dieser Schlampe, die da nichtsahnend neben ihm her lief, den Hals umdrehen würde. Ein unglaubliches Triumphgefühl hatte sich seiner bemächtigt, als sie eben am Südermarkt irgendwann tatsächlich angebissen hatte, weil nämlich die Neugier die Bedenken überwogen hatte. Für einen Moment hatte es schlecht ausgesehen, aber dann hatte sein brillanter Intellekt ihren Zweifel zerstreut. Und dann war sie ihm wie ein Schaf seinem Schlachter treudoof in die Angelburger Straße gefolgt und war seitdem schweigend neben ihm hergetapert, so dass er seinen Gedanken nachhängen konnte.

Oh Mathilde, du wunderschöne Mathilde! Was für ein sanft klingender Name, genauso sanft wie seine anmutige Trägerin! Du und niemand anders musst dafür bezahlen, dass dieser Sapara mich damals dermaßen bloßgestellt hat. Dabei habe ich ihn geliebt und hätte alles, ja, alles für ihn getan! Doch dann der Verrat ... Dafür muss er büßen, und welche Buße kann schlimmer sein, als einen geliebten Menschen zu verlieren?! Und überhaupt: Warum hast du dich auch ausgerechnet für diesen Versager entschieden und nicht vielmehr für mich? Und wo ich diesem lächerlichen Wicht und Wichtigtuer doch haushoch überlegen bin. Das war dein Fehler gewesen. Und diesen Fehler wirst du jetzt büßen, du Scheißschlampe! Gleich mach ich dich kalt ...

Während der Unhold dies dachte, überzog ein hässliches Grinsen die Fratze des Würgers. Und es wurde noch um eine Nuance ekelhafter, als er daran denken musste, was der Tod dieser Halbwüchsigen wohl für ihren Vater, das Bullenschwein bedeuten würde. Den finalen Knockout und das Ende. Er hätte schreien mögen vor Glück, sich wälzen im Matsch. Oh welch ein Jubel und Triumph! Er, der Grenzgänger, war kurz davor, das Ende des Weges, den er die letzten Monate allein und furchtlos gegangen war, zu erreichen ...

Mathilde wurde es langsam mulmig neben dem Lehrkörper. Warum sagte er nichts mehr? Und warum grinste er unentwegt? Irgendetwas stimmte hier nicht, und sie bereute es bereits seit einigen Minuten, mit diesem Widerling mitgegangen zu sein. Aber die Neugier überwog immer noch ihre Bedenken, und also folgte sie ihm, zumal es ja nicht mehr weit war bis in seine Wohnung. Da vorne war schon die Abzweigung zum Sandberg zu erkennen. Und gleich danach würde sie sich auf dem kürzesten Weg zu Nicolai begeben, der, gottlob, in der Nähe wohnte. Nur ein Stück die Heinrichstraße hinunter, rechts rein in die Viktoriastraße, die Angelburger Straße überqueren und dann durch die schmale Süderfischerstraße. Schon war man da, und sie würden sich in den Armen liegen und sich küssen!

Sie hatten den Fuß des Konventgartens erreicht und stapften jetzt, bereits etwas kurzatmig vom vielen Bergaufgehen den Hang hinauf. Rechterhand lag der verwaiste Spielplatz, von dem aus man bei schönem Wetter und in den Sommermonaten so einen wundervollen Blick über Flensburgs Innenstadt bis zur Hafenspitze hatte. Mathilde hatte hier in den vergangenen zwei Jahren in den Nachmittagsstunden immer wieder mal gesessen, in irgendeinem Buch geschmökert oder auch nur gedankenverloren auf die zu ihren Füßen liegende Stadt geschaut. Aber heute, bei diesem absoluten Sauwetter, aus dem Graupel war inzwischen eindeutig Regen geworden, war nichts abwegiger als das, zumal ihre Klamotten bereits zu triefen begannen. Also stutzte sie, als der Schönling neben ihr ihr allen Ernstes vorschlug, für ein paar Sekunden die schöne Aussicht zu genießen. Hatte der jetzt endgültig den Verstand verloren? Sie wollte widersprechen und ihn bitten, ihr den geheimnisvollen Gegenstand in seiner Wohnung zu zeigen, damit sie sich dann so schnell wie möglich aus dem Staub machen konnte. Aber das ließ der Würger nicht zu ...

Mit sanftem Druck schob er sie vor sich her, bis sie auf der feuchten, hier und da noch schmutzig-weiß schimmernden Wiese standen. Dann drehte er ihren geschmeidigen Körper, indem er sie an ihren Schultern anfasste, in Richtung der im Dunst und in der Dunkelheit verschwimmenden, schwach erleuchteten Stadt.

„Ist es nicht schön hier, meine Mathilde?“ flüsterte er ihr ins Ohr.

Alles kam ihr vor wie in einem Traum, aus dem sie nicht erwachen konnte. Also wehrte sie sich auch nicht, als sich die Hände des Mannes hinter ihr um ihren zarten, in der Dunkelheit weiß schimmernden und von der Feuchtigkeit glänzenden Hals legte. Von den Spitzen ihrer blonden Haare lösten sich ganz sacht Regentropfen und fielen auf ihre regennassen Schultern.

„It's time to say goodbye ...“, flüsterte der Mann hinter ihr ihr ins Ohr. „Du weißt, was das bedeutet?“

Sie nickte nur. Ja, sie wusste es ... In diesem Moment wusste die Tochter des Oberinspektors Iwersen, dass kein anderer als ausgerechnet der Ästhet der Mörder all der unschuldigen Mädchen und ihrer besten Freundin Andrea gewesen war. Aber es war zu spät! Es gab kein Entkommen mehr!

35

Ole Iwesern und sein Begleiter hatten ihren Dienstwagen am unteren Sandberg abgestellt und wollten gerade zum Konventgarten hochgehen, als Nicolai um die Ecke aus der Richtung der Heinrichstraße gerannt kam. Der Junge war vollkommen außer Atem und außer sich. Schon im Näherkommen hatte er zu rufen begonnen, dass er jetzt definitiv wisse, wer der Würger sei. Und Mathilde sei in Gefahr, das spüre er instinktiv, und deswegen müssten sie sich beeilen, um das Schlimmste zu verhindern!

Der Oberinspektor hatte nicht lange nachgefragt, schon gar nicht, als der Name seiner Tochter gefallen war. Zu dritt waren sie den Hügel hinaufgerannt, so dass Holgerson, seiner Leibesfülle wegen, bereits nach ein paar Metern den Anschluss verloren hatte. Der Regen peitschte ihnen ins Gesicht. Sie kniffen die Augen zusammen. Da vorne war bereits die Eingangstür der Wohnung Habelands zu erkennen.

Doch was war das? Beide hörten gleichzeitig einen schwer zu beschreibenden Laut. Es klang so jämmerlich und so klagend ... Ein Stöhnen! schoss es dem Oberinspektor und seinem jugendlichen Begleiter durch den Kopf. Aber woher? Es war absolut nichts zu erkennen in der Dunkelheit und bei *dem* Regen.

Sie waren stehengeblieben, als das gedämpfte Geräusch an ihr Ohr gedrungen war, so dass sich keine fünf Sekunden später Holgerson wieder auf gleicher Höhe befand.

„Chef“, hörte man ihn flüstern, „Chef ..., was ist denn das da hinten?“ Dabei wies sein ausgestreckter Arm die Richtung. Der Schüler und der Ermittler wandten ihre Köpfe und konzentrierten sich auf das, was sich dort ... Jetzt erkannten sie es: An dem Zaun am Rande des Spielplatzes zwischen den Büschen bewegte sich etwas! War das nicht ...? Oh Gott ...

In diesem Moment nahmen sie eine dunkle Gestalt wahr, die sich über etwas beugte. Und da war es wieder, dieses Wimmern, deutlich schwächer als eben noch. Und dann rannten die drei los, rannten um, das war ihnen gleichzeitig klargeworden, ein Leben ...

36

„Die Kette, verflucht noch mal, die Kette! Und hätte Holgi nicht diesen genialen Geistesblitz gehabt, ich wäre nie auf das Naheliegendste gekommen. Und es wäre immer so weitergegangen. Und du wärst jetzt ...“

Nicolai schaute seiner Freundin in die von schwarzen Schatten umrahmten, müde lächelnden blauen Augen und zog sie an sich. Er wollte sie nie wieder loslassen. Wären sie nur eine Minute später dort oben an dem Spielplatz eingetroffen, es wäre um sie geschehen gewesen. Allein der Gedanke daran trieb ihm die Tränen in die Augen, und ihrem Vater, der ihnen gegenüber auf seinem Bürsosessel saß, schien es ähnlich zu gehen. Der Schreck war ihm dermaßen in die Glieder gefahren, dass sein Gesicht immer noch aschfahl war.

Im ersten Moment, als sie sich auf den Mörder gestürzt hatten, er und der mutige Freund seiner Mathilde, hatte er wahr und wahrhaftig geglaubt, dass sie zu spät gekommen waren, und dass seine heißgeliebte Tochter diesen feigen Anschlag nicht überlebt hatte. Der Widerling hatte im ersten Augenblick die Welt nicht mehr verstanden, sondern mit einem irren Blick ins Nichts der Dunkelheit gestarrt. Dann hatte sich aus seinem zu einem ekelhaften Grinsen verformten Mund, das wie ein halbes Lachen und ein halbes Weinen aussah, ein „Wie ...? Was ...?" gelöst. Und gleich darauf hatte der Unhold noch ein „Das ..., das kann doch nicht sein!" formuliert. Doch da hatten sie ihn bereits weg von dem Mädchen und zu Boden gerissen, und der schwere Holgerson hatte mit seinen Knien den Würger fixiert, nachdem er ihn zunächst auf den Bauch gewälzt und ihm dann die Handschellen angelegt hatte. Dass der Beleibte in dieser äußerst brenzligen und überspitzten Situation noch nicht einmal vergessen hatte, dem Missetäter seine Rechte mitzuteilen, hatte für unglaubliche Geistesgegenwart gesprochen. Nachher hätte sich das, wäre es unterblieben, noch als nachteilig herausgestellt und wäre als ein Verfahrensfehler zu Buche geschlagen. Nicht auszudenken!

Aber Mathilde hatte Gott sei Dank noch gelebt. Ihr Puls war zu spüren gewesen, und nach ein paar Sekunden, die den beiden Männern, die sich über sie gebeugt und sich um sie bemüht hatten, wie eine Ewigkeit vorgekommen war, hatte sie ihre Augen aufgeschlagen und abrupt damit begonnen, wild um sich zu schlagen. Doch als sie dann, noch immer schreckensstarr, ihren Vater und ihren Freund erkannt hatte, hatte sie unbändig zu schluchzen begonnen, wobei sie ihr Gesicht mit ihren Händen bedeckt hatte.

Sie hatten dem untröstlichen Kind auf die Beine geholfen und sie ganz sanft in Richtung des am Fuß des Hügels geparkten Dienstwagens geleitet. Vor dem VW Käfer stand der wuchtige Holgerson zusammen mit dem Würger, der sich widerstandslos und vollkommen gebrochen, wie es schien, hatte abführen lassen. Der Gehilfe des Oberinspektors hatte bereits per Funk eine Streife herbeigerufen und natürlich einen Krankenwagen, die beide, keine fünf Minuten später, am unteren Sandberg eingetroffen waren. Als Mathilde im Hinabgehen ihren Peiniger dort unten hatte stehen sehen, hatte sie sich gegen ein Weitergehen mit allen Kräften zur Wehr gesetzt und angefangen zu schreien und erneut in panischer Angst um sich geschlagen, so dass Iwersen seinen Mitarbeiter mit einer kurzen Bewegung seines Kopfes aufgefordert hatte, den Lehrer im Wagen zu verstauen.

Mittlerweile hatte sich eine kleine Menschentraube Neugieriger, die Maulaffen feilhielten, gebildet, die ihrer Lieblingsbeschäftigung nachgingen: teilnahmslos und sensationslüstern zu gaffen und sich am Unglück anderer Menschen zu weiden. Nachdem noch einmal fünf Minuten verstrichen waren, war das Spektakel bereits wieder Geschichte, und man zerstreute sich.

Der Serienmörder, der mit bürgerlichem Beruf Kunst- und Englischlehrer gewesen war, wurde direkt in die Justizvollzugsanstalt am Südergraben überführt. Und die Ermittler fuhren zusammen mit Mathilde und Nicolai aufs Revier, nachdem das Mädchen sich vehement gewehrt hatte, schon wieder in die Diako gebracht zu werden. Sie wollte nur noch bei ihrem Vater und ihrem Freund sein!

„Nun beruhigen Sie sich mal wieder, und wir sind ja auch noch da gewesen, nicht wahr“, ergriff der Oberinspektor die Initiative und schaute dabei in Richtung seines Helfers Holgerson.

„Klar, die Polizei, dein Freund und Helfer“, gab der einen nicht gerade zur Situation passenden Scherz zum Besten. Aber was sollte es, Ole Iwersen war seinem Begleiter dankbar, so souverän das ganze Drumherum erledigt zu haben. Irgendwie war auf den Mann, wenn's darauf ankam, dann doch Verlass! Und was wollte man mehr? Das hatte auch ihr Vorgesetzter Doktor Kallweit so gesehen, der, als er davon erfahren hatte, dass sein bestes Pferd im Stall diesen hochbrisanten Fall dann letztlich doch schneller als gedacht auf seine betont souveräne Art gelöst hatte, in ihr Büro hereingeschneit war, um den Herren zu ihrem Ermittlungserfolg zu gratulieren. Bei dieser Gelegenheit hatte er sich, euphorisiert wie er war, nicht enthalten können, von dem neuen Dreamteam der Flensburger Kriminalpolizei daherzuschwadronieren, hatte dann aber zum Glück bald darauf das Feld geräumt.

„Genau genommen verdankst du Holgi dein Leben. Hätte er nicht diesen so naheliegenden Einfall gehabt, dass nur der Mörder sich im Besitz der Halskette befinden konnte, und dass dafür vor allem nur der Habeland in Frage kam ... Ich hätte das alleine nie herausgefunden."

„Sie vergessen, junger Freund, dass wir in der Zwischenzeit auch nicht gerade untätig gewesen sind, und unsererseits auch so einiges von den Schweinereien dieses Wahnsinnigen hervorgezerrt hatten. Nur deswegen hatten wir uns ja schließlich auch auf den Weg zu seinem Domizil gemacht. Obwohl, da gebe ich Ihnen ohne jede Einschränkung recht, ohne den genialen Geistesblitz Ihres Freundes hätten wir nur Indizien gehabt und eben keinen Beweis. Der liegt jetzt auf dem Tisch. Und weil das so ist, wird das Rabenaas auch von keinem Verteidiger dieser Welt vor einer lebenslangen Haftstrafe bewahrt werden können, so viel ist mal sicher!"

„Chef ...?"

„Was wollen Sie denn schon wieder, Berthold?" schmunzelte der Oberinspektor seinen Mitarbeiter an.

„Äh ..." Damit hatte er nicht gerechnet, dass sein Chef ihn irgendwann einmal mit seinem Vornamen anreden würde.

„Ich wollte nur darauf hinweisen, dass es an der Zeit ist, Ihre Tochter nach Hause und ins Bett zu schaffen. Sehen Sie sich die Deern doch mal an. Die Sööte kann doch kaum noch die Augen aufhalten."

„Sie haben, wie immer, recht, mein Bester. Die Sitzung ist beendet, und morgen ist ja auch noch ein Tag. Also, Nicolai", wandte er sich an den Liebsten seines Mädchens, „ich möchte mich bei Ihnen noch einmal ganz herzlich für Ihren Mut und Ihr beherztes Eingreifen bedanken. Und entschuldigen Sie bitte, dass wir Sie kurzfristig verdächtigt hatten. Das bringt dieser Beruf nun einmal so mit sich. Und morgen, nach der Schule, sind Sie herzlich eingeladen, meiner Tochter ein wenig Gesellschaft zu leisten."

„Oh jaaa", hörte man die noch immer schwache Stimme Mathildes, über die sich Nicolai Sapara jetzt beugte, um sie zu küssen.

„Und Sie, mein Guter, machen jetzt auch mal Feierabend. Den Schreibkram können wir auch noch morgen früh erledigen."

„Geht klaa, Ole, muck wie."

„Na, nun werden Sie mal nicht gleich persönlich, Berthold. Per Du sind wir noch nicht, und da braucht es doch noch etwas mehr.“

„Also doch keine Freunde?“ Holgerson lächelte verschmitzt.

„Na, na, nun mal immer schön langsam. Bekannter!“

„Das ist doch immerhin ein Anfang! Bekannter!“

„Ach, und Berthold, ehe ich's vergesse: Der Letzte macht das Licht aus. Bitte seien Sie so gut.“

ENDE